文芸社セレクション

昇龍の笛

—平安仇討秘抄—

要 真

KANAME Shin

文芸社

供も連れずにただ一騎、嵯峨野を駆ける若者がいた。

人里離れた奥山に目指す庵があった。

若者は馬を下り、しばし息を静めてから門を叩く。早、夕暮れ時であった。

「申し。天寿院様にお目にかかりたいのですが」

年老いた尼が、門を開けて出てきて問う。

「どなた様でしょうか」

「周防から参ったと、お取り次ぎ願います」

「しばらくお待ちください」

奥に入り、ほどなく出てきて言う。

「お会いになるそうです。どうぞ奥へ」

案内して一室に導き入れる。

若者は、御簾の前に座して待つ。衣擦れの音がして、天寿院が入ってきた。

「遠く周防からの客とは。そなたが、あの時の童かえ。何とも凛々しくなった事」

微笑みながら言った。

「天寿院様には、ご健勝にて」

狩衣姿の正時が頭を下げて言いかけるのを、天寿院は遮って言う。

「そのような堅苦しい事は言わず、祖母と呼べばよいのですよ。そなた、今の名は何と？」

「私ごときにありがたい仰せ。正時と申します」

「苦難の道を選んだのですね、その姿から察すると。貴時殿はお元気ですか？」

「はい。随分と都を恋しく思われたでしょうに、そのような素振りもなされず……父上よりの文をこれに」

蒔絵の文箱を御簾の方へ。天寿院は御簾を上げさせ、文箱から出した文を読んで言った。

「先々帝がそなたの一族を救えなかった詫びに、できるだけ力になりましょう」

「勿体ないお言葉、身に染みます」

正時は深く頭を下げた。

しばらく庵に滞在する事になり、笛を所望されたり、歌合わせをしたりして過ごした。

「貴時殿の文通り、何事にもよく精進された事、頭が下がりますよ」

天寿院は感嘆する。

「不調法な鄙者にて、男ばかりで無骨に育ちました故、風雅からはほど遠く……」

赤くなって俯く正時の様子に、天寿院ははっとして言った。

「貴時殿のあの、よからぬ噂は？」

「臣下に下られた後の醜聞は、左大臣の目をそらす為にわざと流されたもの、まことは高潔な方です。私の為に妻も持たれず……なれどこの事はご内密に。私の素性に疑いを持つ者が出ると困ります故、妻の連れ子と言う事にしておいて頂きたいのです」

「そなた達は、私などには想像もつかぬほど、過酷な十数年を生きてきたのですね」

天寿院は、墨染めの袖でそっと目頭を押さえる。

「いいえ、父上はとても慈しんでくださり、野山を駆け、自由と自然の中で育てた事は、我が身に過ぎた幸せです」

明るく正時は言った。

「そなたほどの公達は、都でもなかなかいなくなって……そなたのまことの父上を思い出しますよ」

「尼君様……」

思いがけない天寿院の言葉に不意をつかれ、正時の頬に一筋の涙が流れた。

「許してね、心ない事を。なれど泣くのを恥じる事はない。この先も、辛い時にはいつでも泣きにおいでなさい」

天寿院は、正時の手を取って言う。

「ありがとうございます。幼い日に涙など、捨てたつもりでおりましたのに」


数日後、正時は山歩きの途中で、身なりのよい公達が立ち止まって額の汗を拭っているのを見かけた。その足下で蝮(まむし)が飛びかかろうとしている。

「動かれますな！」

正時は鋭く呼びかけると同時に、傍らの木の枝を折って蝮の頭へ投げた。一瞬の事であった。

公達がはっとして足下を見ると、頭を枝に貫かれた蝮がのたうっている。

「おう、そなたのお陰で、麿(まろ)は命拾いしたのだな」

「驚かせて申し訳ございませぬ。殺生は罪なれど、飛びかかろうとしておりましたので」

「そなた、名は何と？」

公達が問うのへ黙って頭を下げると、止める暇もなく、正時は足早に立ち去った。

やがて、公達は天寿院の庵を訪れた。

天寿院自らが案内して奥の部屋へ導き入れ、御簾の中へ導くのを退けて言う。

「麿は忍び故、堅苦しい事は抜き。お変わりなくて何よりです」

「今上にもお変わりなく」

「奥山の鹿を見せたいとのお誘い、すぐにでも馳せ参じるところなれど、なかなか抜け出せず……尼君からのお誘いは珍しく、気になっておりました」

「見事な男鹿が迷い込んで参りましたので、是非お目にかけたく。お気に入られましたら、必ず、聞き届けて頂きたいお願いがあるのです」

帝のひどく興味を惹かれた様子に、天寿院は老尼を呼んで耳打ちした。老尼が頭を下げて出て行くと、まもなく正時が入ってきた。

「お呼びでございますか？」

「やっ、そなたは先ほどの！」

帝は驚きの声を上げ、正時も、今しがたの公達の正体を知り、驚いた。

「まあ！　今上にはいつの間に、この者を見知り置かれたのでしょうか」

天寿院は、すでに二人が出会っている事に、不思議を感じた。

「この者は麿の命の恩人。ここへ来る途中蝮から救ってくれ、名も告げずに立ち去ったのです」

「そのような事がありましたとは……これは周防に下った今上の兄宮、貴時殿の妻の連れ子にて、正時と申す者。正時、今上にご挨拶を」

「主上とは存じ上げず、無礼をお許しください。正時と申します。鄙者にて作法も存じませず、申し訳ございませぬ」

　平伏して言う。

「かまわぬ、忍び故。兄宮の子なれば麿には甥に当たる。尼君の願いとは、正時の任官の事ですか？」

　帝は察して言った。

「はい、本人は出世欲などまるでありませぬ者なれど、文武に秀でた公達振りを捨て置くに忍びず、呼び寄せました」

「なるほど。武に秀でたところはすでに見た。尼君がそこまで肩入れなさるのは初めての事。兄宮とは年も離れ、母が異なる故親しく話もできず、気にかかっていた。東宮であられた時もあり、麿よりよほど、帝の座に近くておられた。お元気か？」

「はい。ありがたきお言葉、父も喜びましょう」

「麿の恩人でもある。従四位、右近衛の少将ではどうか」

「いきなり私のような鄙者にそのような高い位、務まりましょうか……恐れ多い事でございます」

それを望んでの上京ではあるが、降って湧いたような鄙者が手にできる位や身分でない事は重々承知していて、正時はへりくだって言った。

「殿上（てんじょう）できねば意味がなかろう？」

「あちらはそれで、大事ありませぬのか？」

天寿院も心配そうに聞いた。帝も大きな溜息をつく。

「世の中で、帝ほど自由がない者もいぬやもしれぬ。外戚（がいせき）の夢破れたりと言えど、正面切って左大臣家に逆らう者もいぬ。正時も聞いていよう、兄宮がどのような思いをなされたか。麿には兄宮を呼び戻す力も、皇后であられた尼君の境遇を変えて差し上げる力もない」

「今上、御身（おんみ）を責められませぬよう。私共はそれなりに楽しんでおりますもの」

「正時の任官については、思い切った手を打ちたい。そなたこれから麿について来られるか？　麿の恩人として」

帝が悪戯っぽく言うのへ、天寿院と正時は顔を見合わせた。

「都人は噂好き故、帝を救った者に褒美を、と言うのに異を唱える者を許すまい。しかもこれは作り事でなく、素性を知る前のまことの出会い。当分そなたの噂で都は喧しかろうが、そなたには、耐えられるだけの、度胸も品位も備わっていると見たぞ」

「恐れ入ります」

　正時は頭を下げた。

「ただ、周防の出と言うと、正時に対する風当たりが気にかかります」

　天寿院は心配して言い添える。

「近江より、先日亡くなった帥の宮の隠し子が、父を訪ねて出てきた、と言うのはいかが？」

「おお、あの宮にはそうした事が度々ありましたなあ。正時、落ち着いたら時々訪ねてきておくれ。体に気をつけて」

　天寿院は、帝にまことの素性を隠して、正時を送り出してくれた。

　正時は帝を自分の馬に乗せ、手縄を引いて帝の山荘へ送って行った。

　山荘ではいつのまにか帝の姿が見えなくなったので、大騒ぎになっていた。そこへ帰ってきた二人を、蔵人達が取り囲む。

「主上、ご無事で！」

「皆には心配をかけた。忍び歩きの途中蝮に噛まれかけたのを、この若者に救われた。

この者は麿の命の恩人、粗略にしてはならぬぞ。まして話を聞けば、亡き師の宮縁の者と言う」

すぐに都に帰る支度がなされ、帝は正時を牛車(ぎっしゃ)に共に乗せて、内裏(だいり)へ連れ帰った。先触れによってこの知らせは内裏に届き、宴の支度が調えられた。内裏に上がるについて異例の事に、従四位が正時に贈られる。直衣(のうし)を賜り、すぐに女房(にょうぼう)達が手伝って着替えさせた。

帝の前に控えた正時は、匂うばかりの公達振りであった。

「おお、思った通り、よく似合う。まごう事なき宮筋の者よ。ましてや帝たる麿の恩人、丁度空席の、右近衛の少将に任ずる。末永く麿に仕えよ。さあ籐内侍(とうのないし)、正時に杯を」

さすがに威厳のある凛とした帝の姿に、圧倒される正時。

その側に、籐内侍と呼ばれた若い女房が杯を持ってきて、酒を注ぎながら小声で囁く。

「杯を干されましたら、舞を一指(ひとさし)舞われませ。されば何人も、主上の仰せには逆らえませぬ」

正時が杯を干して帝を見ると、帝は目で合図する。つと正時は立ち上がり、階(きざはし)

（階段）を降りて作法通りに舞を舞う優雅な姿は、冷ややかに見ていた公達の間からも、ほうと溜息が出る。

「おお、なんと見事な舞よ。これからは宴の度に舞ってもらうぞ」

いつになく上機嫌の帝であった。

異例ずくめで、却って誰も異を唱える事はできず、苦々しく思う者もいたが、表だって事を荒立てられない。

やがて帝が退席して後、正時の側に内侍がやって来て囁く。

「酔った振りをして、私にお摑まりください」

袖を引かれるようにして立つと、導かれるまま宴を抜けた。長い渡殿（わたどの）をいくつか過ぎ、人目がなくなると、二人は互いを意識して離れた。

「すまぬ。鄙者故、面倒をかけて」

「いいえ、素晴らしい舞をお見せ頂き、うれしゅうございました」

扇で顔を隠して先導し、弘徽殿（こきでん）に案内（あない）する。

「正時様をお連れしました」

御簾の内へ声をかけ、控えた。

「いきなりの宴で戸惑ったろうが、見事な舞であったな」

御簾内から帝の声。

「恐れ入ります」

正時は、頭を下げた。

「中宮が、礼を言いたいとな。これからの暮らしの世話もしよう」

「お礼はこちらが申し上げるべきもの、恐れ多い事でございます。しばらく都に滞在するつもりで田舎を出て参りましたので、住家も手配済みにて。身にあまる官位を授かりました事さえ、夢のようでございます」

「そなたいくつになる?」

「はい、十七になります」

「後ろ盾となる家の姫を探しておこう」

「あ、いえ、それはその……」

しどろもどろになって俯く正時に、帝は笑って言った。

「ははは、驚くほど何でも見事にこなすそなたが、恋のいろはを知らぬとはな」

中宮が今宵の寝所に正時を案内するよう、内侍に言う。

又渡殿をいくつも渡りながら、内侍が話しかける。

「お疲れになられましたでしょう」

「さすがは都、驚く事ばかりです」

翌日正式に任官を受け、半月後の出仕を申し渡された後、すでに用意の邸へ帰った。

正時の馬の蹄の音に、幼い時から正時を育ててきた爺の行家が、ころばんばかりに出てきて正時を迎え入れた。

「若、この度は、まことにおめでとうございます。昨日から都中、若のお噂で持ち切りで」

「爺、長旅大事なかったか?」

正時は、行家の肩に手を置いて、気遣うように言う。

「若こそ、初めての一人旅、危険はありませなんだか? 父上様もいたくご心配なされて……」

「ふふふ、度胸づけにと一人旅を命じられたは、父上ご自身ではないか。なれど父上のご恩、こうして都へ出て身に染みる事ばかりよ。何せ、東宮であられた方直々の作法指南。恥をかかずにすんだぞ。私とそなただけではとても生きてはこられなんだ。我らの定めの為に、御身の総てを捨ててまで……」

「若。なればこそやり遂げましょうぞ。たった今、一歩を踏み出したばかり。たとえ何年かかろうとも」

「その為に生きてきたのだ。近江から出てきた事になっている。郎党（ろうとう）や童は大丈夫か？」

「父上様が直々に選ばれた者達にて、口も堅うございます。徹底させておきましょう」

「近衛（このえ）の事、調べたか」

「将監（しょうげん）の高明（たかあきら）様が、都一の弓太刀の名手ともっぱらの噂でございます。若より四、五つ年上かと。この方がよく皆をまとめているようで、評判はよいのですが……」

「何か問題があるのか？」

先を言い渋る行家に、正時は怪訝そうに聞く。

「人柄がよいので、その……恋の噂も多く」

恋の噂話に全く興味のない正時は、太刀の評判だけが気にかかる。

「将監殿の太刀の腕前、知っておきたいな。何かの折に、支障にならぬとも限らぬ故」

不安よりもむしろ、近衛に出向く日を楽しみに感じる正時であった。

翌日から、主だった殿上人の所へ新任の挨拶と贈り物を届けて回り、着任二日前になってやっと、右近衛所へ高明に会いに行った。

帝の恩人である上宮家の血筋と噂される正時に対して、高明は一応へりくだった態度を取る。

「少将様には、文武に秀でておいでと聞き及びます。武では何を得意とされましょうや」

「一通りの事ができるだけで、とても秀でるなど。武では弓より太刀を少々」

年上の、都一の武勇の持ち主に対峙して、少しも臆する事のない、堂々とした態度であった。

「そのうち是非一度、お手合わせ頂きたいものです」

「将監殿こそ弓太刀共に、都一の勇者と聞く。本来ならば麿より長の器、若輩の麿にご不満はおありだろうが、一からご教授願えますかな」

「不服などと。少将様には、何なりとお申しつけください」

そこへ、御簾の外から部下の声。

「新任の少将様にご挨拶したいと、皆集まっておりますが」

「少将様、いかがなされますか?」

高明は、正時の方を振り返って聞いた。

「今日はそなたに会うだけのつもりであったが、皆も揃っているなら、会っておこう」

「では、こちらへ」

高明が御簾を上げて、正時を先に通した。

「すまぬ」

年若く、華奢で小柄な正時を見て、皆一斉にざわついた。

「静まれ。この方が、右近衛の少将に着任される正時様だ。我ら揃って忠を尽くそうぞ」

よく通る声で、高明は皆に告げた。

「麿は地方にて育ちし鄙者なれば、都の事など教えて欲しい。皆に助けてもらう事ばかりであろうが、頼みますぞ」

正時の穏やかな落ち着きのある声に、又皆がざわめく。

と、その時、後ろの方から一本の矢が、正時めがけて飛んできた。皆があっと息をのむ刹那、正時は動じる事なく無造作に扇を振って払いのけた。

高明が声を荒げて言う。

「誰ぞ！　このような無礼を働くのは！」

「将監殿、かまわぬ。咎めはせぬ。ただ、何故このような事をしたのか教えてくれる者はいないか？」

　いきなり現れた鄙者に対する多少の反発を覚悟していた正時は、変わらぬ穏やかさ
で問う。

　すると、後ろの方から野太い声が飛んだ。

「地方の出と聞き、さぞかし逞しい方と期待していたが、このような、都でも少ない
優男が近衛の長かと残念故、腕試ししたまでの事」

「その声は安道(やすみち)。何という無礼を！」

　高明は、その男を取り押さえるよう言ったが、誰一人動く者はいない。

「部下の無礼は麿の落ち度、咎めは麿に」

　高明は、正時に頭を下げて言った。

「かまわぬと言うたはず。それより安道とやら、腕試し、納得がいったかな」

　微笑みを浮かべて安道を見た。安道は最前列に進み出て、正時を見据えて言う。

「矢一本避けたくらいでは、まだまだ」

「ならば、どうせよと？」

「我らが将監、高明様との手合わせが見たい。都一を誇るその方と、もし互角に闘える方なれば、敬えもし、安心して我等の命を預ける気になるというもの」

安道の挑発的なその言葉に、さすがの高明も憤って言った。

「少将様はお上から任じられた方、このような事内裏に聞こえらば、反逆と見なされよう、馬鹿な言い分は捨てよ。この高明、一命を賭して少将様にお仕えするつもり」

「我らは納得いきませぬ」

「そうだ、不服だ！」

皆が前より騒ぎ始めた。

「静まって欲しい。このままでは麿に従えぬと言うのだな。ならば仕方がない、この場だけの事。名高い高明殿と闘うなど、思いも寄らぬ事だが、皆が認めぬと言うならやむを得ぬ。高明殿、一手お願いできますかな」

正時は、高明を振り返って言った。

高明も、ひ弱にさえ見える正時の力を信じてはいなかったが、ここまで自信ありげな態度に興味が募っていたところであり、正時も又、高明の力を知るよい機会に、笑みさえ浮かぶ。

「少将様がそこまで言ってくださるのであれば」

二人が太刀を構えるのを、皆が取り囲む。

はっ、はっ、はっ、息つく間もなく太刀を合わせる。力は高明、身軽さは正時、見た目には互角。勝敗が決する前に、高明が太刀を後ろ手に、片膝ついて控えて言った。

「参りました」

正時は微笑んで言う。

「立たれよ、高明殿。さすがに噂通りの勇者よ。冷汗をかいた」

「それは麿の台詞。これほど長に相応しい方が、他におられましょうや」

女のような細い体の正時にこれほどの力があるとは、高明も他の者も驚きであった。

安道が正時の前に跪き、頭を下げて言った。

「少将様、無礼の数々お許しください」

他の者達も安道に倣って、尊敬の念を込めて頭を下げた。

近衛所を出た途端、正時は送ってきた高明に言った。

「高明殿、何故手加減された？」

「さてもこれは。少将様こそ加減を」

「そなたとは、この先争う事のないようにしたいものよ」

溜息と共に出た、正時の本音であった。

数日後、正時は大堂寺に立ち寄った。

「御坊、お久しゅう」

正時は、懐かしそうに言った。

数年前、全国行脚の途中に何度か周防に立ち寄り、正時の成長を楽しみにしていた日全は、数少ない味方であった。

「これは正時様、ご立派になられましたな。この度は、任官おめでとうございます」

「何の。御坊に、近衛の空席をお知らせ頂いたお陰。すぐにも参りたかったのですが」

「未だ志、変わられぬご様子」

日全は、安堵と憂いの交じった顔で言う。

「憂慮されるはわかるが、その為にのみ生きてきた身、これればかりは聞けませぬ」

「さても、宿世と申すしかありますまい」

しばらく懐かしい周防の話などして過ごし、暇乞いをした時、門近くの池に女童が鞠遊びをしていて落ちた。正時は即座に太刀を投げ出すようにして池に入り、女童を抱きかかえて上がってきた。母親が走り寄り、何度も頭を下げるのへ、泣く子を渡した。

冷たい水に正時の顔は青ざめ、透き通るように美しい。日全はすぐに、自分の墨衣(すみごろも)を脱いで正時に着せかけ、小坊主に湯殿(ゆどの)へ案内させた。

偶然にも、門の前を通りかかった高明が、その場を見ていた。

「あの透き通るような美しさは、この世の者とは思われぬほど。一体あの方は、何者……？」

湯殿に、日全自ら着替えを持ってきて置く。

湯から上がった正時は、小袖(こそで)と単(ひとえ)の衣を着て紅葉の小袿(こうちぎ)を持って日全の部屋へ。

「御坊、これはどう言うおつもりですか？」

青ざめた顔で言った。

「まあ、そう熱くならずと。止めて聞かれるようなれば、この十余年そのようななりをしておられますまい。だが、お一人にては難しかろう。縁の方々も皆散り散りなれど、無念のお心は貴方様のみにあらず。あまり肩肘張らず、もっと柔らかさも入り用かとの老婆心」

「その言、ご尤もなれど……」

正時は釈然としない。

「その香、お忘れかな？　亡きお母上の召されし物。郎党までも大事になさっていたお母上の事を思い出され、くれぐれもお一人にて急がれる事なきようになされよ」

日全の慈愛こもる言葉に、正時は衣をかき抱いて頭をたれた。

「御坊の戒めありがたく……時をかけても縁の者を集め、心一つにして立ち向かいましょうぞ」

「お辛い時には来られるがよろしかろう。少しでもお心安らがれれば。おお、お邸（やしき）よりお召し物が届いた様子。くれぐれも御身大切に」

日全はそう言い置いて、部屋を出た。

正時は届いた狩衣に着替え、邸に帰って行った。

翌日、近衛所へ出仕してきた正時に、高明は言った。

「少将様には、お風邪など召されませんでしたか？」

正時は、怪訝な顔で聞き返す。

「何故そのような事を？」

高明は微笑んで、詠じる。

「春遠く冷たき水に光さす　空蝉なりや霞なりけり」

「そなた一体……？」

驚きを隠せず絶句する。

「通りかかったまでです。あの女童、無事でよろしゅうございましたな」

高明のさらりとした態度に、正時は返す言葉もなかった。


先の右大臣九条家の邸は、焼けただれ、荒れ果てていた。何処からともなく女物の牛車が出入りするという噂が立った。

ある夜の事、高明は女の許に通う途中、供も連れぬ怪しげな牛車に出会った。不審に思って後をつけると、牛車は近くの小さな邸に入って止まった。

女が一人牛車から降り、邸奥に入るのを見て、高明もそっと後を追う。

「望月の駒に霞し黒髪の……そなたの顔が見たい」

月明かりで見える女の後ろ姿に、囁くように言う。女はつけられていた迂闊さに唇を噛みながら、扇で顔を隠して次の間へ。高明は女を追いながら、更に言葉をかける。

「恥ずかしがる事はない。こちらへ来よ」

「お許しください」

「何故、九条の方へ?」

「ただ通りかかったまでです」

女は弱々しく言う。

「女一人、このような荒れ家に何をしに？」

「恋しき人を待ちわびて」

「そなたの名は？」

「名乗る名もなく、陽炎（かげろう）とでも……」

「待つ男の名は？」

「お許しを……」

あくまでも儚げに言う。

「男が来るなど、嘘ではないのか。そなたの素性が知りたい」

なおも近づく高明に、このままでは逃れようがない苛立ちから、女は一転して強い口調で、

「私などにかまわれずとも、早うお待ちの方の許へ行かれませ」

と言うと、高明は狼狽して言った。

「そなた一体……？　麿を見知っているのか」

「名高い、近衛の将監様でございましょう？　あちらこちらに、お待ちの方がおいでとか」

たじろぐ高明を振り切り、素早く奥の隠し部屋に逃れて戸を閉める。素早く狩衣に着替えて男姿に戻った後、抜け道を通って表に出た。そのまま帰ろうとしたところへ、高明の馬が正時を見ていいななき、高明が飛び出してきた。

「これは高明殿、何故ここへ！」

正時は不審を持たれぬように、わざと大袈裟に驚いてみせる。

「や、少将様……！」

高明は言葉も続かぬほどの驚きよう。

「まさか高明殿には、あの女を……」

「かの女性が待っていたのが、よもや貴方とは！」

呆然としている。

「麿とて男。そなたこそ都一の男振り、通う所も多いと聞く。何もあのような女にかまわれずとも」

と、いささかの皮肉を込めて言う。

「九条近くで見かけました故。物の怪騒動、ご存じのはず。関わりありと見ましたが、まことの名をご存じでしょうか」

「陽炎とだけ」

「そのような！　なれば文を交わしたり約したりはできませぬぞ」

はぐらかす正時に、高明は気色ばんで言う。

「気まま者故、一方的にあちらから使いを寄越すだけで。さては麿も不審者よ」

開きかけの扇をぱたぱたと動かしながら、少し意地悪く言った。

「そのような事は……」

「内裏より、まだ物の怪の詮議の沙汰はない。そう熱を入れずともよかろうに」

あくまでもしらを切る正時に、高明も皮肉に言い返す。

「少将様には、宮仕えの女達も文をする者多く、皆、花なれば大輪の花にて、悔しがる男も多いと言うに、一人だに返歌もされずと聞いております。さても木石よと噂されておられるに、女の許へ、それも素性さえ知れぬ女に通われるとは」

「麿には、一度に何人もの女を想う事ができぬ故」

「よほど、美しい女ですか？」

「さて、他を知らぬ故。なれど、都一の男振りの高明殿の心をそそる女でもあるまいに。鄙(ひな)びた女よ」

素気なく言った。

「いや、木石の君の心を捉えた女なれば、他に並びなき素晴らしさがあるのでしょう。

一度、ゆるりと物語りなどしてみたいものです。そうお伝えください」

高明は、正時の皮肉を投げ返すようにそう言うと、軽く会釈をして去った。

正時は我が身の迂闊さを悔いながら、邸へ戻った。

散り散りになった味方を引き寄せる手だては、今はこれしかないのであった。


数日後、内裏で帝より宣旨があった。

「先頃より、九条近くに女の物の怪が出るそうな。今のところ何も害は出ていぬが、見回りなどして、気をつけてくれるように」

「かしこまりました」

「さて、正時。話は変わるが、そなた、都中の女達から文を送られているそうな。歌も巧いそなたが何故、誰にも返歌もせぬ。ここな女房達も、不満を言うておるわ」

「そ、それは……」

思いがけぬ帝の質問に、正時は困惑を隠せない。

「そなたはどうも、女の話になると歯切れが悪いな。気の利いた文のやり取りくらい、そなたには雑作もないはず。そこまで頑ななのは、すでに想う者ある故か」

「いえ……女性が苦手で、どなたにも応える事ができませず……申し訳ございませぬ」

「苦手と言うても、馴染んでみれば気も変わろう。左大臣家の六の姫も、そなたの噂に恋煩いで床についているそうな。想う者がおらぬのであれば取り持とう」

「それは……」

正時はただ伏したまま。

「ただ苦手と言うは、誰も得心できぬぞ」

じっと見据えて、いつになく帝はきつく糾す。

「……なれば、訳を申し上げますが……恐れながらお人払いを。この正時、一生の恥を晒さねばならぬ事です故」

正時の真剣さに、皆を下がらせた。二人だけになると、帝は口調を和らげて言う。

「父君の事、わかるが、出世を望むなら、あちらに取り入るのも得策と思うが。できぬか」

「親も知らぬ我が身の秘密、父に婚儀を薦められ、なさぬ仲故断りきれず、天寿院様にお縋りしたのでございます。いつの頃からか、いくら鍛えても男らしい体格にはなれぬこの身。

霞立つ春の日故に浮雲の　晴れ間も見えず実の一つだに無き

これにてお察しくださいますよう……」

そう言うと、すっと下がって伏した。

「まさか、美男の上武勇の誉れ高きそなたが。線が細いとは思うていたが……哀れ、許せよ」

さすがに、帝も言いようがなかった。

退出して近衛所に戻ると、高明が待ちかねたように聞いた。

「主上には、何と?」

「九条の物の怪よ、そなたの望むところだ」

正時は、笑みを含んで言った。

「あれから、陽炎の君に逢われましたか?」

高明は、よい機会とばかりに、意気込んで聞く。

「いや、そなたと話している間に、消えていた。やはり物の怪であろうか」

とぼけて通そうとする。

「貴方らしからぬ事を。かの君との馴れ初めなどお聞きしたいものです」

「何を知りたいと言うのか」

苦々しさを隠せない。

「素性も容姿も」

「知ってどうする」

「さて。知ってから考えましょう。月明かりにて後ろ姿を見ただけなれど、今まで見知った女とは異なるものを感じました。趣のある女を見つけたら、少しは人に自慢したくなるもの、貴方こそ、人に知られたくないほどかの君に一心をお預けに？」

高明は、にやっとして問い返す。

「買いかぶりよ。そなたが気にかけるほどの女ではない。物の怪のようなものだ」

話を打ち切るように、正時は言い放った。


数日後、正時が近衛所に出仕すると、高明が、曰くあり気な顔で近づいてきた。

「少将様には先日の主上のお話、九条の件のみではなかったようですな」

「はて、何であったろう」

正時はとぼける。

「沢山の文に返歌もせずと。なれど想う女なしと言われたそうな。何故に？」

「本心を申し上げたまで」

「かの君の事、人に知られてはならぬのですか？　なれば何故、麿には口止めされませぬ」

耳元で囁くように言う高明に、正時は苦々しげに顔を背けて言う。

「そなたがあの女に興味を持っている間は、他言せずとみた」

「人払いまでして、主上に何を？」

「そなた、詳しいな」

じろりと高明を振り返って、言った。

「中宮様付の籐内侍と申す女房、ご存じでしょう」

「ああ、あのしっかり者の賢い女房殿か」

初めて会った時の、世慣れた機敏さと屈託のなさを思い出して言った。

「幾度も文をお送りしているはず」

「さて」

女からの文は、一通たりと開きもせず、誰からとも聞きもしない。

「さてもつれない。あれは、麿の妹です」

「ほう、そなたの……総て知らせが届いている様子……」

さすがに、正時は驚きを隠せない。

「想う女ありならともかく、なしと言われるは。何故、女嫌いと公言なさるのか不思議にて」

「兄妹揃って麿の詮索か」

怒るよりも、思わず苦笑する正時。

「無礼は承知の上、お腹立ちですか？」

「かまわぬ。おう、そなたは陽炎の詮索よ」

「貴方にも興味がありますす故。あの、池から上がってこられた透き通るような美しさは、この世の者とは思われぬほどで」

「そなたにかかると、麿も物の怪よ」

正時の表情は、硬いままであった。


益々、物の怪を見かけたとの噂が飛び交う中で、ある夜、目的の邸を目前にして、陽炎の牛車が頭中将と行き合ってしまった。

「女、何処へ行く。名を聞かせよ」

声をかけながら、馬を牛車に寄せてくる。事もあろうに、一番まずい男に見つかった驚きと、牛車ではとても逃げ切れない事に一瞬戸惑うが、牛車に乗り込まれると逃げ場がないので、後ろから滑るように降り、目の前の荒れ邸に走り込む。

「や、女、待て！」

頭中将は、馬を下りて追ってくる。

「お許しを……」

袖で顔を隠して奥へ逃げ込むが、折悪しく蔀戸(しとみど)（板戸の一種。板の両面に格子を組み込んだもの）も取り払ってあり、柱のみで隠れ場がない。女好きの中将(ちゅうじょう)は、月明かりの中思いがけず女の若さと気品を見て取り、笑みがこぼれる。

「恥じらう事はない。こちらへ来るがよい」

「お許しくださいませ……」

「麿を拒むと言うのか」

少しずつ近寄る。

「待つ方がおります」

「麿より身分高き者ではあるまい。これより麿が庇護してやろう」

「いいえ、嫌です！」

嫌悪に震える。

「何と気の強い女よ。益々興味が増したぞ」

乱暴に近づき、逃げようとする陽炎の、袿(うちぎ)の裾を足で踏む。陽炎は床に倒れ伏す。

「このような乱暴、ご身分に障りましょう！」

「ふふ、いつまで強がっておられるかな。すぐに泣かせてやろうぞ」

手を伸ばして袖を摑もうとするのへ、陽炎は茌からするりと抜けて、かろうじて逃れる。

が、絶体絶命！

そこへ、馬の蹄の音。騎馬のまま高明が、門の中へ走り込んできた。

「陽炎、このようなところにいたのか、探したぞ」

陽炎は突然現れた高明を見て、驚きながらも、思わずほっとする。中将は、むっとした顔で振り返る。

高明は馬から下り、驚いた振りをして言う。

「やっ、これは頭中将様。思いがけぬところでお目にかかりますな」

「そなたは近衛の」

「はい、将監高明でございます。この女は麿の想い人なれば、何卒お許しくださいませ。陽炎、待ちわびて探しに来たのだ」

陽炎に駆け寄って、庇うように抱く。陽炎は思わず、高明の狩衣の胸を摑んで顔を伏せ、震えている。

「久しく前から、私だけを頼ってくれております。どうぞこの者から手をお引きください。この道なれば、近頃ご執心と噂の萩の君への道筋、どうぞそちらへ。お待ちでございましょう」

庇い切る覚悟の高明に、さすがに怒りをこらえて言った。

「近衛の高明、覚えておれよ！」

踵を返して出て行った。

「ああ、間にあってよかった！　遠くから牛車を見かけてもしやと思い、馬を駆って来たのだ」

落ち着いてみれば、息が弾んでいるのがわかった。氏素性もわからぬ女を、今をときめく左大臣の息子から憎まれるのを承知で庇ってくれた高明に、陽炎は驚きを隠せない。

「高明様……」

「怪我はないか？　あのような男！」

吐き出すように言った。

「私などの為に申し訳ございませぬ。後でどれほどのご迷惑が……」

陽炎は憂いた。

「かまわぬ。そなたに触れる事ができたのだ、何があろうと覚悟しようぞ」

陽炎の心配を察し、微笑んで言った。はっと我に返った陽炎は、高明から離れて袿を取りに行き、それを羽織った。

「何かお礼を」

袖で顔を隠して言った。

「礼などいらぬ、そなたが無事であっただけで」

「それでは気がすみませぬ。是非にもお礼をさせてくださいませ」

恩に着るのを厭う様子で強く言うのへ、

「ならば一つだけ、欲しい物がある」

僅かに思案して、高明は答えた。

「お申しつけくだされば、後日お届けを」

「欲しいのは、そなたの心」

「そ、それは……」

陽炎は狼狽した。

「体をくれる女はいる。麿は、そなたの心が欲しい」

「お戯れを……」

「戯れではない。何が欲しいか問うたは、そなたの方」

「私がどのような女かご存じありませぬのに。それに貴方様には沢山通う方がおありのはず」

「それ故、今も言った。親しい女はいるが、麿の心は満たされた事はない。心から燃える想いをした事はなかった。だが、そなたに逢ってからはちがう」

「それが殿方の手管なのでしょう？」

「麿の噂を知るなら、そう思われても仕方あるまい。なれどあの男から庇ったのも手管と思うか」

真剣さに、陽炎は気押される。

「……私は……正時様の……」

さすがに恥じらいながら、小声で言った。

「いや、そなたは乙女だ、麿にはわかる」

花なれば蕾の固さが隠し切れないのがわかる。陽炎は緊張のあまり、その場にくずおれる。

「大丈夫か？」

高明はさっと片膝ついて陽炎を抱き止め、そのまましっかりと抱き締めた。

「あっ、はなして……！」

　虚をつかれた事にたじろぎ、取り乱す。

「何もせぬ、ただ、しばしこのまま」

　そっと高明は陽炎の袖を払い、顔を覗き込む。男を恐れる陽炎は、顔を背けてきつく目を閉じ、恥じらいに震えている。なおもそのままで高明は言う。

「その強がりよう……そなたは何か大望を持つ身だな？　それが叶うまで待とう。麿にできる事があれば、何でも力になろう」

　陽炎はそっと、高明の太刀に手を伸ばす。が、高明は陽炎の顔から目を離さずに言った。

「麿を斬るのか、それとも自刃か……？　今、死ぬ訳にはいくまい」

　苦しそうな表情の陽炎をそっと離した。陽炎はがっくりと肩を落とす。傷ついた蝶のような儚さに、高明の胸は痛んだ。

「物の怪の噂はもう十分広まった。これ以上は危険故、休まれる方がよかろう。いつも運よく、麿が出逢えるとは限らぬ。送りたいがそなたは拒もう、気をつけて帰られよ。また逢おうぞ」

　高明は去った。

その後、正時も高明も素知らぬ顔で職務をこなしていたが、ある日、近衛所へ頭中将。

「高明はおるか！」

いきなり、頭中将の居丈高な物言い。

「はい」

近くへ来て控えた高明は、先日の仕返しを覚悟した。

「先夜はよくも麿を愚弄したな」

「とんでもございませぬ、麿にはそのようなつもりは」

あくまでも低姿勢で、落ち着いて対応する。

そこへ、正時が割って入った。

「これは、頭中将様には近衛へようこそ。ご用なれば、こちらから馳せ参じましたものを。麿が近衛の長として、ご用件を承りましょう」

いきなり高飛車な対応に、高明さえ驚く。中将は不快気に言った。

「我が左大臣家の姫が恋い焦がれているのが、このような優男とは。初めから思うておったが、そなたごときに、近衛の長が務まるのか」

「恐れ入ります。人は見かけのみにあらず、高明殿ほどではありませぬが、太刀をいささかに」

　態度は丁寧だが、強気である。

「そなた、麿に含むところがあるのか」

「そのような事決して。ご用件を承っているのみにございます」

「父左大臣が、今宵、三条(さんじょう)の邸に来るようにと。家人(けにん)ですむ事なれど、近頃強くなった近衛の様子、この目で見ておきたかったのでな」

　自分に逆らう高明や正時に対する皮肉であった。

「恐れ入ります」

　表面上はへりくだって通すので、事起こす事なく、舌打ち一つ残して引き上げて行く。

「左大臣家が麿を呼びつけるとは……何事であろうか……？」

　肩を怒らせて去って行く頭中将の後ろ姿を見送りながら、正時は小さく呟いた。

「行かれるおつもりですか？」

　じっと正時の横顔を見つめていた高明は、ふと閃くものがあって言った。

「何故、それを聞く」

高明の方に顔を向けた。

「陽炎の君は、左大臣家を仇としておりましょう。なれば貴方には」

言いかける高明を遮って、正時は強く言った。

「どう言う事かな」

「麿に隠される事もありますまい。今はっきりと摑みましたぞ、貴方の素性を」

「さて、何の事」

「皆まで言わせるのですか？　先の右大臣の姫君……三の姫弥生(やよい)の君」

「そなた……」

さすがの正時も、みるみる顔が青ざめていく。高明は側に寄って、囁くように言う。

「ご安心を。決して他言しませぬ故。命を懸けて、誓いましょう。幼少より和歌に優れておいでで、義兄に連れられて九条に伺った折、まだ幼くていらした貴女にお庭で一度お逢いしております。桔梗の花を差し出した麿に、すぐに歌を詠んでくださったはにかんだお顔が子供心にも美しい姫君と恋しく……あの姫君がご存命、しかもこうして又、巡り逢えるとは」

「麿の知らぬ事。ならば陽炎の」

顔を背けてしらを切ろうとする正時に、高明は重ねて言った。

「陽炎はつまり貴方。もっと早く気づくはずのものを。あの冷たい水の中から上がってこられた美しいお姿、初めて陽炎の君を垣間みし時……」

「……何故……？」

正時は苦しそうに問う。

「先夜の頭中将を見る目と今しがたの目が、同じ煌めきを持っておられた。その上、冷静な貴方がいつになく挑発的な物腰。貴方に咎めがとひやひやしたほどに」

高明は優しく言った。

「何が目的。金か地位か」

「あまりのお言葉ですぞ。麿とて、あの事件には不審を持っておりました。まして女子供まであまりに酷い事と心痛み……これからは、陰の力としてお使いください」

「それはできぬ！」

きつく言い捨てる。

「斬りますか？　麿を」

「簡単に斬れるそなたではない。黙秘の代償は……」

一転して弱々しく言う正時に、高明は憮然して言った。

「先夜申し上げた望み、もう一度ここで申してもよろしいのですか？　これ以上知らぬとは言わせませぬ。何なら今一度、申し上げてもよいのですよ」

「もうよい……麿の負けよ」

喘ぐように言う。

正時を気遣うように言った。

「麿が代わって参りましょうか？」

「いや、麿が行かねばなるまい」

夕刻、正時は三条の邸へ。すぐに奥へ通された。

「おお、近衛の少将、よく来たな」

「お呼びにより、参上致しました。左大臣様には、いかようなご用でしょうか？」

正時は頭を下げたまま、問う。

「そうせくな、今宵はゆるりとして行くがよい。六の姫も喜ぼう」

「もしも縁組みのお話なれば、主上にお断り申し上げ、得心して頂いたはずでございます」

「なれど主上には、諦めさせよと仰せられるばかりで、訳も話してくださらぬ。姫も麿も、それでは納得がいかぬ。姫を大事にしてくれさえすれば、すでに通う女がいてもかたい事は言わぬ。そなたの後ろ盾になってやれよう」

「お気持ちはありがたく、できる事ならお言葉に従いたいところなれど、姫を傷つけるは本意ではございませぬ。その前にお断りするしか……」

「ここまで言うて、なおも拒むとは。訳を聞きたい」

「主上に重ねてお尋ねを。正時がそう申したと。なれば主上も話されましょう。己が口から申すはあまりに辛い事なれば、お許しください。主上の命により、これから九条の物の怪の見回りがあります。部下を待たせておりますれば、これにて失礼致します」

あくまでも礼儀正しく慇懃な態度で、正時は暇乞いして邸を出た。

馬に乗って邸の塀の角を曲がると、やはり馬に乗った高明が待っていた。

「そなた、何故……？」

思いもかけぬ事に、正時は驚いて言う。

「少々心配で、お待ちしておりました」

高明は轡(くつわ)を並べながら、言った。

「待つ相手が違っていよう。麿につきまとうは迷惑」

「お言葉ですな。もう麿には待つ人はおりませぬ、貴方以外には。貴方だけに尽くす事を決めました故」

淡々と言う。

「迷惑と言ったはず」

「麿が勝手にする事です、お捨て置きください」

「恩を売って、それで人の心が傾くと思うのか！」

正時は、きっとして言った。

「ははは、手厳しいお言葉ですな。そのような皮肉は貴方らしくない。恩を売ったつもりなどありませぬ。先には頭中将より庇って頂いた故、これで貸し借りなし。それに心なれば、腕ずく力ずくと言う訳にはいきますまい、総ては貴方次第。麿はひたすら待つ身。麿の望みを申し上げたまでです。ただもう少し、気を許してくだされば。麿にまで気を張っておられては、お疲れになりましょう」

諭すように言った。

「そなたの言う通りよ、麿はそなたの前では、まるで肌を晒しているようなもの」

「弱味を握ったつもりはありませぬぞ。麿はそのような男に見えますか？」

気色ばむ高明の真剣さに、正時は溜息をついて言った。

「笑うていよう、このような姿を。所詮、浮き名の多いそなたをたばかり切ろうとしたは、無理な事だったようだ」

「それは嫌味ですか?」

　ふふっと笑った高明に、僅かに首を振り、力を抜いて正時は言う。

「いや、正直な気持ちだ。そなたの前では、どう取り繕っても無駄と知れた」

「他の者は気づかぬ事。決して他言しませぬ。貴方を笑おうなどとは思いもせぬ事。どのような姿をしておられようと、麿は貴方を、お慕いしております」

　正時の方を見ると、正時は馬に伏せている。

「正時様、いかがなさいました?」

　驚いた高明が馬を寄せて抱き起こすが、正時はぐったりしたまま。額にそっと触れると燃えるように熱い。高明は馬を寄せたまま、正時を抱くようにして、己が邸へ。奥庭まで馬を乗り入れ、抱え降ろして部屋へ寝かせる。すぐに正時邸へ使いを出し、急病故医師を頼むと伝えさせた。

　正時は熱でうなされ、時折、母上母上と、うわ言を言う。

　正時邸から、爺の行家が駆けつけてきた。

「ご苦労であったな」

　高明自ら案内して招じ入れる。

「行家と申します。将監様には大変ご迷惑をおかけし、申し訳もございませぬ」

「高明でよい。勝手に医師(くすし)を呼ぶのはいかがかと思い……」

「お気遣い、恐れ入りまする。若の病はずっと、私めが診て参りました。秘伝の薬がございますので。慣れぬ宮仕えの、お疲れが出たのでございましょう」

そう言って、正時の口に丸薬を含ませた。

「今宵は、病人を動かす事もなるまい。麿がお側についていたいと思う。そなたは次の間で休むがよい」

高明が言うのへ、行家は驚く。

「そのような恐れ多い事は」

「正時様の病、麿が原因と言ったら、そなたどうする。何時からお側に?」

「お生まれになる前からで」

「ならばわかるな。この方の正体、知っている」

「た、高明様!」

行家は、思わず声が高くなった。

「誓って他言せぬ。麿に知られた衝撃で、張りつめた糸が切れたのではないかと思う」

「……」

正時の動揺を察して、言葉もない。

「心配なのだ、信じてはもらえぬか。この方が話しておられぬのであれば、何故知ったか麿が話す訳にもいくまい、なれど、この方を守りたい……決して仇なす者ではない」

じっと行家の目を見つめて、誠実に言い募る。

「わかりました。なれば、お願い申し上げます」

行家は、高明を信じるに足る人物と見た。

高明は度々うなされる正時を、寝ずに見守る。明け方近く、ようやく穏やかな寝息をたてる正時にほっとした高明は、座ったままでついうとうとする。

正時は熱も下がり、すっかり明るくなってから目覚める。

「こ、ここは……？」

見慣れぬ部屋にはっとする。横の高明もはっとして目を開けた。正時は、高明を見て思わず顔を背ける。

「お許しを、ついうとうとと……熱も下がられた様子、よろしゅうございました」

高明はほっとして言った。正時は寝顔を見られた恥ずかしさに、言葉もない。

「馬上で熱を出され、我が邸の方が近かったのでお連れしましたが、すぐにお邸にお知らせし、行家殿が薬を差し上げられたので、何もご心配には及びませぬ」

安心させるように言う。

「すまぬ、世話をかけた……ずっとそなたが側に……？」

正時は、動揺を抑えて掠れた声で言った。

「行家殿がと言うを、うなされる貴方が心配で。麿に責任がある事」

「己の弱さ故で、そなたのせいではない。麿は……何か言ったろうか？」

「母上、と何度か」

「そうか……」

背を向けたままの正時に、高明は不安になって言う。

「こちらを向いて頂けませぬか。怒っておいでですか」

「いや……何度も助けられて感謝している。が、すまぬ。今は許して欲しい。このま
ま、帰してはくれぬか」

正時の、病とはいえ、初めて家人以外の男と一つ部屋で夜を過ごした恥じらいを察
して、高明は言った。

「わかりました、牛車をここへつけさせましょう」

高明は、行家に知らせて牛車を部屋近くにつけさせ、正時を乗せて帰した。

数日休んで、正時は近衛所へ出仕した。高明は正時の仕事もこなしていた。

「もうよろしいのですか？　おいでになって」

笑顔で迎える高明に対して、正時は今までよりぎこちない。

「迷惑をかけてすまなかった。毎日見舞いの使者を寄越してくれて……」

「麿が参っては、お会いくださるまいと思い、遠慮致しました。まことであれば、いつでも深草（ふかくさ）の少将（室町時代に成立した「百夜通い」の逸話の登場人物。恋の成就のために想い人の元へ百夜通うことを誓うも、百夜目に大雪に見舞われ死亡する）になる事を厭いはしませぬぞ」

高明は熱い目で、正時を見る。

「そのような事……麿の立場、わかったであろうに……」

苦しそうに横を向いた。

「それ故、この想いを持てあましているのです。貴方の為なら、命さえも惜しまぬものを」

いつになく、高明は感情を抑えきれずに言った。

「そなたらしくない事を……そなたの想い、麿には受け止めようがない。すまぬ……」

「正時様……」

「……しばらく一人にしてくれぬか」

苦しそうな正時に、高明はそっと部屋を出た。

「誰だ！」

気配を感じて小声で誰何した高明は、柱の陰で黙ってうなだれている男を見て驚いた。

「安道か……もしやあの方を……？」

「男と知りながら何故心惹かれるのか……どうしたらよいのでしょう……」

苦悩している。

「そなた……」

正時の就任を阻もうとさえした安道が正時に惹かれているとは、意外な思いであった。

吉野（よしの）方面に、山賊が出るという噂が立ち始めた。

左大臣家とそれに縁のある公家（くげ）の所領からの荷車が襲われ、他の公家には被害がないのは不思議であると、高明は正時の耳に入れた。

正時は、表情も変えずに答えた。

「ほう、それは奇怪な事よ」

「正時様には何と見られます？」

「麿に聞くのか」

「お上からの下知（げち）があれば、討伐に行かれるのですか？」

「当然の事。麿達はお上の僕（しもべ）」

本心か？　と意外そうな顔をする高明をちらと見やって、正時は皮肉気に言う。

「気に入らぬ、か？」

「はい」

「そなたらしくない。熱くなる事はない。正体は突き止めねばならぬ。その上での事で、近衛の任とは異なる。そなたを巻き込む訳にはいかぬ」

「これはつれない。麿の命、貴方と共に」

「もうよい……冷静なそなたらしくもない事を」

まっすぐに見つめてくる高明から、正時はつと目をそらす。

「信じられぬと、証拠を見せよと言われるなら、お見せましょう。正時様のその太刀で、この胸断ち割って頂きたい」

高明は心外そうに言った。

「もうよいと言ったはず」

正時の苦悩の色を見て、口調を変えて言う。

「麿が行き、正体を突き止めたいところなれど、目立ちましょう。されば、安道をおやりなさいませ」

「安道を？」

意外そうな顔で高明を見た。

「貴方の為なら、命さえ惜しまぬでしょう」

「安道が……」

正時は、はっとした。

「貴方の勇に、惹かれております」

「麿は、皆を裏切っている……」

苦渋がよぎる。

「それは違います、そのように御身を責められては」

「そなたも、これ以上麿に深入りせずと、捨て置いてはくれぬか」

「それはできませぬ。気になさる事はありませぬ。麿が勝手に想っているだけ故」

「それが苦しい」

そこへ、安道が外から声をかける。

「少将様、ただ今、内裏より使いが」

「わかった。すぐに参内(さんだい)すると伝えてくれ」

「はっ」

安道が去ると、高明が小声で問う。

「吉野、でしょうか」

「ふふ、早速、左大臣が働きかけたとみえるな」

正時は笑いを含んで言った。

「捕らえるのですか？」

「左大臣にしてみれば、失敗してもかまわぬと思っていよう。頭中将はむしろ喜ぼう」

「正時様……？」

「吉野が敵か味方か……それからの事」

近衛は、帝の宣旨を受け、翌日、吉野へ出立(しゅったつ)となった。

五十騎あまりが馬を駆って、吉野のはずれの寺へ着いた。

小さな寺故、本堂と離れに分かれて使い、納戸(なんど)を司令室にすると言う正時に、安道が言った。

「それはいけませぬ、離れは、正時様と高明様でお使いください」

「それでは皆が狭かろう」

「失礼ながら、その方が気楽ですから」

離れに入った高明は、正時に言った。

「磨と同室では、お困りでしょう」

「いや、男同士故……」

部下の手前、しかたがない。高明は、部屋の隅の几帳(きちょう)を真ん中に置いて言った。

「気休めにはなりましょうか」

「すまぬ、気を遣わせて。皆も狭かろうに」

「酒くらい許しますか？　今宵は山狩りもできますまい」

「そうしてくれ」

正時が蔀戸を開けると、月が青く澄んだ空に現れたところであった。

「おお、美しい月よ。

澄み渡る五月の空に隠れなき　今宵の月の光増す日を」

正時は、月の美しさと都を離れた気安さから、思わず懐から笛を取り出して吹く。心に染み入るような美しい音色に、高明もつられて笛を出して和す。

部下達は、離れから聞こえる笛の音に、皆、酒盛りをしながら聴きほれる。

山賊の中にも聴く者がいた。

「あの笛の音は、しかし……」

「正時様には、これほど笛の名手とは……驚きました」

高明は、心から感嘆して言う。

「そなたこそ」

「そのお笛があの名高い……？」

「ああ、父の形見の、昇龍の笛よ」

唐錦（からにしき）の袋に戻しながら言った。

「やはりお血筋ですな、お父上は隠れもない笛の名手、幼い頃より、憧れたものです」

高明の言葉に、正時はいつまでも月を見ていた。

翌日、近衛の者達は山中に分け入った。

奥深く入った所で、突然、山賊達が太刀を抜いて斬りかかってきた。

「斬るな、捕らえるのだ！」

正時は大声で呼ばわった。

頭らしい風格の男を見つけ、太刀を合わせるうちに、男の腕に傷跡を見た。

「そなたは！」

正時ははっとして、瞬時に懐の笛を出して見せる。

「やっ、そのお笛、貴方は一体？」

男の驚きの顔をじっと見つめて、正時は小声で囁く。

「今宵七つにここで」

「承知」

打ち合う振りをしながら頷く。その時、正時の左腕に矢が。

「あっ！」

山賊の頭は思わず声を上げた。

「騒ぐな、行け」

正時は言う。

「皆引け、引くのだ！」

男は大声で言い、正時を心配そうに振り返る。正時は矢を抜き捨てながら言った。

「かまうな、行け」

高明はすぐに気づいて正時の側により、小袖の袖口を裂いて血止めをした。

「大丈夫ですか？」

「皆を引かせてくれ」

「皆引け！　捕らえた者は連れて行くのだ！」

高明は大声で言った。皆が下り始めてから、正時は痛みに耐えて言う。

「皆には知られたくない、頼む」

高明は心配顔で、正時を庇って殿を行く。

「ここからは一人で歩く」

寺が近くなると、正時は蒼白ながらも気丈に言った。支えてくれていた高明から離れ、皆が集まっている寺の中庭に入って行って、問うた。

「何人捕らえた？」

「七人です」

安道が答えた。

「倉の中に閉じ込めておけ、食は与えよ。見張りは二人ずつ交代を組むように」

「甘いな、隊長さんよ。仲間が必ず、我らを救いに来ようぞ。見張りが二人でよいのか」

正時よりも若そうな男が、不敵に笑って言う。

「ふふ、そなた強気だな。なれど、今宵はそなたの仲間、動かぬぞ」

「どうしてわかる！」

余裕の笑みをうかべて言い返す正時に、なおもつっかかる。

「当分大人しくしておく事だ。皆ご苦労であった。ゆるりと休むがよい」

部下には穏やかに言って、正時は部屋へ。途端にくずおれる。高明は急いで戸を閉める。

「大丈夫ですか？　……強い方だ、貴方は」

「笑うがよい」

自嘲気味に言う正時に高明は溜息をつき、たしなめる。

「もっと御身を大切になさいませ」

「我が身一人の身にはあらず、一族の無念を思えばこの身など……」

「さあ、傷を見せてください」

「よい、麿がやるから」

「正時様！」

　いつになく、高明の声はきつい。

「……わかった、頼む」

　左腕を高明に委ね、正時は横を向く。高明が袖をまくると、羞恥でびくっと震える。

落ち着かせるように言った。

「酒にて消毒しますが、しみましょう。声を上げられぬよう、お気を強く」

「わかっている」

　掠れた声で答え、目を閉じ唇を噛み締めた。高明は血止めの布を解くと同時に、口に含んだ酒を傷に吹きかける。

「うっ……！」

　激痛に気を失った。

「強い人だ。男でも声を上げるのに、華奢な体でここまで耐えるとは」

　手当てしながら溜息をつく。夜具を敷いて横たえ、高明は酒を飲みながら静かに見守る。

　夜更けた頃、正時が身を起こす。

「まだ、起きられぬ方が」

止める高明を遮って聞く。

「いや、今何時であろうか？」

「じき九つ半になりましょうか」

「行かねばならぬ」

起き上がる正時に、驚いて高明は問い返す。

「どちらへ？」

「山賊の頭に会いに」

「やはりお味方でしたか」

「そのようだ。八つに、昼間の場所へ迎えが来る」

「あのような時に、よくぞそこまで」

感嘆する高明に、正時は頷いて言った。

「神仏のお力よ」

「しかし、ご無理は。麿が代わりに」

「いや、麿が行く」

止めて止められる正時でないのがわかる高明は、強く言った。

「では、せめてお供させて頂きます」

「しかし……」

正時はためらう。供として九条の者達に引き合わせるという事は、これより先、高明を九条の味方として扱う事になる。

「もっと信じては頂けませぬか」

正時のためらいを承知で、重ねて言う真剣な高明に、正時は力を抜いた。

「……なれば、頼む」

「正時様がお会いになるのですか？」

「いや、弥生が行かねば信用すまい。すまぬ、しばし向こうを向いていてはくれぬか……よいと言うまで」

恥じらいを含んだ声で言う。

「承知」

高明の返事で、正時は几帳の陰で腕の痛みに耐えながら、手早く壺装束(つぼしょうぞく)に着替えて髪を解き、後ろに束ねた。薄衣(うすぎぬ)を被り、笛を衿元に差し、しばし呼吸を整えて言った。

「高明殿」

女の声に向き直った高明は、吸いつくように弥生を見つめて、言葉もない。

「行きましょう、そのように見られると苦しい……」

小さいが戸惑いの交じった弥生の声に、はっと我に返った。

「お許しを……」

二人は、そっと庭に忍び出て山中に急いだ。足元を気にして高明は言う。

「大丈夫ですか？　姫」

「ええ。許してくださいい……高明殿を巻き込みたくはなかった……」

「すでに麿の気持ちは決まっています故、お気遣いなく。姫こそ、このような苦難の道を。お辛いでしょうに」

いたわるように言う。

「鬼になるつもりが、無理でしたね。そなたに頼るばかりで……」

暗がりでの安心感からかいつになく素直な口調に、高明は元気づけるように言った。

「貴女らしくない弱音を。麿が己の意志で加わった事、後悔などしませぬぞ」

松明が見えてきた。近づくと、昼間の男が待っていた。

「近衛の少将様は？」

「皆と会って話したい、案内を頼みます」

弥生は笛を見せて言った。

「わかりました、こちらへ」

男は、二人を少し離れた集落へ案内した。老人若者、女子供もいて、思ったより大きな集落であった。

弥生は横に立っている昼間の男に向き直って、片手で薄衣を取りながら言った。

「祐左（ゆうざ）、久しいのう」

「あっ、三の姫様！　よくぞご無事で！」

祐左は片膝ついて控え、他の者も平伏した。

「皆、面を上げなさい」

「弥生の姫様がご存命とは。あのお小さかった末姫様が……」

目の前の老人が、手を合わせて涙ぐむ。

「そなたは五郎太（ごろうた）ね、年をとった事。私だけが助かり、行家と共に西国に逃れました。いずれ詳しい事を話す時が来よう。このお方は近衛の将監高明殿、我らのお味方です。私は、少将正時殿にお匿い頂いております」

弥生は凛として言う。

「あの日、前日から所用で出かけていた我らは、助かった方がおられぬかと、随分と探しましたがどなたの消息も摑めぬまま、今日まで無念の日々を。九条の物の怪騒動に、もしやと思い、このような山賊騒ぎを起こしました次第」

「必ずや動いてくれると、信じていました」

「正時様には、腕にお怪我を」

「大事ない、気にせずともよいと」

「射たのはこの男です、姫の思いのままにご処分を」

祐左は、一人の若者を前に連れて来た。

「気にする事はない。それより、これからも私の為に働いてください」

弥生は首を横に振り、優しく言った。

「近衛のお役目がありましょう、明日、私が頭として名乗り出ます故、捕らわれた者共々都へお連れください。覚悟はできております。ご一族の無念、必ずや晴らして頂けましょう」

「祐左、ありがとう。都へは来てもらわねばならぬが、高明殿と正時殿に総てお任せするように。時が来たなら知らせる故、皆も息災で」

話し合いの終わりを察し、高明は弥生の手から薄衣を取って被らせた。弥生の腕の傷を悟られぬ気配りであった。

二人の信頼し合う様子を見て取り、五郎太は高明に言った。

「高明様には姫の事、くれぐれもお願い申し上げます」

高明も深く頷いて答えた。

「承知。必ずお守りする故、安心して待たれよ」

二人は祐左に送られて、寺の近くまで下った。弥生は足を止めて言う。

「もうここでよい。ご苦労でした」

祐左に別れを告げて、高明に庇われながら更に、寺に近づく。微かな人の気配を察した高明は、突然、弥生を近くの松の木に押しつけるようにして、覆い被さった。

「あっ！　何を」

小さく叫び声を上げるのを制して、高明は言った。

「お静かに、人が来ます」

衣を通して、弥生の胸の鼓動が痛いほど感じられる。

「誰だ！　そこにいるのは」

明かりを向けて誰何する部下の声。

「麿だ、高明だ」

女と共にいる様子に驚く部下に、高明は重ねて言った。

「少将様には内密にな、あの方は木石の君故、このような事が知れると、ちと困る」

「そのようですね、失礼を」

部下が苦笑しながら去った後、しばらく様子を見てから、弥生から離れた。ふらっとする弥生を、高明は抱き止めて言った。

「しっかりなさいませ」

そのまま抱きかかえるようにして、部屋へ辿り着いた。ほっとしてくずおれる弥生に、高明は言った。

「怒っておられるのですか？　先ほどの事」

「いえ……」

俯いたまま、小声で言う。

「ならば麿の方を向いては頂けませぬか」

「許してください……驚いただけです」

「少しは信頼してくださっていると、自惚れてもよいのでしょうか。正時様に戻られるとお聞きできぬ故、今、お聞かせを。

雲間より輝き現るこの月の　触れもならで耐えて苦しき」

先刻の温もりを鎮めかねて聞く。

「いつも、正時がそなたを苦しめている故、このような事、言ってはならぬとわかっていますが、弱い女です、許してください……この通りです」

手をつく弥生の袖を、思わず捉えて言う。

「一言そうだとは、言って頂けないのですか」

「今は許して……この姿のままではおれませぬ、着替えさせてください、お願いです」

高明の手を振り解き、必死で訴える。

「わかりました……これ以上姫に無理を言えば、正時様にも嫌われそうだ」

溜息をついて後ろを向くと、弥生は几帳の陰に隠れる。着替える気配に、高明も平静ではいられない。しばらく互いに黙していたが、たまらなくなって高明は、口を開く。

「正時様、もしもお嫌でなければ、髪は麿が結いましょうか？　お手が痛まれるようなれば……」

手の痛みで髪を結えないでいた正時は、心を落ち着かせてから、掠れた声でやっと言った。

「……高明殿、すまぬが、結ってもらえるか」

「喜んで」

落ち着いた様子の正時に、高明もほっとして振り返ると、正時は目を閉じて座していた。

「よろしいですか」

ためらいがちに高明は、男にしては長めの黒髪に触れる。

「すまぬ、このような事までさせて」

「いいえ、かまいませぬ。少しでも心を開いてくだされば嬉しいのです。美しい黒髪です」

「髪の長い女が美人よ。内侍殿のような」

「ふふ、髪が短くとも美しい姫を存じておりますよ。なれど麿が想いをかけた陽炎の君は、髪が長かったのでまんまと欺かれ……麿の噂を不快に思われて多情をからかわれるも、仕方のない事。先ほどはつい取り乱してしまい、お許しください」

髪を結い終わり、傷の手当てをしながら、高明は淡々と言った。

「詫びねばならぬのは、こちらの方。陽炎が思い上がって、そなたの心を弄ばんとした事」

挑発的な態度を恥じて、正時は詫びた。

「陽炎の君が想う人ありと言うを、なおも想いをかけたのは麿の方。よもや、姫とは存じませんでしたが、懐かしさを感じたは確かです」

「無理せずと今まで通り、そなたの心のままに通われればよろしかろう」

「姫に再び巡り逢えるとわかっていたら身を慎んで待つ事厭わなかったと言っても、信じては頂けぬでしょうね」

「誰も、そなたを責める事などできはせぬ」

「身分違い故成就しようはずもないと子供心にわかっていても、亡くなられたと聞かされても、四歳の美しい姫君の詠んでくださった、
　朝露の未だ残りし紫の　桔梗の花の香ぞあはれなり
このお歌を心に抱いて今日まで。姫には気紛れであっても、少年は、初恋の形見として片時も忘れた事など……」

言い募る高明に、幸せであった幼い頃に庭で出会った、穏やかで聡明そうな少年の面影が甦った。高明がその折の歌まで忘れずにいる事に、正時は、驚きと恥じらいを感じて目を伏せ、わざと冷たく言った。

「あの女童は、十三年も前に死んだ」

高明は、正時の苦しみを察して、話題を変えて聞いた。

「山賊達を、どうやってお救いになられるのですか？　連れ帰れば、左大臣が引き渡

しを迫りましょう」

「渡さぬ。主上にこちらの手での処断をまかせて頂く。もっと時がかかると思っている今なら、向こうに油断がある。先手を打てば、左大臣とて手出しはできまい」

「なれど、憎まれましょう」

「主上には早い解決をお喜びになろう、表だって文句は言えまい。向こうが麿に手を出してくるならば、その時こそ好機となろう」

「まこと、男としてお生まれになればよろしかったものを」

正時の強さに、思わず高明の溜息。

「本心か？」

先には恋を口にしてと目で笑った。微笑み返して高明は、気づいたように言う。

「夜明けが近くなりました。傷が痛みましょう、もうお休みを。明日は、馬に乗らねばなりませぬ故」

几帳を隔てて床についたものの、互いに眠れぬままに夜が明けた。

白布を結びつけた棒を手にした男が、寺にやって来た。

「山賊の頭で祐左と申す。近衛の少将様にお目にかかりたい」

その男を部下が取り囲み、離れに連れて行き、庭から声をかけた。

「少将様」

「何事？」

高明が代わって聞く。

「ただ今山賊の頭、祐左と申す者が参りました。庭に控えさせておりますが」

「会おう」

正時が答えて、戸を引き開けた。

「麿が少将正時だ、そなたが山賊の頭とな」

立ったまま、威圧的に問う。

「近衛の少将様、将監様は都一、二の太刀の名手と聞き及んでおりましたが、噂はまこと。昨日の闘いで、逃れる事かなわぬと悟りました。主だった者は皆昨日捕らわれてしまい、奪回するべくもなく……なれば降参する方が潔しと思い、こうして参った次第。残りの者は取るに足らぬ小者故、名乗り出たのに免じて、お捨て置きくださされまいか」

山賊の頭は、跪いて言った。

「わかった。約そう。都へ出立の用意が調うまで、手下と共にいるがよい」

部下に命じて倉の中へ。手下達は驚いて駆け寄った。

「頭、どうしてここへ！」

「我らがまことの頭のご命令だ」

声を落として言う。

「何と。ではご一族の生き残りが……？」

「ああ。三の姫弥生様が、大きくなられて」

「姫様が」

「高明様と正時様も、お力添えくださる」

「あの優男が味方ですと？」

正時につっかかった若者、四郎(しろう)が驚いて言う。

「声が高い。無礼は許さぬ。あの方は姫をお匿いくださっているのだ」

「都へ入らば死罪でしょう」

「死が恐いか」

「死ぬのは目的を遂げた時です」

「なればこそ、姫に命をお預けするのだ」

「はい。どうして姫様のご存命を？」

「昨夜、姫が隠れ家においでになった」

「我らもお会いできるのですか？　姫様に」

「時が来たれば必ず皆の前にお出ましになろう。ああ、今まで生きて待ったかいがあったというものよ」

心から姫の存命を喜ぶ祐左であった。

出立準備が調ったとの報告を受けて、正時は言った。

「高明殿、そろそろ出立しようぞ」

「お手は痛みませぬか？」

「少しは。なれど、そなたのお陰で大分よい」

「ご無理なきよう。山賊の護送なれば、今日中には帰り着けませぬな」

「ああ。途中から主上にお知らせして、処断をまかせるとの宣旨を頂かねばなるまい」

「その使者、安道にお申しつけを。信用もおける上、機転も利きます故」

「そうだな。明朝、麿が伝えよう」

皆に号令を発して、出立した。途中の寺で宿りして翌朝、高明は正時に言った。

「正時様、差し出た事を申し上げますが、中宮様にもお口添え願ってはいかがでしょう」

正時が主上の兄宮の養子とは知らぬ高明は、正時の身を案じて申し出た。

「麿が直接矢面に立たぬよう、気にかけてくれるのか」

「名乗り出た者を、途中で逃亡せんとした故切り捨てたと報告すれば楽なものを、命だけでなく、名誉まで守るおつもりでしょう」

「そなたにはかなわぬな、総て読まれている様子」

溜息をついて言った。

「総てではありませぬ、残念ながら」

じっと瞳を覗き込まれて、正時は高明からつと目をそらす。

「妹は幸いにも、中宮様に可愛がられております故、必ずや、お力添え頂けましょう。妹に文をしたためましたので、もしもお嫌でなければ、お歌の一つも添えてやって頂けましたら」

「わかった。すまぬ」

直接帝への使者を立てると、左大臣が嗅ぎつけて山賊の引き渡しを迫り、祐左達の命が危うくなる。宮仕えの女房への文であれば、深く詮索されずにすむ。まして内侍は、帝にも信頼されている様子。

帝と内侍に文をしたため、蒔絵の文箱に入れた正時は、表に出て安道を呼ぶ。

「そなたに、大事を頼みたい。引き受けてはくれぬか」

正時の真剣さに、安道は気押されて頷く。

「何なりとお申しつけください」

「麿達が都へ到着する直前に、内裏へ使いを頼みたい。早過ぎても遅過ぎても困る。人の命がかかっている」

「正時様……？」

何か事情がある事を察した。

「今は何も言えぬ。いつか必ず子細を話す。何も報いてはやれぬが……中宮様付の籐内侍殿、高明殿の妹御に、恋文を装ってこれを届けて欲しい」

正時はそばの藤の花一房を手折って、文箱に添えて差し出した。

「わかりました。なれど、一度だけ……」

安道は、正時の左手首を摑んで伽藍(がらん)の壁に押しつけ、正時の唇に口づけた。

「うっ……」

布を巻いた腕があらわになり傷から血が染む。ほんの僅かな時であった。

「お許しください……」

安道ははっとして、正時から離れた。

「いかようなご処分も……」

言い置いて走り去る安道。

偶然その場を見てしまった高明は、その場にくずおれる正時に近寄る。

「寄るな。しばらく、一人にしておいて欲しい……」

蒼白な顔の正時の腕の血に気づいている高明は、かまわず近寄りながら言った。

「安道の無礼、お許しください」

「しばらくこのまま……」

正時は、顔を背けたまま言う。

「お気持ちはわかりますが、お手が」

「大丈夫故……」

「御身をもっと大事になさいませ。手当てが先です」

素早く片膝ついて正時の手を取り、懐より薬草の入った竹筒を出して手当てする。

「さあ、布を少々きつめに巻いておきましたぞ。痛みますか？」

高明は顔を伏せている正時の横に、並んで腰を下ろした。正時が呟くように言う。

「……安道の心も痛んでいよう……」

「はい、なれどあれで、命を懸けて尽くす事ができましょう」

高明は、鷹揚に微笑んで言う。

「……」

「ああ、安道の熱情が羨ましい。恋敵の麿としては、先ほどの事が気にならぬと言えば嘘ですが、あの者の辛さに免じてご辛抱頂けませぬか。貴方には、初めての事に取り乱されるは尤もなれど、麿には、どちらの気持ちもわかります故」

「……そなたが女性に想われるは、優しさ故か？」

やっと顔を上げ、少し表情を和らげた。

「いいえ。他の女にはこのような事は言いませぬぞ。恋は洒落た駆け引きと、今まで思っておりました。なれどまことの愛は、辛い事をも耐える力を持てるものと知り……報われずとも深草の少将のように」

じっと正時の横顔を見つめる。

「すまぬ、そなたを苦しめている……」

足下の雑草を見つめたまま言った。

「そうお思いになる事が麿には辛い。いらぬ詮索で貴方を苦しめているのは麿の方。なれど麿は、ずっと貴方のお側から離れぬと決めました故。いくら迷惑がられても」

「時々、何もかも投げ出したくなる……強がっていても所詮は」

言いかけるのを高明は遮って、正時の弱音を振り払うように明るく言った。

「当然です、並の男以上の事をしておられるのだから。逃げ出される時には必ず、麿をお連れください。地位も都も捨てて、山奥で猟人でもして、二人きりで暮らしましょう」

「高明殿……」

さり気なく苦しみを和らげてくれようとするのがわかる。

「優しさ故に苦しまれるのです。そんな貴方に心惹かれたのです。貴方は、何故麿が正体に気づいたかわからず、悩んでおいででしょう？」

「ああ。この十三年、家人達にさえ知られなかった秘密を、いとも容易く……」

「心を頂きたいと言う麿をかわす為に、正時様の想い人と言われた陽炎の君の、あまりの潔癖さに不審感を。もっと世慣れたあしらいをされていれば、欺かれたでしょうね。正体を隠そうとなさるあまり、却って態度に表れる事もありましょう。妹の内侍など世慣れて見えますが、案外奥手で、自ら恋文を送った相手は貴方だけです。臨機応変。たとえ何があろうと麿だけは、陽炎の君の高潔さをわかっておりますよ」

「陽炎に比べれば、内侍殿は随分大人に見えた。年若いのに機転も利くし、快活で」

「聞けば喜びましょう。ああ、そろそろ出立の用意が調った様子、もう少し休まれますか？」

高明は、境内の方を見やって言った。

「よい、行こう」

正時も落ち着きを取り戻して言った。

二人が境内に回ると、部下が気づいて出立の用意が調った事を告げた。

「よし。では出立しよう」

正時が馬上で指揮を執ると、一行は縛られた山賊達を馬に乗せ、囲むようにして進む。

山賊の頭が高明の方をちらと見やった。高明はさり気なく近寄り、轡を並べた。

「どうした？」

「今朝は、少将様のお顔の色が優れぬご様子」

「ああ」

「お手が？」

「それもあるが、お心の方が痛まれよう」

「お辛いでしょうな、お優しい方故」

「そなた……？」

高明ははっとした。

「貴方様もご存知と見ましたぞ。こちらは長老と私しか気づかぬ事」

笑みを含んで言った。

「一言もらされなかったが？」

「私の腕の傷跡は、幼い頃にあの方を野犬から庇った時のもの。それを見た時の驚かれよう。もっと早くに気づかねばならぬ筈が、四歳の時にお別れして、生死さえも知れぬままに。あろう事か刃を交え、お怪我まで……死んでお詫びしたいほどです」

「心配はいらぬ、必ず目的を遂げられよう。できる限りの力になろう」

「貴方様には、あの方を……？」

祐左は驚きに言葉を飲み込んだ。

「それについては、先で話す折があろう」

正時の一人で背負い込もうとする頑なさを和らげる為にも、場を変え、改めて祐左達と話す機会が必要だと、高明は思った。

近衛の一行は都に入り、大堂寺に着いた。捕虜を離れに移し、伸びた髭を剃らせて着替えさせた。山賊の着物はまとめてつづらに入れ、捕らえた証拠として用意した。

そこへ、安道が馬を馳せて駆け込んできた。馬から下りるなり、大声で正時に知らせる。

「正時様へ、処断を任せるとの宣旨、確かに賜りましたぞ！」

「そうか、ご苦労。よくやってくれた。これより高明殿と共に主上にご報告に参内する故、近衛の束ねをそなたに頼む。我らが戻るまで、何人たりとも門より内へは入れまいぞ！」

すでに直衣に着替えて待っていた正時は、矢継ぎ早に命令を下して、証拠の品を持った高明と共に馬で内裏へ。

帝は清涼殿（せいりょうでん）にて近衛をねぎらった。

「よくやってくれた。正時、見事な働きであった」

幾日もかかるものと思っていたので山賊討伐がこうも早く片づいた事に、殊の外喜んでいた。そこへ、左大臣が急ぎ参内してきた。

「近衛の者達が戻ったと聞き、参内致しました。して、賊共は？」

「すでに正時が処断した」

「羅城門（らじょうもん）近くへ、晒し者にすればよろしかったものを」

不満顔で苦々しく言う。

「かまわぬ、正時に任せたのだ」

「凶悪な者達です。もしも逃げ出すような事あらば、左大臣様はじめ都の人々に危害が及びますれば、早々に処断を致しました」

正時の言い分に、左大臣は不快さを隠せない。

「ご苦労であった。おお、中宮がそなた達をねぎらいたいと待ちかねている、早く行くがよい」

帝は早々に正時を下がらせた。内侍が待っており、弘徽殿へ案内した。

「正時殿、高明殿、ご苦労でした。この度の働き、見事でしたね」

御簾を隔てて、中宮は言った。直々の言葉に、正時は頭を下げて言った。

「お力添え頂き、まことにありがとうございました」

「政には口を挟めぬが、若い人達がもっと中心になってくれたなら、主上もお心安くなられるのにと思っていますよ」

もてなしを受けて、また内侍に送られて局を出る時、正時は言った。

「内侍殿にも礼を言います。今は何も話せぬが、そなたのお陰で何人もの命が救われた」

「よろしいのです。何人にも文を書かれぬ少将様にお歌まで頂き、うれしゅうございました」

そう言って内侍は御簾ごしに正時の手を取った。

「お許しください、少しだけ……」

はっとする正時を、高明が目で制する。言う通りにしてやって欲しいと。ほんの僅かな時であった。内侍は手を離して身を翻し、衣擦れの音を残して奥へ走り去った。

「正時様？」

呆然と佇む正時に高明は声をかける。その声に、はっと我に返った。

「あ、ああ」

「妹の無礼、お許しください」

「いや、麿こそ膝をついて謝らねばならぬものを……」

「そのような事、望みはしませぬよ。お気になさらぬ事です」

恋愛感情に無縁に生きてきた正時の戸惑いを、和らげようとするように言った。

二人は馬で大堂寺に駆け戻った。

「ご無事で！」

皆が口々に言う。

「皆ご苦労であった。主上にはこの度の働き、殊の外お喜びであった。皆、疲れていようが、これより麿の邸に来よ、酒など振る舞おうぞ」

正時の言葉に、近衛の皆は正時邸へ。

行家は、正時が大勢の人を連れ帰り陽気に振る舞うなど、初めての事に戸惑いながらも、童を指図して酒や料理でもてなす。

「今宵は無礼講だ、皆、遠慮なく飲むがよい。木石の少将の邸故、女気がなくて興が乗らぬかな。高明殿、笛を頼めぬか、麿が舞おう」

「はい、喜んで」

正時の心をくんで高明は言われるままに笛を吹き、正時が面白く舞う。皆、舞の見事さに喜ぶ。舞い終わって座した正時の側に、安道が酌をしにきて小声で言う。

「いかようなご処分も……」

「厳重に罰せねばなるまいな」

安道の顔を見ずに重々しく言った。

「覚悟しております」

「ならば罰として命ずる。そなたも舞え、賑やかなのがよいな」

「は、はい」

正時のいつになく明るく振る舞う様子に、安道は戸惑いながらも、謡いながら踊り出した。

さり気なく高明は正時の側に座り、酒を注ぎながら言った。

「正時様、よう言われましたな」

「心配かけてすまぬ。臨機応変、そなたによい言葉を教わった故」

杯を干して言った。

祐左達は大堂寺に残り、血気はやる四郎が、連絡役として正時邸に移る事になった。

「今日からお前は正時様にお仕えするのだ。よいな」

「頭、私は姫様にお仕えしたい」

四郎は不服そうに言った。

「なればこそ、正時様にお仕えして時を待つのだ。姫からの連絡は正時様がお伝えくださるのだからな」

少々気が荒いが頭もよいので祐左は四郎に決めたが、四郎は正時に使われるのが不満だった。

「おう、やはりそなたが来たか。名は何と?」

「四郎」

四郎はぶっきら棒に言った。

「四郎か。どうも不服そうだが、頼むぞ」

己を素直に出せる四郎を好ましく見ながら、正時は言った。

四郎が来てから、変わった事もないまま一月あまりが過ぎたある日、邸内にいてもあまり家人達にも姿を見せぬ正時が、珍しく御簾を上げた部屋で書物を読んでいるのを見つけ、庭掃除をしていた四郎は、突然簀子（すのこ）に飛び上がり、短刀で正時に斬りつける。

「何をする！」

正時は叱咤して、四郎の短刀を瞬時に扇を掴んで受け止め、庭へ跳ね飛ばした。

「ええい、殺せ！」

簡単にあしらわれた四郎は、開き直ってあぐらを組み、吠えるように言った。

「相変わらず短気な男だな。麿が気に入らぬのか」

正時は顔色も変えずに聞く。

「ああ、気に食わぬ！」

「何故」

正時は、駄々っ子のような四郎の態度に、笑いをこらえて問う。

「我らに合力するは、姫様を我が物とせん為であろう。姫様を泣かせる者は誰とても許せぬ！」

「そなた……」

　正時は四郎の言葉に唖然とする。

「図星だろう」

「それは違う。麿と姫はそのような仲ではない」

　苦く笑って言う正時を遮って、睨む。

「言い訳など信じぬぞ！」

「姫はまだ遠くにおられる。もうしばらくは会われまい、許せよ」

　ふと真顔で言った正時に、四郎は意外な思いで言葉を失う。

　そこに行家が、吉野から出てきた五郎太を案内してやって来た。

　二人は、庭で陽に照らされて輝いている短刀を見て、状況を察した。

「四郎！　若に何という無礼を！」

「愚か者めが！　わしが成敗してくれる！」

　五郎太が四郎に手をあげるのを、正時が制した。

「よい、何もなかったのだ。かまうな」

「しかし……」

「麿がよいと言うのだ。捨て置け」

四郎はさっと庭に飛び降り、駆け出して行った。

「正時様、孫の無礼お許しください。一本気な男に育ててしまいました」

五郎太は手をつく。

「いや、素直で憎めぬ、よい若者よ。五郎太、麿の方こそ四郎に辛い思いを……許せ」

「勿体ない……」

二人に目で合図して、先に立って奥の間へ行った。

「よくご無事で、このようにご立派に……」

五郎太は涙ぐんで言った。

「そなた達も息災でよかった。やはり見抜いたか」

「はい、私と祐左のみ」

「そうであろうな。笑うか、この姿」

「いいえ。並の男よりよほど、凛々しゅうておられます」

「こうせねば、生きてこられなかったのだ。理不尽に殺された父母、兄姉、郎党、童まで……傷だらけの行家に助け出され、我一人生き延びたあの日を……片時も忘れた事はない」

「さぞ、お辛うございましょう」

「皆こそ辛かったろうに、他家へも仕えず、生死もわからぬ私をひたすら待ってくれて。もう少し時がいる。必ずや目的を遂げようぞ」

　正時はきっぱりと言い切る。

「よくお父上様のお笛が持ち出せましたな」

「虫の知らせか、私が駄々をこね、一晩だけの約束でお貸し頂いたのが、形見となった」

「なれど、高明様が何故、これほどお力添えを？」

「……」

「姫の事をご存じで？」

「不覚にも見破られてしまい……何度も危ういところを救われた……殺すには噂通り強くて、とてもかなわぬ。なれどこの先障害とならば、相打ち覚悟で殺らねばなるまい」

「そこまでのお覚悟を」

「誰も、巻き込みたくはなかった……」

正時の言葉に苦悩の色を見て取った五郎太は、なおも問う。

「姫には、あのお方をどう思われますか?」

「どうとて……都一の強さは本物だ、よほど策を弄さねば勝てる見込みはないな。それより二人共、十三年振り故積もる話もあろう。しばらくここに逗留してゆるりと話してゆくがよい。皆の暮らし振り、不都合などあらば行家がよいように計ろうてくれ」

正時は、高明の話を避けるようにして話を打ち切る。

二人は正時の部屋を辞して、行家の部屋へ。

「奥方様、姉姫様も決してお美しくお優しいだけではなかったが、若君様方よりもっと毅然としておられる。まこと男にお生まれになっておれば、大臣にでもなれようものを」

五郎太は深く溜息をつく。

「さもあろう、幼い身で地獄を見られ、涙一つ見せずに、今日まで修羅の道を生きてこられたのじゃ。高明様の事、自らも認めたくないのであろうが、お主らに会うのに立ち会わせられたとはな。若はそのような事、一言も仰らなんだわ。浮いた噂の多い方ではあるが、高明様の想いも本物と見た」

「姫も、お側で見ているお主も辛い事よのう。これからどうするかじゃ」

「今まではお側についておれたが、こうして官位を戴かれ一家を成された今は、この家を取り仕切るに手一杯で、若が一人で総てを背負われる。老いぼれの出る幕などなくなってしもうて……一人でも多く味方が欲しいところじゃが、迂闊に知られてはならぬ事なれば……」

「何とか、まことのお姿に戻られ、お幸せになっては頂けぬものであろうか」

　五郎太の言葉に、行家も頷く。

「それよ。やはり、高明殿にお縋りする他はあるまいが……」

「簡単にはいくまいの。これは仇討よりも難しいやも知れぬな」

「よい機会故、高明様に大堂寺にお越し頂き、日全殿と祐左も交えてはっきりとお気持ちをお訊ねしておくか」

「それがよい。わしは四郎と少し話してから行く」

　行家は出かけ、五郎太は四郎を呼んで言った。

「四郎、会ってもいぬ姫を想うているのか」

「……」

　四郎は、言葉もなくうなだれる。

「正時様をそれほど嫌うのは、何故じゃ」

「毎日、都中の女から恋文が届く。そのような男が姫様を匿うは、邪心があるはず」

「誰にも返事をされた事はないそうじゃ。正時様と姫は、そのような仲ではないぞ。それに、お前がいくら姫を想おうと、身分が違う」

「わかっている」

「人を好くのであれば、その人の幸せを願うのがまことと思うが、どうじゃ。それができぬならここを去れ。姫にお会いする事叶わぬぞ。お前も辛かろう」

五郎太は、四郎を諭すように言った。

「どういう事じゃ、爺様よ」

「姫には想う方がおられるようじゃ」

「ええっ！　それは誰じゃ？」

四郎は驚いて聞く。

「高明様よ。なれど姫には、我らの障害になるなら相打ちになっても殺るお覚悟。それほどのお苦しみを、察しては差し上げられぬか」

「正時様が姫様をお匿いくださるのは、何故か」

「それは……正時様もご一族故」

「ならば何故、官位につけたのだ」

「幼少の頃養子に行かれ、正時様はご存じなかったのだ。お二人の間柄は血族と言うのみでそれ以上のものではない。十三年もの間幼い姫が、仇討のみを念じて生きてこられたのじゃ。生まれて初めて乙女らしい想いを抱かれたのなれば、何人たりとも、邪魔立てする事はいかぬぞ」

「しかし、仇討をやめると仰せられたら」

「いや、必ずやり遂げられる。時来たれば必ずや我らの前にお出ましになり、直々にお指図くださる故、今はそっと、見守って差し上げる事じゃ」

五郎太の言葉に、四郎はなおも聞き募る。

「男の方はどうなのか。姫様だけが想うておられるのか」

「高明様もご本心と聞く。影のように姫を助けてくださっている。お前達の命が助かったのも、高明様のお力添えあってと聞いている」

「……」

「姫は我らよりもっとお辛いのじゃ。わかっては差し上げられぬか。正時様に無礼を働くは、姫に無礼を働くのと同じ事。正時様にもお尽くしするのじゃ。万が一にも右大臣縁の者と知れれば、正時様は難しいお立場になられ、我らにお力添えしてくだされなくなる。いや、官位に留まれるどころか、お命さえも危うくなる。数少ないお味方をお守りできるのは、我らしかおらぬのじゃぞ」

「頭に、この邸で姫様の事を知るは、行家殿と正時様のみと言われたが……」

「大事を知られぬ為よ。味方の少ない姫の、お役に立てるようにとお前を所望されたのじゃ」

　五郎太にそう言われて、返す言葉もなく四郎はうなだれた。


　その頃、行家は高明邸へ。

「高明様、ただ今、少将様家人行家殿が、火急の用とておいでです」

　家人が取り次ぐ。

「火急の用とな？　すぐに行く、表の間へ通せ」

　高明は文をしたためる手を止めて立ち上がり、表の間へ。気配を察して平伏した行家に声をかけた。

「正時様に何事か」

「折り入って高明様に、ご相談がございます。若には内密なれば、大変失礼ながら、これより私と共に大堂寺へおいで願わしゅう」

行家の真剣さに高明は用件を察し、即座に承知した。

狩衣に着替えた高明を伴って、大堂寺へ。裏門から入り、離れへ誘った。

日全、祐左、すでに五郎太も来ていた。

高明が上座についたところで一同揃って頭を下げた。最年長の五郎太が、口火を切る。

「高明様には、無礼にもお呼び立て申し上げ、何卒ご容赦くださりませ」

「よい。麿もそなた達と一度ゆるりと話しておきたかった」

「早速お尋ね申しますが、姫の事どう思うておられますか？」

「何にも代え難く思っている」

「姫に、何を望まれましょうや」

「心を頂きたいと、姫にそう申し上げた」

高明の真剣な答えに、皆、緊張して更に問う。

「姫には何と？」

「迷惑と……麿が心を欲した為に、いや、正体を見抜いた為にいたく傷ついておられ、姫が麿をどう思っておられるのか、確かめるべくもない。ただ一人生き残られて、一族の無念を一身に背負われてのお苦しみもようわかる。だが、麿は幼き日にお逢いしてよりのせかるる想い、身分違いも承知。なれど、よくぞ再び巡り合えたものと神仏の授け賜うた縁ありがたく……麿は、報われずともあの方の為なら、死をも厭うものではない」

高明自身の苦悩が伝わってくる。

「よくわかりました、ありがたい事でございます。貴方様のお心の内をお聞きしてきたかったのです。姫には何も仰せられませぬが、貴方様にお心動かしておられるようにお見受けしました」

「まことか？　それは！」

五郎太の言葉に、高明は驚きの声をあげた。

「今はまだ、大望を遂げんとのお気持ちが強い故よろしいのですが、むしろ、事成った後が案じられ……」

「さもあろう。素直に人に縋られる方ではない故」

「人にお気を遣われ過ぎるのです。幼い日より、悲しい素振りも見せず何もかも一人でお心にしまい込まれて……十三年経った今なお、夜毎悪夢にうなされておいでで……仮の姿と見抜かれまいと一時も気の安らがれる事とてなく。ことに都へ出てこられてからは、笑顔を見せられる事も数えるほどで……」

行家は耐えかねたように言った。頷いて高明が言う。

「痛ましい事よ……あの方の苦悩、代わって背負えるものならと思う。お側についているそなたらも辛かろう。なれど、幼い姫が和歌や笛はともかく、あれほど見事な太刀を遣われようとは。よほどの方がついておられたか」

「それは……」

言い淀む行家に、五郎太が口を挟んだ。

「我らも、どなたに匿われていたのか聞いておきたい。先ほどは、姫に直接お尋ねする事憚られ、よう聞かなんだ。それにこの後の事もある。姫の為なら死をも厭わぬとまで仰せくださった高明様にも、知っておいて頂く方がよいと思うが」

「……先の東宮様、周防守様に……」

「何と！　舞も見事な上、宮中の行事を卒なくこなされる訳だ。なれど姫のご努力、並々ならぬもの」

さすがに、高明も驚きを隠せない。

「それはもう、言葉に尽くせぬほどで。あの日、一の姫に通ってこられた東宮様の牛車に拾って頂く事ができ、皇后様、今は嵯峨野の天寿院様に、内裏内にお匿い頂きました。賊の中に左大臣家の郎党が交じっていたのを見た私は、東宮様に申し上げてしばらく様子を見る事に。なれど翌日その男は、西市（にしのいち）の近くで口封じに殺されてしまい、捕らえて白状させるすべもなく……皇子が生まれて外戚となった左大臣を糾弾する証拠がなくなりました。東宮様も深く嘆き悲しまれて、非力なこの身を許せと仰せになり……左大臣家二の姫との縁組みを拒んで九条の姫を望んだ事も、九条家の勢力拡大の布石と誤解されたのではとお気に病まれ、ただちに、帝に臣下に下るお許しを願い出られました。五日の後にはもう、周防へ、男童（おのわらわ）に身を変えた姫を伴って下られる早急さで……」

「それで我ら必死に探っても、姫の事わからなんだのか……」

祐左達も唸る。高明も更に問う。

「ずっと男として生きるとは、姫が？」

「はい。地獄を見ながら、一度たりとも涙を見せず……これからどうしたいかとお尋ねになった東宮様に、四歳になられたばかりの姫が、仇を討つ為太刀をお教えくださいと、はっきり。裾まで伸びていた髪を、止める暇もなく自ら切られて。東宮様も随分悩まれた末、若君としてお育てする事に……姫は、どのような苦業にも泣き言一つ言われず……東宮様も、若の正体を人に知られぬ為奥方も持たれず、女房さえ置かずに男ばかりの邸で、東宮様と私以外の者には真実を秘したまま、今日まで……」

「臣下に下られた途端、近隣の美女を集めてご乱交との噂が一時は流布していたが？」

高明は、事件後の都で流れていた噂を思い出して、口にした。

「集めたは機を奨励する為で。東宮の座に未練なしと、左大臣家に知らせる為に、わざと噂を」

「我らもその噂故、東宮様が姫をお匿いくださっているとは、思いもせなんだ。むしろ、左大臣を恐れて早々に都を逃げ出されたのかと、恨めしく……」

幼子の過酷な運命に、祐左達は胸が痛む。

「そのような高潔な方と暮らされたなら、あの潔癖さに納得がいくというもの。ふふふ、麿は随分と、分が悪いな」

高明は自嘲気味に言った。

「東宮様は、まことのお子のように慈しんでくださり、若も我らの前では随分と朗らかに振る舞われて……」

「あの方の復讐は、ただ左大臣を殺すのでなく、証拠を暴いた上で、帝に反逆せぬやり方を望まれるのであろうな」

「はい、帝や東宮様を大切に思い、左大臣に対する気兼ねから姫の入内を望まれず、笛の稽古にかこつけてそっと東宮様を招いて、心通わせるお二人の逢瀬の手助けをなさっていた右大臣様、お匿いくださった皇后様、東宮様、皆様の心を大切になさるおつもりのご様子」

「まさか主上には、正時様の素性を？」

「いえ。周防守様の養子とだけ。なれど高明様にはこの話、ご存じない事にして頂きたく」

「わかっている。よくぞ打ち明けてくれた。改めて、この身に代えても姫をお守りする事、皆に誓おう」

高明の言葉に、皆は頭を下げた。行家は更に伏して言う。

「ありがたいお言葉、痛み入ります。任官されて後我らの手の届かぬ事多く、この爺にも心配かけまいと何も話してくださらなくなってしまい、案じておりました。お頼りするばかりで申し訳もございませぬが、何卒、よろしくお願い申し上げます」

――――十三年前のあの日のことであった。

その日、東宮は夕方右大臣邸に笛の稽古に行く予定であったが、午後になって帝からお召があり、用事を仰せつけられた。来月の宴で右大臣の息子達と共に新曲を吹く事になっており、その稽古を楽しみにしていて、その後語らうはずの右大臣家の一の姫の許に心は既に飛んでいたが、帝の御用となれば断るわけにもいかず、やむなく右大臣邸に今夕、行けなくなったと詫びの文と歌を届けさせた。

「東宮には、急用がおできになり今宵はおいでになられぬそうだ」

右大臣九条為成が、婚家に行かず戻ってきた長男とまだ未婚の次男に言った。

「それは残念でございますね。楽しみにしておりましたのに」

次男の友成が言うと、長男定成が笑いながら言った。

「我らよりも淑子の方が残念に思うていよう」

「兄上様、おからかいになっては困ります」

一の姫は、扇で顔を隠したまま、恥じらって言う。

右大臣、北の方、五人の子供皆が一室に集まり、穏やかに話をして過ごしていた。

この一家はとても皆が仲が良く、右大臣は北の方以外の妻も持たず、折に触れて皆で花を愛でたり、管絃の一時を持ったり歌を詠みあったりして楽しみ、そうした一家なので、仕えている者達もとても主人思いで、温かい邸であった。

内裏内でもあまり安らげない東宮も、この欲のない温かな九条家がとても居心地が良くて好きであった。

　皆は東宮が笛の稽古に来ていて、一の姫と恋仲になっているのを知っている。それ故なかなか外出の難しい東宮を、皆で集まっての笛の稽古という事で、時に招いている。

　帝も、東宮と右大臣の姫の恋を知って、東宮妃として迎えようと内々で打診があったが、左大臣が、我が娘二の姫を東宮妃にとごり押ししてくるので、摩擦を避ける為に、右大臣は二人の恋を公にせず、笛の稽古に事寄せて二人の逢瀬を手助けしている。

　一の姫もひっそりと目立たぬようにしている。東宮に愛されているだけで幸せで、左大臣に煙たがられている東宮や父の立場を悪くしたくなかった。

「父上様、今宵は私に昇龍をお貸しください」

　今まで昇龍の笛をねだったことのない三の姫が言った。

「おや、弥生にはそなた用のお笛があるではないか。昇龍はまだ無理だと思うよ」

　定成が言えば、友成も意味ありげに言った。

「昇龍は東宮がおいでになれない日には吹いてはいけないのだよ」

　父も母も微笑んで息子達が年の離れた末の妹をからかうのを見ている。

「いつも兄上様達ばかり借りておられて。ねえ、父上様、弥生にもお貸しください」

三の姫は四歳になったばかりであるが、既に子供用の笛を特別に作ってもらい、吹いている。三歳で歌を詠み、年の離れた兄姉達から可愛がられている。

「弥生は箏（こと）よりもお笛の方が好きなようですね」

母は夫の方を見て言う。

「父上様、良い子にしますから、昇龍をお貸しください」

いつもは聞き分けがよく、あまりわがままを言わない弥生が何度もねだるのに根負けして、右大臣は狩衣の懐から昇龍の笛を出して弥生に渡す。

「今宵だけだよ。このお笛は特別な笛だから、大事に扱うのだよ」

微笑みながら言うと、弥生はとても嬉しそうに抱きしめて言った。

「ありがとうございます、父上様」

「おう、そなた達にも見せておこう。是近が昨夜秘曲の装幀の直しが終わって持って参ったのだ」

棚から蒔絵の箱を持ってくる。右大臣が蓋を開けて取り出すと、弥生が目を輝かせて言う。

「まぁ、綺麗なご本」

「これは大切なご本だから父上しか触れないのだよ」

兄が言う。

「一子相伝の秘曲ではあるが、麿はそなた達にも東宮にも伝えたいと思っている。技術的に難しいが、吹きこなせる力量を持てば、絶やすより後世に残し伝えていく方がよいように思う。なればこそ、互いに更なる上達を競ってもらいたい」

「私にもお教えいただけるのですか？」

友成が嬉しそうに言った。

「長男、次男と言っても、麿には二人共同じ息子。笛の力量もあまり差がなく、大切に思う気持ちに差はないのだから」

父は言う。

「我ら精進して更に腕を上げねば、弥生に追い越されるやも知れぬぞ」

「まったくだ」

兄達は微笑んで言う。

「そういえば、東宮と淑子の仲立ちをしたのも弥生ということになるのではないかな」

「確か、生まれる前であったか」

東宮と一の姫との馴れ初めは、弥生を妊娠中の北の方に代わって笛の曲の仕上げに箏を弾かせた時に始まる。娘を東宮妃にとの野心を持つと誤解されぬ為、いくら東宮が笛の稽古に来ても息子達と遊んでも、姫達には会わせぬようにしていた。が、あの日はやむを得ず一の姫に御簾越しに箏を弾かせた。二人が憎からず思うようになるのに時間はかからなかった。

あれから四年も経つのに、二人の関係は右大臣家の中で秘されていた。なれど東宮の年を思えば、いつまでも妃を持たぬわけにもいかず、左大臣の二の姫を東宮妃に迎えられればと右大臣も東宮の立場を慮り勧めているし、一の姫も時にお逢いできればよいのですと言うのだが、東宮は未だに左大臣の申し入れを拒絶される。それまではまだよかったが、二年ほど前強引に中宮として帝に入内した左大臣家の一の姫に一月前に皇子が生まれ、左大臣一族の横暴が目に余るようになった。東宮の立場も微妙になり、帝に東宮を廃してほしいと願い出た事があるが、帝がお認めにならない。その前にも左大臣の従姉妹にあたる姫が女御（にょうご）に上がり、皇子が生まれている。その時も東宮はその皇子を東宮にと帝に願い出たが、帝は今も東宮の亡き母を大事に思っていて、お許しにならない。

性格もよく眉目秀麗で文武に秀で、音曲にすぐれ、舞の優美さは当代一と、誰の目から見ても疑いもない東宮を帝のみならず左大臣家以外は皆が認め、一目置く存在であった。

「そういえば先日春近(はるちか)が義弟だと言うて連れてきた八歳の少年、庭で弥生に花を渡したのだ。人見知りの激しい弥生がすぐに歌を詠んで返したは、珍しいことだと思ったのだが。まだ八歳と四歳というに初恋かな？」

「微笑ましいではありませんか」

兄弟で話しているのを父が言った。

「その高明という少年、少し笛を吹かせてみたがなかなか筋が良い。精進すればいずれ名手となろうな。何に対しても皆、努力をすればある程度までは上達するであろうが、ほんの僅かな者だけ、努力だけでは到達できぬ域に達する事ができる。もはや人の力の及ばぬ領域というものがあるのであろうな。まさに天賦の才よ。なれど、せっかく持って生まれた天賦の才を発揮できぬままの者もいる」

「目が、綺麗だったのです。透き通っていて」

唐突に弥生が言った。

「ほう。存外弥生は人を見る目を生まれながらにして持っているのやも知れぬな。人見知りするとても、東宮や日全殿など、人柄よく高い志をお持ちの方には初めて抱かれても泣かなんだ」

父の言葉に、母も応えた。

「そうでございましたわ。赤子の時から何度お会いしても馴染まない方もありますのに」

「春近が義弟に、弥生の可愛らしさを話したようで、桔梗を一輪手にしていて、参った途端、末姫様にお花を差し上げたいのですがというので、近頃よく庭に出ているのでこちらから庭に回ってみよと。そっと後から春近とついて行ったのですが、弥生は逃げもせず、かの少年をじっと見ていました」

「いえ、兄上。弥生の可愛らしさよりも、『末姫に気に入られなければ九条に出入りさせてもらえぬ』とか、『笛の弟子にしてもらえぬ』とか、噂になっていると聞きましたよ」

「ははは、東宮も先日、そういった噂を聞いたと仰せであったな。なれど、初めて会ったに歌を詠んだとは、よほどかの少年を気に入ったのであろうか。利発そうではあったが」

「殿様。弥生はまだ四歳で恋心も持ちますまいが、禎子(ていこ)の裳着(もぎ)をそろそろお考えいただけますでしょうか」

母は二の姫を見やりながら言った。

「そうだな、もうそういう年頃か」

父も感無量気に言う。

「私はもっとこのままでいとうございます」

二の姫は恥じらっていう。

母は、昇龍を入れた錦の袋を抱きしめたままうとうとし始めた弥生に言った。

「弥生、眠くなったのね。お部屋に戻って休みましょうね」

母は弥生を立たせた。

「父上様、兄上様、姉上様お休みなさいませ」

弥生はお辞儀をすると母に手を引かれて奥へ向かった。

と、突然反対の部屋辺りが騒がしくなった。

「何だ、お前達は！」

郎党の声がする。

「皆殺しにしろ」

野党の声と荒々しい足音。

「この夜分に何事か！」

右大臣も驚いて郎党に問う。邸内が瞬く間に騒然とする。兄達も妹達を背に庇う。

母は咄嗟に塗籠に弥生を連れて入り、戸を閉め、唐櫃の蓋を開けて急いで中の衣を出し、錦の袋を持ったままの弥生を抱えて入れた。

「何があっても声を立てずにじっとしているのですよ。そなただけでも生きて」

そう言うと、小袖の懐から短刀を出して弥生に持たせ、弥生を包み込むように衣を幾重にも掛けた。手早く蓋を閉め、塗籠を出て後ろ手に戸を閉めると、急いで皆のところに戻って行った。

「殿様！」

「北の方、姫！」

「父上母上！」

父母、兄姉、郎党達や女房達の声や悲鳴、太刀のぶつかり合う音、野党の声、地獄の殺戮が繰り広げられていた。郎党達も右大臣と息子達も太刀を抜いて応戦するが、女房、女童達を盾にとって踏み入ってきた野党達になすすべもなく……

弥生は母の言いつけを守り、阿鼻叫喚を暗い中でじっと聞いていた。

突然塗籠の戸が荒々しく引き開けられ、唐櫃の蓋を乱暴に開ける音。かすかに灯明の明かり。

「おっ、上等な衣じゃないか。市で売れば金になる」

「やめろ、足がついたらどうする。礼金をはずんでもらった故、諦めろ。それより、笛と錦の書を探せと言われたろう」

男達の言い争う声。

「わかったよ。ならば、誰も隠れていぬと思うが念の為」

そう言ったと同時に男は、何度も何度も衣の中に太刀を貫き通す。

弥生は、声も立てず目も閉じず、身動きもせずに太刀の鈍い光を見ていた。何度も執拗に目の前、横を掠める冷たい刃。血生臭い匂い。不思議と痛みはなかった。

やがて、

「おい、もう行くぞ。火がまわるのもすぐだ。みな引き上げるぞ」

別の男の声がして、また荒々しい沢山の足音が遠ざかって行く。

弥生はしばらくは身動きもできずにじっとしていた。

やがて衣の中から顔を出し、立ち上がって唐櫃から出た。錦の袋と母から渡された短刀をしっかり小袖の胸元に差し、皆のいた部屋に。

そこで弥生が見たものは……

父は母に折り重なるように倒れていて、兄達や姉達、郎党達も女房達も、遊び相手だった女童も皆、血だらけの無残な姿で、肩をゆすっても応えるものはいない。それでも弥生は小声で父上様、母上様と一人一人名を呼ぶ。野党があちらこちらにつけた火が、その部屋に迫ってくる。

弥生の呼びかけに、一人の郎党の左手がわずかに動いた。

「行家？」

弥生は近寄って言う。

「ひ……め……」

わずかに顔を上げた。

「行家、しっかりして」

弥生の声に、力を振り絞って身を起こす。

「ひ、姫……」

「行家、皆返事をしてくれないの」

「に、逃げましょう、ここから」

弥生だけは何としても助けなければ死ねないと思った行家は、刀を杖にしてよろよろと立ち上がり、弥生を促して、庭に出た。

まだ火のまわっていない裏木戸から隣の庭に逃れ、その裏手の空邸へ。通用口の近くの庭の茂みまで来たところで力尽き、弥生に言った。

「姫は頭のよいお子です。私はもう歩けなくなりました故、ここからは姫がお一人で行って下さい。その門を出て左にまがり、二つ道を行ったら今度は右に五つ道を行くと、先日母上様と行かれたお寺があります。そこで尼様にお話しして、東宮様に知らせてもらうのですよ。人に見つからないようにそっと行かれるのですよ」

行家は生きているのが不思議なくらい傷だらけであった。弥生を助けたい一心で気力を振り絞ったが、もうどうしようもなかった。

「行家、死なないで。私が東宮様をすぐにお呼びするから」

弥生は必死に言う。

「姫……」

行家は微笑んだ。しっかりしているといってもまだ四歳の女童、できるはずのない事を自分の為に言ってくれていると思うと、うれしい。

弥生は通用口のところに行くと木戸を少し開けて、胸に差していた錦の袋から笛を取り出して小さな音で笛を吹く。初めて手にした大人の笛だが、拙いながら音が出る。初めはかすれていたが、少しずつ音になっていく。

普通の笛ではない、九条家に古くから伝わる名器、いくら上手くても心悪しき者が試みると音が出ないという。心映と技を持ち合わせたものにしか呼応しない笛であった。小さな指では穴が押さえられないので、開放の一音だけであったが、しばらく一生懸命吹いていると、

「お笛を吹いているのは誰？」

突然、外で小さな声がした。

「あっ、東宮様！」

「その声は、三の姫だね」

そう言いながら、東宮と随身がそっと木戸から入ってきた。

「東宮様、行家をお助けください」

「わかった。よく無事で。さあ、おいで」

東宮は言葉少なに言って弥生を抱き上げ、随身が行家を抱えるようにして表の牛車に乗せた。

「よくこの姫だけでも助かったものだ。酷い事を」

小さな弥生を膝に抱いたまま、呟くように言った。

行家は虫の息ながら、左大臣の手の者がという。

「わかった。調べさせる」

東宮は行家にそう言うと、弥生の顔を覗き込むようにして優しく言った。

「昇龍を吹いてくれてありがとう。父上から何か伺っていたの？」

「友成兄上様が『昇龍は東宮がおいでになれない日には吹いてはいけないのだよ』と仰ったので、吹いたらおいでになれると思いました。行家が怪我をしているので東宮様をお呼びしたかったのです」

「そう、よく気がついたね。三の姫はまことと賢い子だ。とても恐ろしかったろうに、よく取り乱さずによい子でいたね」

東宮は、気丈にしているようでも小さな体が震えている弥生をしっかり抱きしめた。

東宮は内裏に着くなり弥生に言った。

「三の姫には、しばらくの間男童の姿で皇后様のところにいてほしいのだけど」

弥生ははいと小声で言った。

男童の水干(すいかん)に着替えさせた弥生を連れて、東宮は皇后の住む弘徽殿に行った。

「義母宮様には夜分申し訳ございませぬ。しばらく預かって頂きたい童が」

「おや、何と可愛らしい童だこと」

子細ありと人払いしてくれていた。小声で言う。

「右大臣家で何かあったとか」

「郎党が一人助かり、左大臣の企みと」

「もしやこの童は末の姫？」

「弥生と申しますが、助かったと知れれば命を狙われましょう。あれほど酷い光景は見たことがありませぬ。傷だらけの家人とこの姫の二人以外は皆……」

「酷い事を。なれど、よくこの姫だけでも助けられましたね」

「天が私を、いえ、この姫が昇龍で私を呼んでくれました」

東宮が言うと、皇后は驚きの声。

「まあ、この小さな姫があのお笛を！」

「まだ四歳になったばかりと存じますが、まこと賢く冷静で不思議な姫です」

東宮の言葉を聞き、皇后は弥生を抱き寄せて言った。

「そなたはとてもつらい目にあったのに、強いお子だこと」

「母上様が、そなただけでも生きよと申されました」

涙も見せない弥生に、却って皇后と東宮は心が痛む。

「泣いてもよいのよ」

皇后に言われても頭を振って泣かず、ずっと笛を握りしめている。はきはき答えてはいるが、体はまだ恐怖と緊張でこわばっているのがわかる。

「しばらく様子を見たいと存じます」

「よく私を頼ってくれました。お任せなさい。御上にも古参の女房の孫と言っておきます故心配には及ばぬ。そなたもお気をつけなさいね」

「ありがとうございます。よろしくお願い申します」

東宮は自分の御所に帰って行った。

行家は手当てを受け眠っている。三日間生死をさ迷い、気がついた。

東宮は従者から知らせを受け、行家のいる部屋へ。

「東宮様、姫はどうしておられましょうか？」

「皇后様にお預けしている」

「左大臣の郎党は？」

「その男、昨日西市で殺された。すまぬ、非力な麿を許せ。麿が右大臣の姫に通うのも左大臣の憎しみを強めたのであろう。或いは、麿のまきぞえになったのか。この上は三の姫だけでも助けたい。麿は臣下に下り、鄙にて三の姫を育て上げようと思う」

「東宮様にそこまでしていただく訳には」

「いや、東宮の座に未練はない。もっと早くそうして、一の姫と共に暮らしていれば、このような酷い事にならなかったやも知れぬ。父帝が引き止められるのを断りきれなかったばかりに、このような惨事に。三の姫にも詫びねばならぬ」

「東宮様……」

「これより父帝にお目にかかる」

そう言って東宮は内裏に。

帝に謁見して、東宮を廃し臣下に下る許しを願い出た。

「貴時、右大臣家の事件故か」

「それもございますが、左大臣には末宮を東宮に立てたい気持ちがございましょう。後ろだてのない私がいては御上にも皇后様にも却ってお辛い思いを。なればこそ私が身を引きたく」

「許せよ。帝である我が身が臣下を抑えきれなかったばかりに、そなたにも皇后にも右大臣にも辛い目に遭わせてしまった。麿は今すぐにでもそなたに譲位しようぞ」

「御上、いえ、父君様のお心ありがたく、それでは左大臣家の怒りがどう出るか、私の願いは御代(みよ)を騒がす事ではございませぬ。どうぞ今度こそ臣下に下るをお許しください」

「貴時……わかった。帝でありながらそなたを守りきれぬ父を許せ。せめて位はそのままにしておくぞ。周防に下るがよい。都から手出しできぬ上、穏やかな国故。生まれながらの東宮のそなたを国司に落とさねばならぬとは。そなたの母亡き中宮に何と詫びよう」

「いいえ、母宮様亡き後もこれまでお慈しみ頂きました事、我が身には無上の喜び。周防に下るは二度と父君様にお目にかかる事かなわぬと存じます。親不孝な私をお許しくださいませ。ではお別れでございます」

「身体をいとえよ」

「ありがとうございます」

東宮は皇后の許に。

「義母宮様。今、御上に東宮を引き、臣下に下るお許しを頂いて参りました」

「何と！」

「もうそれしか皆様に悲しい思いをさせぬ方法を私は思いつきませぬ。何としても三の姫だけは守りぬこうと存じます。我が子として周防にて育てる事で少しでも右大臣の供養としたいと存じます」

「まだ年若い皇子の身で、親となるのは大変な事でしょうに」

皇后は言う。

「まして東宮であられた方が国司として地方に下るはあまりにも……」

「この姫は生まれる前から私に縁があるように思われます。一の姫ともこの姫が引き会わせてくれました」

「そうでしたね」

「義母宮様、これまで我が子のように慈しみ頂き、感謝申します」

東宮は改まった口調で言って、深く頭を垂れる。

皇后は袖で涙を抑える。

「では周防に下る日までこの童は私の許に置いて。まこと成長が楽しみな賢いお子故、できる事なら私が育て上げたい気持ちですよ」

「ありがとうございます。なれど都に置いて姫として育てる事はあまりに危険故」

「まこと残念ですよ」

帝はすぐに東宮を廃し臣下に下るよう勅令（ちょくれい）を出して、異例の事に終身の任期で周防に任ずる。

貴時は日にちを置かず、直ちに任地周防に男童姿の三の姫とまだ重傷である行家を人知れず牛車に共に乗せて周防に下って行った。

左大臣は目の上のこぶであった東宮が自ら臣下に下り、直ちに任地周防に下って行ったのを、臆病者よ、こちらの手間が省けたわと高笑いで見送った。

　周防に下ってすぐに、貴時は男童姿のままの弥生と、少し傷の癒えた行家の三人で話をした。

「弥生姫、都から離れこのような鄙に共に連れてきた事、詫びねばならぬ。これよりそなたをこの貴時の子としてもよいであろうか。ちゃんと話をしておきたい。これからの事を。まだしばらくはそのままの姿でいてもらわねばならぬが、何年か後にはそなたを姫として育て、大きくなって好きな人ができたら嫁がせたいと思っている。淋しかろうがこのような鄙でなければ、そなたを姫として育てる事がかなわぬ。麿が都を出たのは、そなたの命を守る為でもあり、これまで麿を思ってくれた方々を守る為でもあった。そなたは賢い故、麿の申す事、わかるであろう。得心してくれるか」

　貴時は幼い姫に対して、大人と同様にきちんと話をする。姫はじっと話を聞いていたが、両手をついて頭を下げて答える。

「それではこれからは、父上様とお呼びしてもよろしいですか？　よろしくお願い申します。なれど、私をこのまま男の子としてお育てくださいませ」

「なれどそれは……」

「いえ、私が右大臣の子とわかれば父上様にご迷惑になります故。母上様が、人様にご迷惑おかけしてはいけませぬよといつも申しておりました」

「しかし」

「父上様にお願いがございます。私に太刀をお教えくださいませ！　鬼達を退治しとうございます」

そう言うと、懐から母の形見の短刀を出して止めるいとまもなく、裾まで伸びた黒髪を肩までで切ってしまった。

「弥生！」

「姫！」

口々に叫んで貴時も行家も弥生ににじり寄った。

「そなたは何と強い意志を持っているのだ。そなたにいばらの道に進めというはあまりに苛酷」

「九条の父上様母上様兄上様姉上様……乳母も勝平も利政も小太郎も雪も……皆血だらけでものも言わなくて……あの鬼達をほっておくのはいやです！」

「弥生、もうよい。もうそなたの気持ちはよくわかったから」

貴時は怒りに震える弥生を、そっと抱きしめて髪を撫でた。

「姫」

行家は必死に涙をこらえている。

「つらい道を敢えて望むのだな。途中で止める事はできぬぞ？」

「はい」

「今は泣いてもよいのだぞ、ここでなら」

「いいえ、皆は泣く事ができませぬ故、私も泣きませぬ」

「そなたはまこと強い子だな。ならば共に修羅の道を生きるか。今日からそなたは麿の子正時となった。この事、そなたと麿と行家の秘密だぞ。これからは麿を父として全てを頼ってもらいたい」

「はい、父上様、ありがとうございます」

行家が高明を大堂寺に呼び出し、五郎太達と話し合いの場を持っている頃、正時は、邸の庭の外れの池のそばに座し、草を手で弄びながら物思いに沈んでいた。そこへ、五郎太に説教された四郎が、やるせない表情で現れた。

人の気配にはっと振り向いた正時は、四郎を見て言った。

「や、そなたか……」

「正時様……」

四郎も、まさかそこに正時がいると思わず、たじろいだ。

「もう、刃は振り回さぬだろうな」

「先の無礼、お許しください」

「おや、どうした、いやに大人しくなったな。五郎太に叱られたか？」

その場に手をついて詫びる四郎の、あまりのふさぎ方に、正時も心配になる。

「ここへ座るがよい。威勢がよくないと、どうもそなたらしくないな」

「なれど……」

自分の横を指す正時にさすがに遠慮する。正時は破顔して重ねて言う。

「ふふ、遠慮などそなたには似合わぬぞ。まあ座れ」

四郎も、大人しく並んで腰を下ろした。

「貴方様には、毎日女より沢山の文が届く故、姫様も遊びの一人にされておられるのではと思い、それで……なれど、祖父はちがうと」

「ならば何故、そのようにふさいでいる。安心してもよかろうに」

「姫様には想い人がおられると……」

「何と？」

四郎の言葉に驚いた正時。四郎は意外そうに言う。

「ご存知ではなかったのですか？　貴方様が姫様と高明様との事、仰せられたのかと」

「五郎太が、そう言ったのか……」

「はい。そっと見守って差し上げねばと」

「麿は……気づかなかった」

正時は、己自身にさえしかとわからぬ心の動きを、いとも容易く悟られていた事に衝撃を受ける。そんな正時に気づかず、四郎はおもむろに言葉を続けた。

「貴方様とばかり思っておりました故、何だか気が抜けて」

「何故、見も知らぬ女を恋する事ができるのか、麿にはわからぬな」

「恋といっても、触れたいとかそのような事でなく……我らにとって姫様は神聖な方故、この命を捧げても惜しくないと」

受け止めてくれる正時に、四郎は真面目に答える。

「もし、目の前に姫がいて話せるなら、その想い、打ち明けるか？」

「そのような事、口が裂けても申せませぬ」

「会ってもいぬ姫に何故、己が命までかける！」

正時の強い口調に、四郎はたじろぐ。

「正時様……？」

正時もはっとして詫びた。

「すまぬ、そなたを傷つけるつもりではなかった……」

「いいえ、私などを気にして頂き……私は、姫様がお幸せになられればそれで……貴方様は身分も力もお持ちで、もっと自信家と思っていました」

「自信家とな、ふふふ」

正直な四郎の言葉に、自嘲的に笑う。

「お許しを」

「よい、案外まことやもしれぬぞ？　麿も姫も、沢山の人を傷つけている……」

「違います。誰の罪でもなく、すべては巡り合わせです」

「……」

「ご一族とはいえ、姫様にお逢いになりながら、興味を持たれぬのですか？」

「ふふ、そなたには姫が総てか。姫より美しい女も多くおろう。女房の一人も置かぬこの邸の主は、世に木石の君と噂されているわ。復讐を望む姫の頼み故、つてを頼って任官したものの、まことは鄙にて書を読み馬を駆け、質素で穏やかな暮らしを望んでいる」

周防での日々を懐かしむかのように遠くを見やる正時に、四郎は思いがけず正時の本音を聞いた気がした。

「貴方様がそのような事を……野心のなさはまるで、祖父から聞いている右大臣様のようですね。正時様、これまでの私の所行、お許しください！」

四郎は手をつき、改まった口調で正時に言った。

「何だ、急に改まって」

四郎の変わりように、正時は戸惑う。

「ご本心も存じ上げず、貴方様を、嫌な奴と思っておりました」

「ふふふ、そなたの言う通りよ」

「お許しを。お話しさせて頂けて、よかったと思います」

「麿もだ」

わだかまりが解け、正時もやっと明るい表情を取り戻して言った。

それからは、正時はよく四郎を供に、馬で遠駆けするようになった。少しは気晴らしにでもなれぱと、皆、何も言わずに見守っていた。

　ある日、近衛所の裏の雑木林でしばしの休息を取りながら、高明が正時に話しかけた。

「近頃は、よくあの若者を供になさるようですね」

「ああ。一本気だが素直でよい男だ」

「暴れ馬のように、貴方に逆らっているようでしたが」

「……哀れな若者よ」

　正時の顔がかすかに曇った。その表情に、高明ははっとして聞く。

「もしや、あの者も姫を？」

「男は何故、会ってもいぬ女を想う事ができるのか」

「あの者がそう申したのですか？」

「麿に刃を向けたのだ。麿が姫を、無理矢理にと思っていたと……」

「何と！　しかし、どう得心させて連れ歩かれるようになったのですか？　暴れ馬より手強そうでしたが」

　高明の興味あり気な様子に、正時もつい、つられてしまう。

「祖父の五郎太に、姫の幸せを願えと諭されたと」

「姫の幸せ？　姫にはすでに想う人がおられるのでしょうか」

　高明の言葉に、正時は狼狽した。

「……知らぬ」

「まことにご存じないのですか？」

「麿に何を聞きたい」

「姫にお尋ねしたいところなれど、長くお逢いできぬ故……」

「女の口から何を言えと……」

　正時は、苦しそうに顔を背ける。

「お許しを、貴方を苦しめるつもりは……麿はいつも深草の少将、一度もよいご返事を頂いた事はありませぬ故。姫を知ってより百夜はとうに過ぎました。千夜でも万夜でも、麿はひたすら待ち続けましょうぞ」

　高明の感情を抑えた声に、却って燃える想いを感じ、息苦しさを覚える正時であった。

「すまぬ、許して欲しい……そなたにとて何も報いる事はできぬ」

「正時様にはご返事できぬ事、これは姫と麿の事です故」

微笑む高明に、より苦悩が深まる正時は、傍らの桜の木の枝を握り締めた。折れた枝が刺さったのか、華奢な白い指に真っ赤な血が一筋伝っていく。それに気づいた高明は、

「お手が……」

と言いながら、つと正時の手を取り桜の枝を離させて、屈んで手に流れる血を唇で吸い取り、小袖の左袖をさっと細く歯で裂いて、指を縛る。

あまりに自然な高明の仕草に、正時は声もなくなすがままに。

男の静かながら激しい熱情に、胸が苦しくなる正時であった。

「さあ、そろそろ参りましょうか」

高明は、そうした正時の心の動きに気づかぬ素振りで、先に立って近衛所の表へ回る。

その夜、邸へ帰った正時の、布を巻いた指に気づいた行家は言った。

「若、そのお手はどうなさいました？」

「大事ない」

正時は、狼狽気味に袖の中に手を引っ込める。

「ちゃんとしたお手当てを」

行家が重ねて言うのをうるさそうに遮って、正時は几帳の内に入った。

「かまうな、少しかすっただけの事」

狩衣に着替えてから指の布を解き、僅かに残る赤い傷に、そっと唇を押し当てる。

「母上……私はどうしたらよいのでしょう。目的の為には、弱い心などちぎって捨てねばならぬものを……私だけが生き残った事、今ほど恨めしく思った事はありませぬぞ……」

小声で呟いてその手をかき抱く。

行家はその姿を盗み見て、そっと袖で目頭を押さえる。高明への想いが少しずつ本物になっていく様子が感じられて辛く、正時をそっと見守る事しかできない行家も苦悩していた。


数日後、帰りがけに、正時は高明を呼び止めた。

「ご用ですか?」

「陽炎からそなたにと……」

正時は、浅黄色の和紙で包んだ物を高明に渡す。高明は意外な面持ちで問うた。

「姫が麿に？　何でしょうか」

「そなたの小袖を、また麿の為に裂いた故、陽炎が縫った物……」

「姫が……麿の為に？」

高明は思わず白絹を胸に抱く。その姿から目をそらし、正時は小声で呟くように言った。

「少し小さかったなら許されよ、我が物しか縫った事がない故……」

「姫にはこのような事がおできになるとは」

「あれとて女……」

「我妹の香ぞ移りたる羽衣に　添ひ臥し夜を待ちわびぬらむ」

「悪戯に想いかけてふ羽衣の　空蟬なれば夜も来るまじ」

心とは裏腹に、冷たい言葉を返すしかない正時であった。

ある日、正時が四郎を供に遠出をして河原で休んでいるところへ偶然、安道が通りかかった。

「正時様！」

安道に声をかけられ、正時と四郎は振り向いた。

「おう、安道か」

四郎に目線を向けている安道に気づき、正時は四郎に言った。

「四郎、そなた先に戻れ」

四郎は不服そうに正時を見る。

「この者に話しておきたい事がある。そなたは先に邸へ帰っておれ」

「正時様は後ほど、私がお邸までお送り申し上げる」

四郎の心配を察して、安道も言葉を添える。

しかたなく四郎は二人に頭を下げてから、馬に乗った。四郎の馬が見えなくなってから、正時はゆっくりと安道の方を振り返った。

「……あの者は、そなたの見た通り、例の山賊の一人だ」

「はい」

身なりはよくなっても、目の鋭さが隠せない。

「そなたには必ず話すと約した。もう少し時をと思っていたが、話さねば得心すまいな」

正時は溜息をついて、水際まで歩いた。安道は正時の後ろに控えて、言葉を待った。

「……麿は……先の右大臣、九条家の生き残り」

「ええっ……！」

　さすがに、安道は驚きの声を上げた。

「あの山賊達は、九条家に仕えていた者達だ。左大臣が野党を使って押し入らせ、一族皆殺しに。麿一人、爺に助けられて西へ逃れた。以来十三年、恨みを晴らす為に生きてきた」

「噂は、まことだったのですね」

　事件後、左大臣の陰謀ではとの噂が飛び交い、九条家の事件を知らぬ者とてなかった。

「近衛の皆を欺いている……近衛の少将を隠れ蓑に、時を待っている。許せよ」

「せめて、まことのお名を、お聞かせ願えませぬか」

「言えばもっと、そなたを傷つけよう。言わねばならぬか……」

「何も聞くな、力を貸せとの仰せを守ったのですぞ、信じて頂けてなかったのですか」

　辛そうな正時の呟きをためらいと取って、安道も感情的になる。

「そうではない、よりそなたを傷つける事になるとの思い。聞いてもこれまで通りに、正時として接すると約してくれるか」

「貴方様に、命を差し上げたつもりです。吉野のあの日から」

　まともに正時の目を見て、きっぱりと言った。

「あ……」

正時もあの日を思い出して顔を赤らめ、目を伏せる。しばらくして言った。

「我が名は、弥生、九条為成が末娘」

「ひ、姫様……?」

さすがに驚き、絶句する安道。正時は言葉を続ける。

「さぞ腹立ちであろう、このような姿で欺いていた事を」

「いいえ私こそ、お許しください。あの日の無礼を……」

安道はその場に手をつく。

「よい……まことは驚いた。そなたの想いありがたく……なれど何一つ報いてはやれぬ。許しを乞わねばならぬのは、私の方よ」

正時もあの日の事を思い出し、頬を染めている。

「姫様……」

「今は、正時でいさせて欲しい。やはり聞かぬ方がよかったであろう……」

「いいえ、お聞きして安心しました。男の貴方様に何故惹かれるのか、苦しんでおりました。そのお姿にても輝いておられた……やっと納得が。先の四郎殿は存じているのですか?」

「いや……」

「高明様には？」

「麿の口から明かしたは、そなた一人。高明殿には、迂闊にも見破られてしまい……」

「あの方は、姫様を想っておられるのですね」

「沢山の人を苦しめている……」

正時は辛そうに呟く。

「貴方様の罪ではありませぬ。我らが勝手に魅せられた事。なれど私はこの巡り合わせに感謝します。このような素晴らしい方と巡り会えた事を」

微笑んで言う安道であった。

「……安道……」

「正時様、姫様にお伝えください、大事の時には、微力ながら必ずお供に加えて頂きたいと。一度なりとも姫様のお姿、拝見したいものです」

「すまぬ……弥生は幸せ者よ、これほど想うてもらえて」

「さあ、お邸までお送りしましょう。四郎殿が心配される故」

安道は、晴れ晴れとした顔で言った。それが正時には却って辛い。

「高明様はいつからご存知なのですか？」

轡を並べて帰りながら、安道は聞いた。

「山賊討伐の直前に、弥生が頭中将に見咎められたのを高明殿に救われ、それが元で気づかれてしまった」

「高明様が何処へも通われなくなったのはその頃でしたね、あっ、これは姫様には……」

近衛の皆も高明の女通いが止まったのを不審に思っていて、うっかり言ってしまう。

「よい、噂は存じていた」

安道のうろたえように、正時も苦笑する。

「あの方は誠意のある方です」

「誰が誰に通おうとも、何も言えぬ事」

「心の内に幼くして亡くなられた初恋の方がいると、宿直（とのい）の時にもらされた事が。あれが姫様の事だったのですね」

「……」

途中で、四郎が馬に乗ったまま待っていた。

「四郎……？」

正時は、己が身を四郎が心配して待っていた事に、驚きを感じた。

「四郎殿、正時様をお返しする。いつか話がしたい。では正時様、これにて失礼を」

安道は四郎に声をかけて、正時に向き直ってから頭を下げて暇乞いをした。正時は頷いてみせ、安道は去った。

四郎が気にしている事を察して、正時は四郎に笑いかけて言った。

「安道と言う。そなた達を救う為に働いてくれた者だ。そなたに似て、一本気だがよい男故、話してみるがよい。我らの味方だ」

「はい……」

「さあ、急ぎ戻ろうぞ。爺が心配していよう」

「はい！」

二人は早足で駆けた。

正時と別れたその足で、安道は高明を訪ねた。

「高明様、お許しください」

突然手をついて頭を下げる安道に、高明は面食らう。

「何事ぞ、突然に」

「あの方に触れた事、お詫びしておかねばと思い……人に聞かれては困る事故、こちらに」

「そなた、どうして……」

　高明は絶句する。

「あの方に今日、無理にお尋ねしました」

「そうか、話されたか……」

「お許しください」

「何故謝る」

「ずっと以前から姫様を想っておられ、再会後もお手も触れぬご様子なれば、よくよくの事」

「そなた……」

　安道の言葉に、高明は苦笑する。そんな高明に、安道は更に言った。

「私は心配しているのです！」

「麿は深草の少将、一度もよい返事を貰うた事はない故、そなたとて諦めるには及ばぬ。今は大望をお持ちの身、できる限りお力添えして差し上げようではないか。それからが勝負、恋敵は多いぞ」

「はい、四郎という男もその一人」

「気づいていたか。恋敵はまだ増えそうだ。姫には、あるべきお姿にて幸せになって頂きたいものよ」

　同じ気持ちの二人であった。


ある日の事、正時は遠駆けの帰りに、都のはずれのある邸を通りかかった。中から聞こえてくる箏の調べの見事さに、思わず正時は馬を止め、笛を取り出して和す。

邸中から、女童が薄紫の短冊を扇に乗せて持って出てきた。見ると、美しい女文字で歌が。


　都にも絶えて久しき花の香を　鄙にて愛でむ日のあらましを

正時はもしやと思い、女童に尋ねる。

「箏の君は、籐内侍殿か？」

「はい。方違え(かたたが)においでてございます」

正時は懐より和紙と矢立を出し、返歌をしたためる。


　音に聞く花の香偲び行く春に　静けく鄙の一日なりけり

女童に持たせると、また出てきて正時に告げる。

「主が是非お立ち寄りを、と申しております」

　正時は、四郎を振り返って言った。

「そなた、先に帰っておれ」

「正時様らしくないですね」

　四郎は不服気に言う。

「高明殿の妹御だ、恋の駆け引きではない。恩がある故、礼を言っておきたいだけだ」

　正時は、女に興味はないと言ったはずと言わんばかりの四郎の態度に、笑って言う。

「わかりました。くれぐれもお気をつけて」

　四郎は邸に入っていく正時を見送った。

　女童は庭から対の屋に正時を案内した。

　内侍は人払いして待っていた。御簾を上げて、扇で顔を隠して呼びかける。

「正時様」

「内侍殿、あの折は大変世話になった。内裏にては人目もあり、ろくろく礼も言えず気になっていた。このようなところで逢えるとは」

「私こそ、思いもかけず……」

「素晴らしい箏の音に、心が和んだ」

「正時様のお笛、兄から聞いておりましたので、すぐにわかりました。これほどのお笛、都の内にも聴いた事はございませぬ」

「そなた達は離れていても、何でも通じ合っているのだな」

仲のよい兄妹よと微笑んで言う。

「いいえ、兄はここしばらくの内にすっかり変わってしまいましたわ。不思議な事に別人かと思うほど……」

「……」

「恋の噂の多かった兄が、今ではふっつり。いつからか、ただ一人の方だけを恋焦がれている様子。幼い時の初恋を忘れかね、心から人を愛する事はないと、少しも己が恋を隠し立てした事とてない人でしたのに、愛しい方の名さえ教えてくれませぬ。よほど故あるお方か、身分違いの、許されざる恋なのでしょうか」

「まこと……誰にも？」

正時とて、高明の噂が全く気にならぬ訳ではない。

「はい。近頃では私のところへどうした事かと文が参ります。返事さえ来ぬと。尤も、今では都中の女の文をさらっておられるのは、正時様ですけれど」

内侍は悪戯っぽく言う。

「……」

「正時様の事も、あまり教えてくれなくなりましたの」

「すまぬ。高明殿にもそなたにも、不快な思いをさせている」

呟くように言った正時。内侍は扇を下げて縋るような目をする。

「正時様……」

「そなたは素晴らしい女性だ、そなたに相応しい男は沢山いよう」

「正時様のお心の中におられるのは、どなたなのですか?」

「誰もいぬ。麿は人を愛せぬ身……」

「たとえ偽りでも、この気持ちを受け止めては頂けないものでしょうか。私など、正時様にはつり合わぬとわかっておりますけれど……」

にじり寄る内侍に、正時はたじろぐ。

「内侍殿……」

「恥を忍んで申し上げているのです。正時様、初めてお逢いしたあの日から……」

「……許して欲しい……麿には応える事ができぬ。そなたを傷つけるだけだ」

「あまりにつれないお言葉……」

「何と言われても麿には……許せとしか言えぬ」

正時は苦しそうに、内侍から顔を背ける。

「正時様……女の身でここまで申し上げたからには、とても生きてはいけませぬ」

「そのような事を言ってはならぬ。許して欲しい」

息苦しくなって簀子に出た正時を、内侍は気がかりで追う。

正時は勾欄（こうらん）を摑んで肩で息をしている。長い沈黙の後、正時は決心したように、掠れた声で言った。

「これ以上そなたを偽れまい……なれどそなたは知らぬ方がよかったと思うであろう。そなた達兄妹には欺き通せぬようだ」

正時は苦悩の表情のまま向き直り、内侍の手を取った。内侍は一瞬身を硬くする。

正時はその手を己が懐に導く。内侍ははっとした。

「正時様……？」

「もしも……生まれ変わってまこと男であったなら麿はまちがいなくそなたを愛そう、心の限り」

初めて目をそらさずに、真摯に言った。

「ああ……貴方が兄の、陽炎の君なのですね……」

「……」

「正時様……お辛いのですね。私はこう思うのです。まこと人と人との愛は魂の触れ合いと。愛しい方……私、今までよりもっと、貴方を好きになってしまいました」

そう言って内侍は、両袖を広げて正時を抱き締める。

「そなた……こんな私を、許すと言うのか」

正時は胸打たれ、内侍を抱き締め返した。

「正時様、うれしい……」

時が止まったように抱き合う二人……砂利を踏み締める足音にふと内侍は目を開くと、庭に高明の姿が。

「あっ……兄上……」

「え……？」

二人ははっとして抱擁を解き、高明も目を見開いて足を止めた。

「……これは一体……」

「兄上！」

説明しようとする内侍に背を向け、驚きの声を残して高明は立ち去った。

「正時様、お許しください、私のわがままで……」

「いや、麿こそ許して欲しい。そなたの心を弄んだ麿を、兄として高明殿が怒るのは当然の事」

「私が必ずや、兄の誤解を解きます」

それから毎日、内侍は高明に文を送り続けるが、受け取りもしない。

正時も、高明と話す時を作ろうとするが、高明は避ける。

ある日、やっと、七条の外れで高明を捉えた。

「高明殿！」

無言で逃げようとする高明の、狩衣の袖を捉えて、正時は言った。

「内侍殿を傷つけた事、許して欲しい」

「貴方があのような、偽りの恋をしかけるなど……」

「心から愛しく思うての事、そなたが怒るは当然。なれど偽りとはちがう」

「あれ以上貴方に、何がしてやれたというのです」

怒りではなく、悲しみに満ちた高明の声に、正時も同じ気持ちで袖を放した。

「高明殿……」

突然、数人の男が抜刀して、二人を囲んだ。

「そなたらは何者！　近衛の者と知っての狼藉か！」

高明の声に答えず、男達は無言で斬りつけてくる。二人は太刀を抜いて応戦する。

遠くから矢が数本飛んでくるのに気づいた高明は、正時に向かって叫ぶ。

「正時様、矢が！」

正時も気づいていたが、曲者と斬り結んでいて避けられない。高明は正時を庇うように飛び出し、肩と腹に矢を受けた。

「高明殿！」

正時は相手を斬り伏せてから、高明に向き直る。他の曲者はすでに引いていた。

「ま、正時様……お怪我は……？」

正時を気遣いながら足下に崩れ落ちる高明を抱き止め、正時は答える。

「ない。高明殿、しっかりせよ！」

高明は正時の無事を聞いて、ほっとしたように微笑むと、そのまま気を失った。

正時は高明を馬に乗せ、大堂寺へ運んだ。

「祐左、来てくれ！」

いつになく取り乱した正時の声に、祐左は驚いて飛び出してくる。

「若、何事です」

「高明殿が、矢で……！」

祐左は素早く高明を奥に担ぎ込み、着物を裂いて傷を検めた。傷に口をつけて、毒を吸い出す。部下が作ってきた毒消しの薬を傷口に擦り込み、白布で巻いた。

「この薬湯を、飲ませて差し上げてください。私は手の者を連れて、お二人が襲われた場所を調べて参りましょう」

椀を正時に手渡し、祐左は部屋を出た。

「高明殿……」

呼んでも意識がない。正時は口移しでなければ薬を飲ませられぬと知り、祐左がわざと席を外した事に気がついた。一刻を争う。正時は薬を口に含み、屈んで高明の唇にそっと移す。高明は無意識に嚥下する。昏々と眠り続ける高明を正時は見守る。

「若」

御簾の外から、祐左が声をかける。

「祐左か、入れ」

正時の声に、祐左は従った。

「申し訳ございませぬ。屍も片付けられていて手がかり一つ見つかりませず……」

「よい。油断した麿の責任よ」

「若を、このような危ない目にお遭わせして……」

「麿は覚悟の上だが、高明殿を巻き添えに……」

己が傷を負うたより衝撃を受けている正時に、祐左はかける言葉もない。

「とにかく若はお邸へお戻りください、この方の看病は、我らが致します故」

「気がつかれるまで麿が」

強く言う正時に否と言えず、祐左は引き下がる。

「わかりました」

一日幾度か祐左が薬を運び、正時が口移しで飲ませる。苦しそうな高明を、正時はろくに食事も取らず、一睡もせずに見守る。祐左も日全も、様子を見に来る度に心配して、休むように言うが、正時は聞き入れない。

三日三晩高熱が続いて、四日目の夜。

「我らは若のお体が心配でなりませぬ。今宵が峠でしょう。何かあればお呼びします故、お休みを。後一晩熱が下がらねば、もうどうする事もできませぬ」

祐左は、もう一歩も引かぬ強い調子で正時に迫る。

「ならば今宵だけ、ついていさせて欲しい。そなた達の心配もわかる。が、高明殿は麿を庇ってこのように。本来なら今頃は麿が……頼む、今宵だけ……」

手をつかんばかりにして言う。

「若……それほどまでにこの方を……？」

「いや、元々我らに関わりのない高明殿だ、身代わりで死なせる訳にはいかぬ」

「わかりました。今宵だけですぞ。覚悟はしておかれますように。何かあればすぐにお呼びを。お変わりなければ、明朝、交替に参ります」

祐左もそれ以上は言えず、折れた。祐左が去る後ろ姿に正時は小さく、すまぬと詫びの言葉。

正時は高明の額の布を取り替えた。熱があるのに体は冷たい。正時はふと、以前周防で誰かに、人肌で暖めるのが一番と聞いたのを思い出した。それには勇気がいる。が、死なせたくない気持ちが勝った。

高明の夜具を取り、小袖の前をはだけ、鍛えた逞しい胸を指でそっと触れる。己も小袖だけになり冷たい胸に覆い被さる。頬をその肌につけて呟く。

「高明殿、許してください。私の為にこのような目に……何としても死なせはしない」

結い上げた髪を解くと、黒髪がさらさらと流れるように二人を覆う。

どれほど時が経ったろうか、閉じている蔀戸の隙間から、朝の光が僅かに差し込んでくる。連日の徹夜の看病に、いつの間にか正時は、高明を抱いたまま眠ってしまっていた。高明の方が先に目を開き、己が胸に顔を埋めている女の姿に気づいて、僅かに身じろぎをした。正時は、はっとして顔を上げた。

「あっ……気がつかれたか、よかった」

頬を赤らめ、どきどきする胸を押さえて背を向ける。

「ま、正時様……」

「三日も熱が下がらず、苦しそうで。体が冷たくて……以前、人肌で暖めるのが一番と聞いたのを思い出した故……」

「ずっと……ついていてくださったのですか……？」

「磨の代わりに、そなたをこのような目に遭わせた事、許して欲しい」

「正時様……」

身を起こそうとする高明の気配を察して、正時は振り返って押し止める。

「起きてはならぬ」

二人の目が合った。正時ははっと恥じらって目を伏せ、細い声で高明に言う。

「よかった、もう大丈夫……少しだけ目を閉じていてくれぬか。もうすぐ祐左が来る……」

「はい」

素直に従う高明。正時は急いで狩衣を着て髪を結った。二人は互いの想いを胸に、言葉もない。

足音が近づき、祐左が御簾ごしに声をかける。

「お加減はいかがですか？」

「たった今、気がつかれた。熱も下がった様子」

「おお、それはよろしゅうございました。もう安心です」

祐左は御簾の内に入りながら、言葉を続けた。

「さすが高明様の鍛えたお体と、若のご看病の賜物ですな」

「正時様にはお疲れでしょう。お休みになって頂けませぬか、麿は、もう大丈夫です故」

高明は気遣って言う。

「ああ……では邸へ戻る。また見舞う故、無理をされぬように。祐左、後を頼む」

正時はそそくさと帰って行った。

「何かありましたな、昨夜」

祐左は高明の傷に薬草をつけ替えながら、微笑んで言った。

「そなた、さすがに勘がよいな」

「あれほど、片時も離れず必死でついておられたのが、今朝はそそくさと帰ってしまわれて。それに失礼ながら我ら、もう望みが薄いとまで思った病状を、一挙に快方に向かわしめたは、奇跡としか思えませぬな」

「麿はあの方の身代わりなら、死んでもよいと思うた……」

「若にとって、もはや貴方様はなくてはならぬお方。口には出されませぬが、貴方様にもしもの事あらば、生きてはおられますまい」

「まことであれば、どんなにうれしいか。そなたらは心配であろうがな。昨夜の事、聞いてくれるな。麿の為に、死ぬほどのお覚悟でご看病くださったのだ」

「わかりました。驚くほどの猛毒、女子供なら到底助からぬところ。高明様には若、いや姫の命の恩人。お礼申し上げます」

祐左は深く頭を下げる。昨夜の様子にも想像がついていた。

内侍が、夕刻になって見舞いに来た。

「兄上、よくご無事で！　正時様よりお知らせ頂いた時には、もう驚いてしまって。なれど、なかなか内裏より下がれず、お許しください」

「正時様に、ずっと看病して頂いた」

「まあ、ようございましたわね、兄上。あの方に頂いた命、あの方を大切になさいませ。私の分まで兄上にお願いしますよ」

「そなた……？」

「私が無理にお尋ねして、とうとうお明かしくださいましたの。とてもお苦しみのあの方がとても愛しくて、私、思わずあの方を抱き締めてしまいました。そこへ兄上が。他の女に取られるなら悔しいけれど兄上なら仕方ありませんわ。あの方を悲しませたら私、許しませんよ」

内侍は悪戯っぽく言う。

「おいおい……麿はそれを聞こうともせず、あの方を責めてしまった。言い訳はせぬ、ただ内侍を傷つけた事許せと……嫉妬したのだろうか……二人の姿が絵のように似合っていて、心が奇しく騒いだ」

「私は今のお姿でいて頂きたいのだけど、まことのお姿に戻られても、さぞお美しくて、素晴らしい方なのでしょうね」

「それはもう！」

思わず力強く言ってしまい、傷の痛みに顔をしかめ、内侍に呆れられる。

「まあ、兄上ったら」

「そなたにはすまぬな。まさか兄妹して同じ方を好きになろうとは」

真顔で妹に詫びた。

「男とか女とか言うのでなく、人として輝いておられるのですもの、魅せられて当然ですわ。私もいつか、まことのお姿を拝見したいわ」


翌日、出仕前に正時が立ち寄った。

「高明殿、ご気分はいかが？」

「大分よいようです」

祐左の手当てを受けながら、高明は答えた。手当てを終えた祐左は気を利かせて下がるが、二人きりになると互いに意識して、何となくぎこちない。

「正時様には、昨日はよく休まれましたか？」

「ああ……」

「もうご無理はなさいませぬよう……麿は貴方のお体が心配でなりませぬ」

「……大丈夫故」

正時は高明と目を合わさずに答える。

「昨夕、内侍が参りました。麿の思い違い、お許しください。貴方が妹を弄ぶような方でないと存じていながら、どうかしていました。妹を信頼して、大切な秘密を明かしてくださったというのに、麿は貴方を責めてしまった。いや、似合いの二人に嫉妬したのでしょうか」

「内侍殿は、美しくて賢くて優しく、素晴らしい女性だ。夏の日差しのようにまぶしくて……なのに麿には傷つける事しかできず……」

「いいえ、そう思ってやって頂くだけで、どんなに喜んでおります事か。麿達兄妹、貴方の為なら死さえ厭うものではありませぬ」

「傷にさわる故、もう話されぬ方がよい」

「正時様、今までのように、麿の方を向いて頂けませぬか」

「すまぬ……まことは、二度とそなたの前に現れたくないほど恥ずかしい……」

　さすがに頬を染めて顔を背ける。

「ああ、お願いです、貴方は今まで通りであってください。あの晩麿を救ってくださったのは弥生姫、正時様は今まで通りの正時様、麿はそう思いたい。でないと麿は、貴方を抱き締めてしまいそうだ」

　愛しさのこもった目を向けられると、正時はよけいに意識してしまい、苦しい。

「そのような事を言われては……」

「この想い、確かに姫に届いていると思ってよいのでしょうか」

「麿にはわからぬ……大事を持つ身がそのような事……」

「お許しを……わかっていながら貴方を苦しめてしまい……なれど一言、せめて一言頂ければこの傷の痛みもたちどころに消えましょう」

痛みに耐えかねた顔をして見せる高明に苦笑しつつも、己のせいでこのような目にと思うと、咎める訳にもいかず黙っている。

「麿は……貴方の身代わりなら死んでもよいと思いました」

高明は作戦を変えて静かに言う。責める口調でないのが、却って正時の胸に応える。

「……高明殿……」

「言葉でなくとも、頷いてくださるだけでいい。邸へ戻り、貴方のお顔をしばし見られなくなっても、わかってくださっていると思うだけで、力が湧いてくると思うのです。今は、姫のお心の内はお聞きするつもりはありませぬ。ただ、麿の片恋でもよい、この想いを姫が知ってくださっているのなら、頷いては頂けませぬか」

なかなか心を開かぬ正時に、くどいと思いつつも抑えきれずに聞く。正時は無言で俯いたまま。しばらくしてやっと掠れた声で言った。

「……弥生は……そなたの心をありがたいと思っている……なれど」

高明はその先を遮る。

「先はお聞きするつもりはないと申し上げたはず。ああ、今やっと、生きていたのだと実感する事ができました。これで邸に戻れます」

　ほっとしたように言って微笑んだ。

「高明殿……十分養生なされよ」

　邸より牛車を迎えに来させ、高明は帰って行った。


　半月ほどして近衛所に出仕した高明に、正時は言った。

「高明殿、もうよろしいのか？」

「はい、すっかり。邸に戻ってからは、傷よりも心の方が痛んで」

「許されよ、見舞いも憚られ……」

　おどけて言った高明に、正時は詫びる。中将の目を憚っての事であった。

「わかっております。四郎と安道より、気にかけて頂いていた事を聞いております故、うれしく思っておりました」

　正時が二人を交替で見舞わせてくれたのを、喜んでいた。

「そなたにはかなわぬ……誰の仕業とわかっていても証拠が……すまぬ」

「焦ってはなりませぬ。相手は大きいのです。事を構えるにはもう少し時がいりましょう。向こうが焦れてきたのです、御身重々お気をつけください」

「ああ。祐左達にも止められて、遠出もできぬようになった」

「正時様」

「……じっと待つか、隙を見せて仕掛けさせるか……」

「貴方は一体……?」

戯れだけではなさそうな正時の言葉に、心を測りかねる高明。

さすがに正時もはっとして、冗談めかして打ち消す。

「言ってみただけ故、心配は無用」

「何かをなさる前に必ずお知らせ頂けますね?　この高明にお約束ください」

「……」

「正時様!」

強い口調で迫る高明に、正時も折れた。

「……わかった」


その日は一族の命日で、紫野(しの)の小さな寺に、弥生は一人籠っていた。今は無人の荒れ寺であるが、縁の寺であった。

日暮れてにわかに土砂降りとなる。

都一と謳われたの笛の名手であった父、父の名を辱めぬ才を持っていた年の離れた兄達を偲んで、弥生は昼頃からずっと、形見の昇龍の笛を吹いていた。

一年に一度、この日だけは元の姿に立ち戻り、周防の父と共に、一日中笛を吹いて亡き人々の回向としていたが、今年は都にて人に聞かれては困る笛の音故に、人気のないここを選んだのであった。

一人では危険、是非とも供をという高明や行家達に、今日だけは一人にして欲しい、夜が明けたらすぐに戻ると、わがままを言っての事であった。

なおも雨脚が強くなる様子に、土砂降りは好都合、人に笛の音を聞かれずにすむ、天も共に悼んでくれるのかと思いながら、弥生は吹き続ける。

と、突然に戸を叩く音。

一瞬ためらったが、笛の音を聞かれている以上、無人の寺では通せない。やむなく吹くのを止めて笛を小袿の衿で隠すように単衣の胸元に差し、立って行って戸を僅かに開けると、ずぶ濡れの狩衣姿の男が立っていた。

「突然の雨で、供とはぐれた。前も見えぬほどの土砂降りの中、幽かな笛の音に導かれてここへ辿り着いた。しばし宿りがしたい」

「……お入りください」

扇で顔を隠して導いた。入ってきた男の顔を見て、弥生は驚く。近衛には今日の御幸の連絡もなく、この辺りにいるはずのない人物の出現に、動揺を隠しきれない。

「麿を見知っているのか？　そなた」

男は不審げに聞く。弥生はそれに答えず、奥から衣を持ってきた。夜が明けたら着替えて帰るはずの狩衣であったが、ずぶ濡れの相手を前にして放ってもおけない。

「生憎ここは無人の寺なれば、何の支度もありませず……御身分に合いませぬ衣なれど、お召し替えなされませ」

「かまわぬ」

手伝って着替えさせた。仄かな灯明の前に座ってほうっと息をつき、男は言った。

「お陰で人心地ついた、礼を言う。そなた、名は？」

「……陽炎と」

「まことの名を聞きたい」

「お許しを……」

「何故、麿を見知っている」

「恐れ多くも、主上を存じ上げぬ者はないと存じまする」

「そなたほどの美しき女、噂さえ聞かぬが？」

「身分卑しき者なれば、こうして御前にて、お言葉賜るさえ勿体なく……」

「身分低き者なれば麿を見知るはずもない。もっと近う寄るがよい」

「お許しを……」

「麿を知っていながら拒むのか」

「お許しください……」

「通う男がいるなら、男の名を言うてみよ」

「……」

「この衣に見覚えがある。なれどこの衣の主は、想う女なしと言うたぞ？　麿が取り持つ縁に、偽りを以て逆らい通したとあれば、捨ておけぬ」

「そ、それは……」

帝の威圧的な言葉に、弥生はうろたえる。

「その者を、救いたくはないのか」

帝はにじり寄って、弥生の袖を捉える。

「お戯れはお許しくださいませ」

帝の手を振り解こうとした時であった、小袿の衿が僅かに乱れ、単衣の胸元に差していた笛が帝の目にとまり、さっと抜き取られた。

「この笛か、聞こえていたのは」

と言うのと、お返しください！　と叫ぶのが同時であった。弥生は顔を隠す余裕もなく手をつく。

「やっ？　この笛を持つそなたは何者ぞ！」

帝の不審が募る。笛に浮き出て見える龍の模様、一目で名高い昇龍の笛とわかる。

「何卒お返しくださいませ！」

伏して哀願する。

「素性を明かさねば、返さぬ」

「そ、それは……」

あまりのうろたえように、ふと陽炎の素性に思い当たる。

「そなた、もしや九条の……？」

いいえ！　と言う強い否定が、却って肯定になる。

「恐れずともよい、無体はせぬ。許せ。さてもそなたは三の姫か。先々帝に代わって詫びよう。左大臣が陰謀との噂にも何もしてやれず……ましてや生きていようとは思いもせず……」

「主上……」

弥生も、ここまできてはもう隠し通せぬと覚悟する。

「名は何と言うたか？　麿を導いた笛の音は、間違いなく、九条の血を継ぐ姫だ。この雨では誰も探しに来られまい、朝まで笛を聴かせてはくれぬか」

帝が笛を返し、弥生は肩の力を抜いて受け取った。

「弥生と申します……拙いながらお聴きくださいませ」

笛を吹き始めた。心に染み入るような音色に、帝は目を閉じて聴き入った。

やがて夜が明ける。

「正時も、あの雨故に逢坂(おうさか)の関(せき)を越せなんだか。そなたの笛がこの大雨を呼び寄せたのではないのか？　難儀をしたぞ、全く」

少し意地悪く言うのへ、弥生は恐縮して詫びる。

「私にはそれほどの力量はございませぬが、申し訳ございませぬ」

「ははは、気にせぬでよい。言うてみただけよ。謙遜には及ばぬ、それほどに見事な笛であった。その上で昇龍となれば、言いたくもなろう。なれど不思議な縁よな。正時にもそなたにも助けられ……共に麿の恩人よ、そなた達には頭が上がらぬわ」

「そのような、恐れ多い事を……正時殿こそ、身にあまる官位を頂きました事、心から喜んでおります」

「まことと、そうかな？」

任官を喜ぶならもっと帝である自分に添うてくるはずだが、との思いを込めて、じっと弥生の顔を見つめた。弥生は帝を見返す事ができず、目を伏せる。

「まあよい。正時の事、咎めはせぬ。そなたとの仲なれば左大臣の姫には通えまい。まことと木石であった訳ではないのだな。女を抱けぬ身とまで言うて断ったは、そなたの素性を知っての上か」

「……お許しください」

「近衛の仕事はよく務める正時が麿の許まで参内せぬ日が多いのは、養父と左大臣の経緯故に左大臣を避けての事と思うていたが、まことはそなた故か。左大臣には言わぬ。そなたの望むようにせよ。意気地のない麿を、許してくれるか」

「勿体ないお言葉、身のほど知らぬ振る舞い、お許しくださいませ」

手をつく弥生に帝は言った。

「また、笛を聴かせてくれるな」

そこへ、帝を捜す頭中将達が、許しも乞わずに寺の中へ土足でずかずかと踏み込んで来る。

「ああ、主上！　御無事でおわしましたか」

無事な姿に、さすがにほっとした顔。

「中将！　声もかけず踏み込むとは、あまりに無礼ぞ」

咎める帝。中将はそれより弥生を見て驚く。

「やっ、この女！」

「そなた、この者を存じておるのか？」

帝は不審げに、袖で顔を隠して俯く弥生と中将を見比べた。

「怪しき女です、以前私を愚弄した者なれば、捕らえて詮議したき事があります」

鼻息も荒く言う。

「ならぬ！　怪しき者なれば近衛に渡すのが筋。なれど何も怪しきところはない。麿の恩人ぞ。昨夜、袖を重ねて共寝をした仲なれば、断じてそなたに渡すものではない」

凛と言い切られて、中将もうろたえる。

「し、しかし……」

「牛車をこれへ」

帝は袖で弥生を庇うように抱いて、共に乗せた。

「そなたの想い人に何と詫びよう。なれどこの場に残せば中将の手に渡すようなもの。

許せよ」

　意外な成り行きに心騒ぐが、やむを得ない。

「ありがとうございます……先触れにて噂が広まりましょう、中宮様には申し訳もなく」

「よい、中宮には麿が話す。それより、そなたをいかにして送り届ければよい？」

「籐内侍殿に、一時お暇を頂きたく……牛車にて知るべに寄せてもらいますれば」

　内侍や高明に知れる不安に心騒ぐ。

「わかった。中宮は承知してくれよう」

　内裏に着いてすぐに弘徽殿に牛車をつけさせた。異例の事であった。中宮にはすでに子細ありと承知しており、内侍に出迎えさせていた。

「内侍、ご苦労」

　伏して迎える内侍をねぎらう。

「主上にはよくご無事で。まことによろしゅうございました。中宮様にはお召し替えの用意をしてお待ちにございます。このお方は私がお預かりして参り、後ほど御前に」

「さすがは中宮の心配りよ」

帝は中宮の許に行った。

「主上にはご無事で何よりでした。まずはお召し替えなされませ」

「中宮、この度の事許せ」

「後でゆるりとお聞かせ願いましょう」

帝の詫びを遮って言うと、女房達に目配せして着替えを手伝わせた。

用事を終えると、皆下がって行った。

「連れ帰った者は陽炎と言うて、麿の恩人だ。木石の正時の想い人故、何も心騒がす事はない。頭中将が邪な想いを持つ故、渡さぬ為にやむなく連れ帰ったまで」

「少しも、心惹かれる事はなかったのですか？　陽炎の君が拒んだのですか？」

少し意地悪く聞く。多少やましい気もあって、怒れない。

「中宮、そう苛めてくれるな」

その頃、弥生は内侍に導かれて内侍の局へ。

「陽炎様、ご無事で！」

戸を閉めた途端、抱きつかんばかりにして言った。

「内侍殿……すみませぬ……」

さすがにしおれて言う。

「謝られる事はありませぬ」

「偶然、籠っていた寺に、主上が雨宿りに」

「中宮様も承知しておられます。陽炎様はたとえ主上にでも、靡かれるはずはないと、私、断言しましたのよ」

「中将の手に落とすまいと庇ってくださったのです。なれどこのような姿を人に晒して」

「そのように御身をお責めにならないで」

「主上には、持っていた衣にて私を正時の想い人と。正時が咎められるのはよいが……」

弥生は先を言い渋る。

「兄を気にしておられるのですね、陽炎様。兄が知ればどんなに喜びます事か。もしわかろうとしない兄なれば私も縁を切ります。さあ、この女房装束(にょうぼうしょうぞく)にお召し替えくださいませね。中宮様もお待ちかねでしょう」

手伝って着替えさせ、厭がるのを薄く化粧して髪を梳く。

「まあ、兄が見れば、もうこのままでいて欲しいと駄々をこねますわね、女の私でさえ思いますもの。陽炎様は、ご自分の美しさをご存じですか？」

そう言って手鏡を見せるのへ、弥生は目を背ける。

「許してください、女姿など年に一度しか……今ではそれさえ恥ずかしくて……」

「陽炎様……」

内侍は溜息をついて、弥生を中宮の部屋へ誘う。

「お入りなさい」

中宮の柔らかな声に二人は従う。扇で顔を隠す弥生に中宮は言った。

「陽炎の君、そなたのお陰で主上がご無事であった事、感謝しますよ。顔を隠さずともよい、もっと近う」

内侍は、弥生を促して御簾の近くへ寄らせた。

「まあ、美しい方。殿方の横恋慕も無理からぬ事、雨の夜長、朝までどのようなお話を？」

「笛の名手故、笛を聴かせてもらっていたのだ。なれど薄暗かった故、これほどの美しさとは」

思わず帝が本音を口にする。

「まあ。木石の君の想い人だけあって、お堅い姫でよろしゅうございましたわ。これ以上の想いを持たれぬ内に、主上にはお引き取りを願いましょう」

中宮は笑顔のまま言った。

「いつになく責め立てられるようだ。素直に退散しよう。中宮、頼んだぞ。陽炎、また来るがよい」

弥生は黙って平伏した。

「そなた、御簾の内にお入りなさい」

中宮の言葉に内侍は御簾を上げ、弥生を中に入れた。弥生は伏して言う。

「中宮様には、誠に申し訳ございませぬ」

「気にせずともよい。私こそ許してね。主上が本気になれば、そなたも困るでしょう。弥生姫」

「申し訳ございませぬ」

「主上から伺いました、そなただけでもよく無事で。そなたの下の兄友成殿と私は幼馴染故……正時殿を初めて垣間見し時より何やら懐かしく思うた訳が、やっとわかりましたよ」

「中宮様……？」

はっきりと正体を知られた事に驚く。中宮は安心させるように微笑む。

「主上にはお気づきでない故、何も案じる事はない。私は幼い頃のそなたに何度も逢っていますよ。その頃と同じ瞳をしておられる。それに、そなたの想い人は高明殿でしょう?」

「そ、それは……」

「殿方には乙女の秘めたる想いはわからぬもの。そなたには、その姿で幸せになって欲しい」

「ありがたいお言葉ではございますが、四つの時より修羅の道を歩むこの身、何も望めるものではありませぬ」

「時が、いるのでしょうね。内侍、皆を呼んできなさい」

中宮は溜息をつくと、内侍に女房達を呼んでこさせ、十人ほどにそれぞれ寺などへの使いを言いつけ、別々の牛車で行かせた。

「これなら中将が後をつけさせるのも大変でしょう。内侍、兄上には知らせましたか?」

「はい、先触れが来てすぐに使いを出しました。今頃は心配で気も狂わんばかりでしょう」

「ほほほ、悪い妹ね。なれど何事にも動じない、冷静な殿方と思っていたのに」

中宮は微笑んで言う。内侍も悪戯っぽく笑って答えた。

「それが、陽炎様にだけは、はにかんで、まるで少年のようになりますの」

「からかっているのではないのよ。高明殿はそなたを疑いなどしませぬ。私にできる事あればいつでも力になりますよ」

「ありがたい仰せ、お会いできてうれしゅうございました」

手をついて礼を言い、御前を辞した。

内侍は弥生を牛車に乗せて、左京の外れの乳母の邸へ連れて行く。

「中宮様も内侍殿も、随分と大人なのですね。私など未だ幼い童のようで情けない事……」

溜息をついた。

「いいえ、陽炎様はお心が無垢なのです。宮仕えしていると色々な駆け引きばかりで気が抜けませんの。幸い、中宮様に可愛がって頂き、助かっておりますけれど」

話す内に、目的の邸に着いた。中庭に車を乗り入れ、人目を避けて降り立った。

「兄上はお待ちですか？」

「ご案内します」

待機していた家人が二軒先の空邸まで、裏口から案内して行った。

「兄上、お待たせしました。大切な方をお連れしましたよ」

「内侍！」

高明は待ちかねていた。

「兄上、中宮様は陽炎様をお信じになられましたよ。主上は正時様の想い人と思い違いしておられますが。よろしいですね」

後ろで顔を隠している不安げな弥生を高明の方へ押しやってから、内侍は出て行った。

「内侍殿……」

振り返って内侍に救いを求めるような弥生の袖を捉えて、高明はにじり寄る。

「姫……」

「高明殿、心配をかけました」

「姫！」

手をつく弥生に、高明はたまらず、弥生を抱き締めた。

「あっ……」

拒もうとするが、男の強い力には逆らえず、だんだんと弥生の力が抜けていく。どれだけ時が経ったか、高明ははっと我に返り、弥生を離した。

「お許しを……」

「私こそ……許してください……」

　恥じらいに俯く。

「主上には姫の正体を？」

「笛を見られて気づかれました。したいようにせよと仰せくださり……中将に見咎められたのを庇ってくださって……」

「正時様の想い人とは、何故？」

「持っていた着替えの狩衣に、見覚えがあると仰せられて……」

「正時様を、妬ましく思いますぞ」

「そのような事。正時が咎められるのはよいが……」

「麿の事、少しは気にかけてくださったのですか？」

「……」

「それをお聞きするまでは帰さない。ずっとこのまま麿の許に」

「そのような事はできませぬ」

「姫！」

　袖ごと手を握り締める。高明は気持ちが抑え切れない。

「お願いです、無理を言わないで……」

弥生は身を揉むようにして哀願する。

「主上は、主上とは……」

「疑っているのですか……？」

「いえ、決して。なれどこの美しい姫君を見れば、誰であろうと心穏やかならぬはず。

まして主上であれば……」

「……言いなりになるとお思いですか？」

「信じています！　なれど不安なのです。姫のお心が摑めない麿には……」

「誰であろうと私には」

思わず言いかけて沈黙する。

「お心が誰にあるのか、今ここではっきりとお聞きしたい」

「困らせないでくださいい……」

「これが、麿の邸に」

高明は懐から結び文を出し、開いて見せる。

袖を重ねて　共寝の朝(あした)

「こ、これは……中将の嫌がらせ……」

帝の言葉そのままの文に、弥生は青ざめる。

「姫を主上に寝取られたをあざ笑わんとてこのような事を」

「そのような……笛をお聴かせしただけです。不用意に姿を晒した、私の迂闊さを責められるのは仕方のない事。どのようにでも詫びます故……」

「責めはしない、ただ姫のお心が誰にあるのか、わからないから苦しいのです。一言だけお聞かせください。今日だけ……明日からはまた、部下に戻ります故」

「弱い女です、許してください……」

本心を言えば二度と正時に戻れなくなる弥生には、何も言えない。

「否定されないのは、麿の事を想ってくださっていると、自惚れてもよいのですね？」

高明は、やにわに弥生を抱き締めて唇を奪う。

驚いて抗うが高明の胸で抵抗は弱まって、気を失った。そっと唇を離した高明は呟く。

「ああ、こんなにも無垢なお心が心配なのだ。愛しい姫！」

自分の牛車に、弥生を抱いたまま乗せて邸に帰った。抱き締めるだけしかできない辛さに苦悩する高明。奥の部屋に抱いて入った。

部屋には行家が控えていた。

「姫はご無事。お疲れが出て牛車の中で眠ってしまわれた」

　夜具にそっと横たえた。まさか唇を奪って失神させたとは言えない。心配そうな行家。

「高明様……」

「大事ない、主上とは何もなかったのだ」

「姫を、信じて頂けますのか？」

「これほど身も心も清らかな姫はおられまい。いつか麿を受け入れてくださる日が来るのだろうか。できる事ならこの姿のままここに。大望があるのと恨み嫌われるのが恐ろしくて、それもならず……」

「申し訳ございませぬ」

　行家にも高明の気持ちが痛いほどわかる。

「そなたが詫びる事はない。明朝まで顔を出すまい、お気が高ぶられてもいけぬ故。中将の目もある、用心しようぞ。明日からまた、正時様に戻られよう」

　高明は部屋を出て行った。

　夜中に弥生は目覚めた。側に心配そうな行家の顔があった。

「あ……爺。ここは？」

「よく眠っておられました。高明様のお邸です」

「高明殿の……」

高明邸と聞いて取り乱す。そんな弥生に、行家は微笑んで言う。

「内侍様より知らせを受けてすぐに、様々な手配りをしてくださり……優しくて男らしいよいお方ですな。心から姫を大切にしてくださる」

「爺、私は恐い……大望ある身、心が苦しくてどうすればよいのか……」

「姫も、高明様を想うておられるのですよ」

「そ、そのような事は……」

ずばり言われてうろたえる。

「隠されますな。この年寄りにでもわかります事。生まれて初めての想いに、戸惑っておいでなのです。姫にはもう十分やってこられました。ここからは我らがやります故。今少し正時様でいて頂かなくてはなりませぬが、もっとお心のままに振る舞われる事です」

行家は弥生を諭すように言った。

「そのような事、できぬ。何としても復讐を遂げねばならぬ。その為だけに今日まで生きてきたのではないか。邸へ戻りたい」

弥生は己を叱咤するように言う。

「今宵は戻れませぬ。用心の為、明日の出仕は高明様とご一緒に。若が邸へおられた証拠作りに空の牛車を出す手筈になっております。明日には戻れます故、今宵一夜ご辛抱を」

「わかった……もう休みたい故、そなたも下がるがよい」

戻りたい気持ちもわかるが、皆の配慮を無にする訳にはいかない。

弥生にも、己のわがままとわかっている。休むと言ったが、眠れるはずもない。高明の名を聞くだけでも、昼間抱き締められて唇を奪われた事が思い出され、平静ではいられない。それを悟られまいと、爺を遠ざける。

「ご用があればお呼びください」

行家も何となく察して、逆らわずに下がった。

「このような弱い心では復讐も心許ない。爺達も見かねていよう。朝になれば、また高明殿と顔を合わさねばならぬ。動揺してはならぬ。父上、母上、私に勇気をください。強い心をくださいい。明日からまた、正時に戻らねばなりませぬ」

泣く事も許されぬ弥生は、辛さに胸も張り裂けんばかりであった。

一方、高明も、昼間抱き締めた弥生の細い身体を、思わず奪った唇の柔らかさを忘れかね、眠れぬ時を過ごしていた。

「手も触れずに耐えるつもりがどうにもたまらず……あのような事をした麿を姫は恨んでおられるだろうか。朝になって正時様に戻れるだろうか。ああ、できる事なら今すぐ奪ってしまいたい。時が来るまでそれもならず……」

姫への恋心を、必死で抑える高明であった。

朝になり、身支度を終えた高明は、正時のいる部屋に行った。御簾の外から声をかける。

「出仕のお支度はいかがですか？」

「終わった。入られよ」

正時の声がした。

「正時様にはよくお休みになられましたか？」

行家が引き上げてくれた御簾の内に入りながら聞いた。

「ああ。迷惑をかけた」

さり気なく振る舞うつもりが、却って硬くなる。

「ちゃんと朝餉(あさげ)を取られましたか？」

「ああ」

言葉少なに答える正時の後ろで、高明にだけわかるように行家が首を横に振る。

「大事なお体である事、くれぐれもお忘れなきように」

高明は心配で、戒めるように言う。

「わかっている。さあ、出かけようぞ」

さっと立ち上がって歩き出す。

正時を追う高明は、心配する行家を安心させるように深く頷いてみせる。

牛車に乗った二人は乱れる心を抑えている。高明はさり気ない振りをして話しかけた。

「内侍の勤め振りはいかがでしたか？」

「とてもよくやっている様子。随分と大人に見えた。弥生など幼い童のようでとても比べ物にならぬ。内侍殿の方が年若であろうに」

「うんと年上の姉がいましたし、両親が早くに亡くなったので宮仕えしていた叔母の手許へ引き取られ、年の割には古参なのです。姫より二つほど下になりましょうか」

「高明殿も内侍殿も苦労されたのだな。麿などは強がるばかりで、まるで世間知らずよ」

「そのような事はありませぬ。正時様のご試練を思えば、我らなど……」

「離れて暮らす割には仲のよい兄妹よ。心が通じ合い、何でも話せて。羨ましい事だ」

「恐れ入ります。姫も内侍に少しでも打ち解けてやって頂ければ」

「困らせるばかりで、何も為にはなれまい」

「正時様、姫は気高く聡明なお方。姫の事悪しく言われるは麿にはたまりませぬ」

いつになく自信なげな様子にたまりかねる。

「そなたの買いかぶりよ」

「正時様……」

まだ多くの苦難を乗り越えねばならぬ身、弱気な様子が案じられる。近衛では仕事に追われたせいもあり、二人はいつになくよそよそしい。その様子を安道は不審がる。

午後になって正時に、帝よりお召しが。

「そうか……行かぬ訳にもいくまい」

「ではお供を」

と高明が言うのへ、正時は首を振る。

「いや、今日はここにいてほしい。すまぬ。安道に供を頼む」

召される理由がわかっているだけに、行き帰りを高明と顔つき合わすのが苦しい正時であった。

供を言いつかった安道は、不審がりながらも喜ぶ。

清涼殿に着くと、帝が待ちかねていた。人払いして言う。

「正時、陽炎から子細は聞いたであろう。責めたりはしなかったであろうな。持っていた笛にて素性を知った。そなたが気にするような事、何もない。朝まで笛を聴かせてもらっただけだ。そなたの嘘も咎めはせぬ。いたわってやって欲しい」

「ありがたい仰せ。また、あの者をお助け頂き、深く御礼申し上げます」

平伏して言った。硬い表情の正時に、帝はちらと皮肉を投げかける。

「そなたと麿の間柄であまりかしこまられると、疑われている気がするぞ」

「そ、そのような事は……」

「ははは、木石に見せてあれほどの姫を。ちとからかっただけだ、許せ。そなたの衣を借りた故、麿の衣をそなたに」

手ずから衣を授けた。

「恐れ入ります」

「中宮が、陽炎に衣を見立てるそうだ」

「大変なご迷惑をおかけした上、お気遣い、ありがとうございます」

内侍が迎えに来て、正時は従った。

「そなたには迷惑をかけるばかりで、すまぬ」

「いいえ、あの方にお逢いでき、うれしゅうございましたわ。兄には勿体ないほどお美しくて素晴らしい方。ささやかでもお役に立てましたらうれしいのです」

　御簾の前へ案内し、声をかけた。

「正時様お見えでございます」

「よく来られました」

　ここでも人払いしてある。正時は伏して言う。

「中宮様には、陽炎が大変なご迷惑を」

「よい。それより高明殿はわかってくれましたか？　わだかまる事あらば私から話してもよいが」

　中宮は心配そうに言った。

「はい。とてもよくしてくれて……」

「そうならよいが、内侍が、あのままの姿で留め置きたくなるのではと言うものだから、そなたを見るまで心配で」

「あ、いえ、そのような事は……」

　さすがに鋭いところを突かれて正時はうろたえる。内侍は憤って言った。

「やはり、そう言ったのでしょう？　兄はあの方を、困らせましたのね」

「い、いや、それは……」

　正時は困惑する。

「内侍、おやめなさい。正時殿がお困りになる。それより正時殿、笛を聴かせてはくれませぬか？　主上も内侍もとても褒める故、私にも聴かせて。そなた宮中の管弦の宴も、不調法とて逃げるのだから。内侍、箏をお弾きなさい」

　中宮は内侍を軽くたしなめて、話題を変える。

「ならばこちらのお笛、お借りできましょうか？」

　持っている笛は吹かない。中宮もその意味に気づき、内侍に笛と箏の用意をさせた。

以前合奏した事があり、互いの力量がわかっているので、息がぴたりと合い、見事な調べであった。

「まこと、見事です。お父上の血を継いでおられる。時には聴かせてくださいね。内侍も他の殿方と合わせるより、一段と興が乗っていましたよ」

　中宮は微笑んで言った。

　からかわれているようで不満そうな顔をする内侍。

「まあ、すっかり引き留めてしまいましたね。内侍、衣をこれへ」

見事な女装束を持ってこさせ、正時に渡す。

「このようなお気遣い、勿体なく……まことにありがとうございます」

「私にできる事あれば、何でも遠慮せず内侍に。待っていますよ」

頭を下げる正時に、姉のように微笑んで力づける。

正時は、重ねて礼を言って退出した。

安道を帰して、正時は大堂寺に立ち寄った。中宮より賜った女装束を、祐左に預ける。

「皆に心配をかけた」

噂が噂だけに、行家から知らせを受けていても、顔を見るまで皆心配だった。

「主上には、先々帝に代わって詫びてくださり、中宮様は力添えをお約束くださった」

「おお、ありがたい事です」

「しかし、情けない身よ。大勢の人に姿を晒してしまい……」

「よいではありませぬか。時々で見事に切り抜け、味方を増やしてこられたのです」

「人を欺き、傷つけるばかりで……」

「よほど御身の方が傷ついておられる。ここまでよく頑張られました、後は我らが。皆も、姫には人並みの幸せを生きて頂きたいと願っております。高明様には必ずや姫を」

「言うな！　修羅の道を生きてきた者に幸せなど！」

激しく祐左の言葉を遮る。その正時に、日全がいつになく厳しく言った。

「思い違いですぞ、それは。今は仮の世を生きておられるが、時満ちたれば現世に戻られるは理。心までねじ曲げる事、なりませぬぞ！」

「御坊……」

「ご一族の分まで幸せになられて何が悪いのです。それこそが亡き方々への一番の供養なれば、何も苦しまれずと、お心のままにあられる事です」

諭すように穏やかに言った。

正時はいや、と首を横に振り、いつになく本音を語る。

「麿はこれまで馬に乗り太刀を振り回して生きてきた。それも恨みの心で。とても女らしく振る舞い女らしい心を持つ事など……何故男に生まれなかったかといつも思っていた」

「ありのままの貴方様を、愛しく想うておいでの方がおありではありませぬか、己が命まで懸けて。何も気に病まれず、心許されればよろしい事」

「そのような事、とてもできませぬ」

「高明様の事、お嫌いですかな?」

「……」

「あの方のお心、ご存じのはず」

「なればこそ、甘えてよいのでしょうか。しっかりとした後ろ盾のある姫君が相応しかろう。我らの目的を遂げるは、不本意ながら世を騒がせる事。責めを負うのは私だけでよい」

言い切って立ち去る正時。一族の復讐を遂げた後、世を騒がせた責任を一人で死を以て償う覚悟の正時に、祐左達は言葉もない。

同じ頃、帰宅途中の高明の牛車に頭中将の牛車が追い縋り、声をかける。

「近衛の高明だな」

「これは頭中将様、何用でございましょう」

「陽炎という女、一体何者だ? そなたを捨てて、事もあろうに主上に乗り換えたか」

「……」

高明は腹立ちをぐっとこらえる。

「大した女よ。一夜で主上を籠絡するわ、内裏まで乗り込むわ、よほどの魔性か、何か企んでおるのか。そなたなら知っていよう」

「さて、何の事か、麿には一向に」

「近衛の者、この頃何やら不穏な動きをする。ひ弱そうな正時は何を企んでいるのだ」

「中将様と言えども、少将様を侮辱なさる事、許しませぬぞ」

正時の事を口にする中将に、高明はこらえきれずに思わず気色ばむ。

「ふふふ、熱くなるな。許さぬとはどうする。麿を斬るとでも言うのか」

中将はあざけるように言った。悔しいが挑発に乗る訳にはいかない。唇を噛んでじっと耐える高明に皮肉な笑いを残し、中将は節をつけて謡いながら去って行く。

「袖を重ねて、共寝の朝……」

投げ文の文句に高明は、体が震えるほどの怒りをじっと耐えた。

数日後、正時が出仕を終えて邸の前まで戻ると、身分をやつした牛車が僅かな供を連れて止まっていた。

不審に思っていると、一人の女房が小走りに寄ってきて言った。

「主が急な病で苦しんでおります。どうぞお助けくださいませ」

「それはお困りでしょう。医師を呼びましょうほどに、中にてご休息なされよ」

病と言われれば知らぬ顔もできず、正時は牛車ごと中に招じ入れた。対の屋に几帳をめぐらせて部屋を与え、医師を呼びにやった。

「差し支えなくば、どちらの方か訊ねたい」

先ほどの女房に聞く。

「主が直に申し上げたいそうです」

正時を御簾の前へ導く。消え入りそうな若い女の声。

「突然のご迷惑、お許しください」

「難儀のご様子、直に医師が参りましょう」

「私、左大臣家六の姫顕子（あきらこ）と申します。正時様ですね？」

「左大臣家の……ゆるりとご休息を……では」

正時は辛うじて驚きを抑え、一声かけて席を立とうとする。

「ああ、く、苦しい……」

急に苦しがる。女房もおろおろするばかり。

「少将様、どうしたらよいのでしょう」

「ああ……正時様」

なおも苦しそうな声に、さすがの正時も心配になる。

「姫、いかがなされた」

「正時様、来てください、は、早く！」

姫と女房とに急かされ、仕方なく御簾の内に。

「正時様！」

几帳の内に伏していた姫が、突然身を乗り出してしがみついてきた。予期せぬ出来事に、正時は驚いて逃れようとするが、邪険に振り解くのもためらわれる。

「姫、これは一体……？」

「お怒りにならないで。私、どうしても貴方にお逢いしたかったのです」

「姫。ご身分に障りましょう」

正時はやんわりとたしなめる。

「一度だけでもいい、正時様に……」

「御身のなさっている事、わかっておられるのですか？」

六の姫の一途さにたじろぎ、逃れようとする。

「恥をかかせるならこの場で死にます」

涙ながらに、正時の袖を捕らえてかきくどく。

「なりませぬ、主上より左大臣様に、女性を抱けぬ身と伝えて頂いたはず」

「嘘です！　陽炎と仰る方との事、兄は陽炎の君のお相手は高明様と思い込んでいますが、宮中に仕える従姉の文にて私、知っています！」

「姫がそのようなつまらぬ噂を……」

多感な姫を持てあましていた。

「殿方は父に取り入ろうと沢山出入りされます。なれど正時様は……そんなに私をお嫌いなのですか？」

「麿では身分がつり合いませぬ」

「身分？　主上のお声がかりでもお断りになりましたわ……それほど父がお嫌いですか？」

「そのような事は……」

「それで私もお嫌いになるのですね。邸を出てもだめですか？」

「一体、何をお知りになりたいのです」

「私の想いをわかって頂きたいだけです。父には申しませぬ」

「……」

「陽炎様は、よほどお綺麗で素晴らしい方なのですね」

「姫の誤解です。これだけは言える、麿はどこの女性にも通ってはおらぬし、姫を嫌う訳でもない。お気持ちだけうれしく。他の方を想う事です。麿には何もしてあげられない。今日の事、姫と麿、二人だけの胸に。どうぞ、お忘れください」

正時にも六の姫の気持ちはわかるが、どうもしてやる訳にもいかず、帰した。

翌朝、近衛に頭中将。凄い剣幕であった。

「正時、そなた六の姫に何をした！」

「何の事でしょうか？」

「とぼけるな！　昨日外出から帰るなり寝ついてしまったわ。うわ言で尼になるの死にたいのと言うばかりで要領を得ぬ。供の郎党を問い詰めてそなたの邸へ行った事を吐かせたが、女房は何があったのか頑として口を割らぬ。そなた、力ずくで抱いたのか！」

「何も、ありませぬ」

「ならば左大臣家の姫に恥をかかせたのか」

「恥も何も。急な病を見かねて部屋をお貸ししましたが、御簾越しに様子をお尋ねしただけなれば、左大臣家のお怒りに触れるような事、何一つありませぬ」

　正時は冷静に応じる。

「そなた、父に聞いたが、女を抱けぬ身だそうな。近衛の長が男ではないとな！」

わざと大きな声で言うので、外の者達も階下に詰めかけてきた。近衛の者は気色ばむ。

「いかに頭中将様と言えども、我らが長を侮辱なさるのは許せませぬぞ！」

「ほう、許さぬと？　麿は真実を言うたまでだ。嘘と言うなら、正時が主上をたばかった事になるが。正時、いかに？」

　意地悪く言った。

「少将様！」

　皆は正時の答えを待つ。正時は冷静さを失わずに答えた。

「皆は下がっておれ。中将様にはそれがご用件でしたか？　ご用がおすみなればお引き取りを。仕事がありますま故」

「ふふふ、否定せぬところをみれば、まことの事なのだな。近衛は、腑抜けの集まりよ！」

　毒づいて去った。

「少将様！」

言い返さない正時に皆はがゆい。正時は皆の方を向いて言う。

「皆に心配をかける。何故かあの方には麿がお嫌いらしい。なれど何と言われても挑発に乗って手出しする訳にはいかぬ。こんな麿に、そなた達の長の資格はないかな？」

「いいえ、正時様。よくぞ耐えられました。左大臣家では正時様が縁組を断られたを根に持っての嫌がらせの数々。皆も正時様のお辛さ、わかって差し上げて欲しい」

じっとこらえて見守っていた高明が、後ろから進み出て言うのに、皆は納得して散った。

「高明殿……」

「あの男、先日は麿の帰りを待ち伏せ、投げ文の文句を謡って挑発を。腸が煮えくり返るようでしたぞ」

「すまぬ、迷惑をかける」

「それは言われぬ約束。なれど、深窓に育ちし姫君が、直接乗り込んでこられるとは」

「まだ幼さが残る姫が、あれほどの熱情を……扱いかねて、冷たく追い返した。麿は多くの人の真心を弄んでいる……」

　正時の狼狽振りが、高明には目に見えるよう。

「正時様……」

「今宵、麿の邸裏で」

　正時は小声で言うと、去って行った。

　夜、高明は供も連れずに正時邸裏の空邸に。そっと中へ入ると、優しい香の匂い。

「高明、参りました」

　仄かに明かりが灯る御簾の中へ声をかけて入り、几帳前に座る。

「中へ」

　不審に思いながら几帳の内に入ると、そこには扇で顔を隠した弥生がいた。

　思わず驚きの声。

「あっ！　姫……」

「そんなに驚かないでください……」

「失礼を。正時様のお呼びと思ったものですから」

「そなたは正時の方がお好きなのですね」

「姫、何故そのように麿をお責めになるのです」

高明には弥生の意図がわからない。

「怒ったのですか……私はこんな女です。他の女性のように愛らしく振る舞えず、気が強くてわがままで、女らしさなどなくて……」

「いいえ、麿はそんな貴女が好きになったのです。気になさる事はない、時来たなら、必ず麿の許へ」

そう言いながら、高明は弥生の顔を隠している扇に手を添えて畳んで下ろさせる。

畳んで下ろさせる。弥生は恥ずかし気に俯いて言う。

「いえ……私は辛いのです、生きるのが……」

「辛くても、生きねばなりませぬ。姫だけでもお幸せにならねば。ご身分を思えば恐れ多い事ですが、麿では役不足ですか」

穏やかに言った。

「身分など。私は何も持たぬただの女。復讐の為だけに得た命。長い間そなたを苦しめている事が辛くて……今宵だけ……それで忘れてはくれませぬか……」

弥生は高明の手を取る。高明ははっとする。

「姫……？」

弥生は俯いたまま無言。

「麿は言ったはずです、心を頂きたいと。何故このような事を」

高明は逆に弥生の手を握り締めたまま、言う。

「私は弱い女です、黙ってはいなくなれない……それ故……」

「姫……姫には思い違いしておられる。事成らぬ内に、姿を消す訳にはいきますまい。なれば一時の気の迷い、お気持ちだけありがたく」

「……」

「体を合わせるだけが愛ではないと、ご存知のはず。麿が殊更言わずとも」

「高明殿……私は……」

弥生が言いかけるのを、高明は優しく遮る。

「姫、麿とて貴女をこの胸に……なれど今はまだその時ではない。男なれば恋焦がれる女を目の前にして想いを遂げられぬ苦しさは……それを耐えているのは、一度でも抱かれると姫は、正時様に戻れぬからです。互いに忘れましょう、今宵の事は。六の姫の女としての激しさに惑わされただけです。何があろうと麿の貴女への想いは変わりませぬ。では姫にはお気をつけて」

握り締めた手に口づけして、高明は邸を出た。

と、突然高明は、数人の男達に囲まれ、太刀を突きつけられた。

「こ、これは一体！」

驚く高明に、暗闇から扇で口元を隠して歩み寄った男が、含み笑いをして言った。

「おや、近衛の高明殿には、この夜分どちらの女にお逢いかな？」

「中将様……」

相手の悪さにさすがに動揺する高明に、中将はきつい口調で問うた。

「中に残るは陽炎か！」

「ちがいます」

「中を捜して、女を捕らえよ」

中将は四人ほどを中へやる。高明は、大声で弥生に危険を知らせる。

「陽炎、逃げよ！」

「そら、正体を現したな。この男逃すなよ」

言い置いて己も中に踏み込む。が、部屋はもぬけの殻。僅かに香の匂いと温もりが
残るだけ。中将達は表に戻る。

「逃げおったな。ここは正時の邸裏。大方、あやつの邸へ逃げ込んだものであろう」

「正時様は、陽炎とは関わりはない」

「他へは逃げられまい」

「何故、陽炎を……?」

「うろんな者故」

「お役目違いですぞ！　不審があれば我ら近衛の役目。まして恐れ多くも主上には」

「黙れ！　なればこそ正体明らかにせねばなるまい。そなたこそ主上に靡いた女、再びかき口説いたのか」

「そのような……それより、いかにご身分とは言え、これはあまりの理不尽」

「ふふふ、いくら腕が立つとも、これでは逃げられまい、串刺しになりたくなければ、大人しくしておく事だな」

　中将は正時邸の表口に回り、門を叩かせた。

「このような夜分に何事でしょうか?」

　外の騒がしさに不審を感じて、行家が応対に出た。

「女が裏から逃げ込んだであろう」

「いいえ、どなたも」

「正時はおるか、入るぞ！」

「お休み中です。お待ちください！」

　制止を振り切って上がり込み、遠慮容赦なく奥へ進んで行く。奥から結い髪のままの白絹の夜着姿の正時が、目を擦りながら出てきた。

「このような夜分に何事。騒々しくて寝てもおれぬわ」

「そなた、寝ていたのか」

「やっ、これは中将様！　何故ここに？」

不審気に聞く中将に、正時は驚いたように言う。

「陽炎と言う女が逃げ込んだであろう」

「いいえ、誰も」

「高明と逢っていたのだ。裏の空邸で」

「それは。人の逢い引きはともかく、貴方様が何故、我が邸まで？」

「黙れ、不審がある故」

「なれど、お役目違いですぞ。ましてや高明殿に太刀まで突きつけるとは」

正時は中将を咎めだてする。

そこへ裏庭から馬に乗った女が、裏門を見張る中将の郎党達を蹴散らして走り去った。

「あっ、しまった、あれだ。追いかけろ！」

郎党達に呼ばわる。

「またも運良く逃れたな！」

正時の方に振り向きざま、言い捨てて立ち去った。

「正時様、麿の不注意で、大変なご迷惑を」

と言いかける高明を、正時が遮る。

「高明殿、とにかくこちらへ」

寝所に近い部屋へ、高明を導いた。正時の他は行家しか立ち入らせない場所であった。蔀戸も下ろした部屋の几帳の内へ高明を座らせると、正時が頭を下げる。

「女の愚かさ故に、高明殿には耐え難い屈辱を、あれに代わってお詫びを」

「いいえ正時様、何事も男である麿の責任なれば、姫をお責めになりませぬよう」

あの後だけに正時は姫とは別人として振る舞い、高明もそう応対する。

正時は気が張りつめていたのがほっとしてふらりとくずおれかけ、高明はさっと手を差しのべて支える。

「大丈夫ですか？」

高明の手に掴まった瞬間、正時は夜着姿である事を思い出し、急に恥ずかしくなって顔を赤らめ、高明から離れる。

「このような姿をそなたに……」

「かまいませぬ、男同士故……そのお姿故中将をたばかる事ができたのですから。それにしても見事な対応でした」

意識すると高明も目のやり場に困りながらも、感嘆して言う。

先に逢ったばかりの姫と今の姿の正時と、衣に焚きしめる香が違うのも、高明には感嘆の理由の一つ。香しい伽羅(きゃら)を基調とした弥生の香りも、沈香(じんこう)を基調としている正時の香りも、またそれぞれに似合っていて好ましく、それも人に正体を知られぬ一因である。初めて陽炎と出会った日にもや正時と同一人物と気づきもしなかったのは、髪の長さと男女の違いだけでなく、身に纏う香りが全く異なった用心深さ故と、ふと高明は思い出して微笑む。

「そなたにいつも、まことの男の強さを見せてもらっている故……何としてもあの場は乗り切らねばと。我が身より、そなたに災難が……」

恥じらいがちに正時は言った。

「麿は姫が心配で。なまじ相手が悪くて手出しできず……ご無事でほっとしました」

「心配かけてすまぬ。着替えて来る故、しばし……」

と、言い置いて立ち上がり御簾を出た正時。いざとなれば中将を斬り捨ててでも救ってくれる高明の胸の内を知っていた。

「そなたの男らしい優しさに、あれも心動かされるのであろうな」

呟くように言って足早に去る正時の足音を聞きながら、弥生の心が傾いているのを知り、心騒ぐ高明であった。

しばらくして狩衣に着替えた正時は、行家に指図して、童に酒と膳を運ばせた。

「相変わらず、男手ばかりで女房も置かぬ不粋な邸故、風流なもてなしもできぬが、用心して今宵は留まられよ」

やっと余裕を取り戻して座りながら言う正時に、高明が答えた。

「お言葉に甘えましょう。馬で出て行った者も気にかかります故」

「そうだ。爺、あれは？」

正時も気にかかっていた事をやっと口にする。行家が答えた。

「四郎と存じます」

「そうか、やはり……」

「よい若者ですな」

と高明が微笑んで言う。

「爺、戻り次第ここへ」

「はい……」

立ち去りがたそうな行家の気持ちを察して、正時が言えない今の出来事を、高明がさり気なく話す。

「そなたにも心配かけたな。麿が姫に逢いたいとわがままを言うた為に、姫や正時様を危うい目に遭わせてしまい、すまぬことをした」

「いえ、高明様をご信頼申し上げております」

高明の心遣いを察して頭を下げ、下がった。行家の言葉に正時は苦笑する。

「ふふ、今や爺は、麿や弥生よりも高明殿の方を信頼していよう」

「姫を射落とす為には先ず取り巻きを落とさねば。手強い部下を沢山お持ち故、策を弄さねばならず……」

高明はわざと悪戯っぽく言った。

「ならば作戦は成功だ、すでに皆そなたの手に落ちている。麿の味方などいまい」

正時は真面目にとって、深く溜息をつく。まんざら冗談でもなさそう。

「まことですか？　それは。しかしまだ手強い四郎が残っている上、恐れ多くも主上が一番の恋敵。周りを落としても肝心の木石の大将を落とせずば意味がない。困った事です」

周りの者も弥生に戻るよう口説いている事を察し、わざと大げさに唸ってみせる。

それ故、弥生も心が揺らいで今宵の誘いとなったのであろうと思うと、正時の苦しさを思わずにはいられない。

「四郎に……正体を……」

「どうせ先で知れる事。機転の利く若者故、今後何かと役立ってくれましょう。却って意識されず心安くあられますように。よくやったとねぎらってやって頂けましたら」

高明は安心させるように、正時に微笑みかける。

「ああ。大丈夫であろうか」

「大丈夫です故、案じられますな」

夜が明ける前にやっと帰ってきた四郎が、御簾の外に片膝をついて声をかける。

「ただ今戻りました。勝手な事を致しました、お許しください」

「よい。入れ」

正時の声に、四郎は恐る恐る入って平伏する。

「面を上げよ。ご苦労であった」

「はい…」

顔を上げる四郎。

「詫びるのは麿の方だ。そなたをたばかっていた事、許せ」

「いいえ、安心しました。姫様のお役に立てれば、これほどうれしい事はありませぬ。これまで正時様のお辛さも知らず……お許しください。あろう事か刃まで向けた私を、こうしてお側で召し使ってくださり……」

伏して泣かんばかりの四郎に、高明が気を引き立てるように言った。

「さすが我が恋敵よ。まして姫と正時様と麿の恩人。さあ、正時様、褒美の杯を」

「こ、恋敵などと」

四郎は恐縮して小さくなる。

「どうした、いつものそなたらしゅうないぞ？　さあ、正時様？」

高明は笑って正時を促す。

「四郎、近う」

正時は四郎を側に呼び、自分の杯を渡す。と、その手を杯ごと握り締め、作らぬままの弥生の声で言った。

「そなたの機転で危ういところを助かり、礼を言います。高明殿にはそなたを案じて待っていてくださったのです」

手を離し、酒を注いだ。震える手で受ける四郎、押し頂いて言った。

「高明様にもお気にかけて頂き、ありがとうございます。姫様と正時様の事よろしくお願い申し上げます」

「麿こそ、そなたにくれぐれもお二方の事、頼みおくぞ」

真顔で高明は、四郎を見返す。

「さても、高明殿にはかなわぬ。四郎まであっけなく落としてしまわれた」

正時は大げさに肩を竦める。

「姫様のお衣装は中将達がしつこくてここへ持ち帰れず、大堂寺に預けて参りました」

「よい。そなたが無事なら衣など」

「しかし、中将も直接正時様に、手を出してくるとは……」

今宵の出来事を思い出し、高明の顔が曇る。

「今は中将一人がはやっているのやもしれぬ。が、これ以上不審を持たれれば左大臣も黙ってはいまい。だが、左大臣家の探り、思うように進まぬ……」

正時も考え込む。

高明が立ち上がりながら言った。

「さあ、麿はすっかり明け切らぬ内に、お暇しましょう。朝帰りは不粋です故」

「高明殿は供をお連れでない故、四郎、お送りしてくれ」

高明の女通いの噂を思い出し、苦笑しながら正時は言う。

「かしこまりました。高明様、こちらへ」

車寄せまで案内して行った。

正時も一夜の内に様々な事があってさすがに疲れが出た。寝所に入り、着替えぬままに横になる。

邸に着いた高明は、四郎をしばし待たせて急いで文をしたため、庭のまだ蕾の桔梗を手折って添え、四郎に託した。

「お疲れなればお休みを、と申し上げてくれ」

「はい、お伝えします」

四郎は高明邸を辞して、正時邸へ戻った。正時の寝所の前で、正時に声をかける。

「正時様、お休みでしょうか？」

「ああ、四郎、戻ったか。入れ」

すぐに几帳から出て円座に座った。四郎がおずおずと入る。今まで行家しか立ち入った事のない部屋であった。

「高明様からのお文です。お疲れなればお休みを、との仰せです」

「そうか。これ以上中将の疑いを招かぬ為にも行かねばなるまい。四郎、そなたは休め、疲れたであろう」

正時はねぎらって言うのを遮って、手をついて頼む。

「いいえ、正時様の方がお疲れです。お供させてください」

「ならば、支度を頼む」

苦笑して言った。

四郎を下がらせてから、高明の文を開く。

　朝露の置きし桔梗の花の香に　一夜の夢の君を偲ばむ

昨夜の弥生の誘いに対して恥をかかせまいとの心遣いの後朝(きぬぎぬ)の歌に、思わず弥生に立ち戻り、頬を赤らめる正時であった。

数日の間に、あまりに人目も憚らぬ中将のあの夜の出来事が、夜分に通りかかった者達の口から噂になり、帝の耳にも届いた。

帝も捨て置けず、頭中将を召して言った。

「無断で正時の邸に押し入ったとはまことか？　高明を太刀で脅かしたとも聞いている」

「あの者達が告げましたか？」

中将は事もあろうに、悪びれもせず問い返す。

「偶然通りかかって見た者がいる。とうに噂になっているのを知らぬのか。正時は麿の恩人。理不尽が過ぎようぞ」

「なれど、うろんな者を庇い立てしたり、近衛らしからぬ振る舞いを致しますれば」

「はて、うろんな者とな？　陽炎の事か」

さすがに拙いと感じ、答えない。

「陽炎はうろんな者ではないと言うた麿の言葉、そなたは信じぬと言うのか！」

「そ、それは……」

左大臣邸にて。

「そなた、主上に召されてのお叱り、無茶が過ぎようぞ。今少し身を慎むがよい。左大臣家を潰す気か」

さすがに左大臣も苦々しげに言う。

「なれど、父上、何とも怪しげな者共です。六の姫との縁組みを断り、何かにつけて我が左大臣家に楯つくとは」

「いつにない主上の肩入れが気にかかるな。だが、あまりはやるでないぞ、よいな」

父親が釘を刺すのに、不満そうな顔で中将は下がった。

秋も深まり、正時が近衛の少将となって早一年が過ぎていた。

宮中での行事に皆慌ただしく追われて、表立っては至って平穏な日々。

そんなある日、正時の許に内侍からの文が届いた。

薄紅の文を開いてみると、

「本日午後、中宮様の命により縁の寺に代参します。中宮様からの賜り物がありますので、是非ともお越し頂きたく。お待ちしております。籐内侍」

とある。美しい女文字に思わず、ほう、と声を漏らす。

「正時様には、恋文ですか？」

側の四郎がにやりとしてからかう。あの日から行家達の計らいで、もっと側近くで仕えている四郎であった。

「内侍殿からだ。心根も美しく、字も美しい。木石とても心動く事もあろう」

正時の男としての感想に、四郎は意外そうな顔をする。その反応を知ってか知らずか、正時は溜息交じりに言った。

「中宮様の御名が出れば、行かぬ訳にもいくまい。午後から出かける。そなただけ供を頼む。日の高い内の逢い引きなれば」

午後になって、正時は四郎に馬の轡を取らせて、内侍の待つ寺へ行った。

「そなたはここで待て。長くはかかるまい」

裏口で待たせて、一人、中へ入って行った。

「正時様には、お呼び立てして申し訳ございませぬ。中宮様には陽炎様の事をいたくご心配あそばされて、ご消息を伺うようにとのお言葉」

内侍は人払いした部屋で、小声で言った。

「あの者をお気にかけて頂き、ありがたい事です」

正時は頭を下げる。蒔絵の文箱を渡しながら内侍が言った。

「これを中宮様より」

中を開けると古びた文の束。正時は上の一通を手に取り、開いて、思わず驚きの声。

「これは……！」

亡兄友成の墨蹟(ぼくせき)であった。正時の表情に見とれていた内侍は、微笑んで言い添える。

「形見に、陽炎様のお手許へと」

正時はしばし見入っていたが、やがて、たたんで文箱に戻し、静かな声で言った。

「これは中宮様にお返しを」

「何故でしょう？」

「兄もそう望みましょう。お気持ちだけありがたく、とお伝えください」

「……わかりました。なればお逢いした証に、扇を取り替えて頂けますか？」

「え……扇を？」

扇を取り替えるのは恋人同士。内侍の大胆な申し出に思わず聞き返す。内侍も恥じらって深く扇で顔を隠し、消え入るような声で言った。

「中宮様は、私が正時様に恋しているのをご存知で、扇くらいせがんでいらっしゃいと」

「そうそう、世話になるばかりで、そなたに何もしてあげていなかった。すっかり取り乱してしまって、至らぬ事です。そなたに逢う度、何故まこと正時でなかったかと、我が身を恨めしく思っている」

正時の言葉に、内侍は目を瞠る。

「まあ、兄の影響ですか？　正時様が、そのような恋の手管を口になさるなんて」

「いや、これは麿の本心。扇は喜んで」

ぱらぱらと音を立てて畳み、膝を進めて内侍の手に渡し、その手をしっかりと握り締めてから、内侍の扇を代わりに受け取った。優しい仕草に内侍も心穏やかならず、思わず正時の膝に伏して言った。

「正時様。わかっているのに私……」

「そなたの気持ちはうれしい。なれど、すまぬ……正時である間は誓ってそなただけを想う。他の女性に心惹かれる事はない。しかし直にいなくなる身、幸せにしてはやれぬ」

正時は内侍の豊かな黒髪を撫で、誠実に言う。

「正時様にそこまで言って頂いて、うれしゅうございます。恥ずかしいところをお目にかけました、お許しください。正時様の扇、大切にします」

やっと落ち着きを取り戻した。

「それ、その笑顔がそなたらしい。磨もそなたの扇、大切にしよう。木石の名を返上せねばならぬな、そなたも言い寄る男が減りはせぬか？」

内侍の心を思うと、正時として誠意を持って接する事が償いと思った。

「正時様を超える殿方など、おられませんもの」

悪戯っぽく言って微笑む内侍に、

「ああ、これをそなたに」

正時は、狩衣の懐から小さな蒔絵の箱を取り出して渡した。内侍が蓋を開けると、琴爪が香木と共に入っていて優しい香りが広がる。

「まあ、うれしい！　陽炎様の匂い……よろしいのでしょうか？　頂いて」

「陽炎が使っていた物、そなたの箏があまり見事なので、是非使って欲しいと。またいつか、麿の笛と合わせたい。中宮様によろしくお伝えください」

正時は微笑んだまま、そう言い置いて立ち上がる。

目を瞠るほど見事な殿方振りであった。

裏門から出ると、四郎の姿が見えない。白壁の角に正時の馬の尻尾が見えた。正時がそちらへ向かって行くと、突然、太刀を抜いた男達に囲まれた。

「そなた達は！」

驚く正時に、少し離れた木陰に止まっていた女拵えの牛車から、頭中将が出てきて言う。

「女には興味のないはずの少将殿が、逢い引きの帰りかな？」

「何と言われる」

「相手は籐内侍だな」

「違います」

「ふふふ……ならば、これは何だ」

手にした扇で、正時の懐からのぞく、交換したばかりの女物の扇を指して言った。

「そ、それは……」

　さすがに答えに詰まる。正時の困惑するさまを、中将は忍び笑ってなぶる。

「ふふふ、木石の少将殿はとんだ色男だったか。中宮様の代参中、寺に男を引き入れるとは、さすがは女好きの高明の妹よ」

「そんな言い方は、やめて頂きたい、そのような用ではありませぬ故。中将様にはそれより何用でしょう。供の者をどうなされました」

　正時は辛うじて憤りを抑えて聞く。

「あの血の気の多い若者なら、麿が捕らえた。手負いの猪のような男だな」

　中将の言葉から四郎が易々と捕まったのではない事が想像され、思わず拳を握り締めた。

「四郎を何故！」

「そなたと内侍の関係を今、責め問うているところ」

「何の権限があってそのような……」

「そなた、取り返しに来るか？」

　中将は正時の問いには答えず、扇でぱたぱたとあおぎながら言った。

「お返し下さい！　いかに郎党と言えど、あまりに理不尽な」

愛馬を押さえられている以上、四郎が捕まっているのは確実。放ってはおけない。ましてや寺へかけ戻ると、内侍まで巻き込む事になる。

「まあ、ついて来るがいい」

正時のそうした心の動きを予期したように笑い、共に乗るよう、扇で牛車を指し示す。

右京の外れの空邸に、馬ごと連れ込まれた。奥まった部屋では四郎が後ろ手に縛って座らされ、割竹で打ち据えられていた。顔は腫れ上がり、水干はぼろぼろになっている。

「四郎！」

正時は駆け寄ろうとするが、中将が引き抜いた太刀を四郎につきつける。

「動くな！　この男が串刺しになってもよいのか、太刀を捨てよ」

仕方なく正時は従う。中将は皮肉に笑って言った。

「それほど素直なら、何も手荒な事をせずともよいのだがな」

「正時様、どうしてここへ！」

四郎は呻くように叫んだ。

「そなたを、放ってはおけぬ」

「なれど……」

「ふふ、麗しい思い合いだな。おい、少将を縛って吊せ」

中将は郎党に指図する。

「何をする！」

正時は抵抗するが、中将は太刀の刃でひたひたと四郎の頬を叩きながら言った。

「大人しくせよ。可愛い郎党を切り刻んでやろうか」

「私にかまわずお逃げください！」

四郎は叫ぶが、中将はその頬に軽く刃を滑らし、頬に血の筋が走る。正時は抵抗を止めた。郎党が、正時の狩衣の袖ごと両の手首を縄で縛り、爪先しか床につかぬように、梁（はり）から吊した。それだけで正時には十分苦しい。

「ふふふ、良い格好だな、少将よ」

「このような無体……」

「近頃の近衛は、一体何を企んでいるのだ？　言え！」

「何も」

正時の答えに、中将は割竹を摑んで正時の後ろに回り、背中をしたたかに打つ。

「くくっ……」

声を上げまいと、唇を噛み締めて耐える。

「素直に答える方が身の為だがな」

「何もない故、答えようがない…」

「どうやら、痛い目を見るのが好きなようだな」

ビシッ、ビシッ！　中将は正時の背をさらに打つ。四郎が叫ぶ。

「正時様に手出しをするな！」

「ならば、そなたが代わりに答えるか」

「何も知らぬ！」

「少将よ、言わねばこやつを打ち殺す」

中将は、郎党に合図して四郎を打たせる。こらえきれず四郎が呻き声をもらす。

「打つなら麿を打たれるがよい。いかに左大臣家と言えど、ただではすみませぬぞ！

四郎を解き放たれよ」

正時は苦痛に耐えて言う。四郎は首を横に振りながら、正時に言った。

「わ、私はかまいませぬ」

「陽炎の正体、知っているのではないのか？」

郎党に割竹を渡し、正時の前に回って言った。

「知らぬ！」

正時は強く言い捨てる。

「あまり強がっていると、この美しい顔にも傷がつく事になるぞ」

扇で正時の頬をひたひたと叩く中将。合図して郎党にさらに強く正時の背を打たせる。四郎が暴れながら叫ぶ。

「打つなら私を打て！」

「良い郎党だな。望み通り打ってやれ」

中将は皮肉に笑って、四郎を強く打たせる。正時は憤って言う。

「……一思いに殺すがよい！」

「ふふ、簡単に殺しはせぬ、秘密を吐く事だ」

さらに酷く二人を打たせる。

「ううっ……このような事、いかにご身分とて許されませぬぞ」

「そなたとて、近江の田舎に帰るより都へおりたかろう。帝に恩を売って得た、身にあまる官位だからな。ふふふ、仮にも近衛の長が、賊に襲われるとは！　何という不名誉」

「自ら賊と、名乗られましたな」

正時は顔を上げて中将を睨み、きっとして言う。

「何が目的で都へ乗り込んできた。言わぬのか、もっと打て！」

「やめろ、私だけを打て！」

四郎は打たれながら身もだえして言った。

「都の……華やかさに憧れただけの事。何も目的など……ああっ……」

食い縛った唇が切れて血が伝う。色白の美しい顔が怒りに頬を染め、紅い唇からより赤い血を滴らせて壮絶な美しさ。

「そなた……美しいな。今まで見知った女より、よほど清楚で美しい。今まで女にしか興味がなかったが、奇しの恋を口にする者の気持ちが、今わかったぞ」

中将は淫らに笑い、正時に近づいた。唇から滴る血を人差し指でぬぐい、舐め取る。

奇しく血が騒ぐ。正時と四郎の背筋に悪寒が走る。

「一体、貴方は……」

喘ぐように正時は言う。

「そなたのような者は打っても音を上げまい。別の責め方もあるのだぞ？　女嫌いとは男の方がいいと言う事か。高明とも奇しい関係ではないのか？」

「ば、馬鹿な、そのような事……」

中将の言葉を、正時は否定する。

「ふふ、うろたえるところを見ると益々怪しい。その細い体を組み敷いて女のように声を上げさせてやろう」

卑しく笑う。正時はさらに青ざめて呻いた。

「くっ……何と言う事を……」

「そういえば、そなたが現れてからだ、あの女好きの高明が、女の許へ通わなくなったのは。どうやって手懐けた？　よほど女よりもよいのか。奇しの恋を試してみるのも一興だな。手応えのない女ばかりでうんざりしていたところだ。まるでしなやかな鹿のようだな。高明よりも、麿の方がよいとその口から言わせてやろう」

「勝手な想像は……やめてくれ……」

「悪い話ではあるまい。麿を拒み切れるか。もっと痛めつけろ」

中将は容赦なく二人を打たせる。

「正時様に触れる事、許さぬぞ！」

四郎は打たれながらも暴れる。正時は唇を噛み締める。

「どうだ、苦しかろう。四郎とやらを助けたくはないのか。そなたとて、可愛い郎党が目前で打ち殺されるのを見たくはなかろう。そなた次第よ。ここで二人共酷たらしく打ち殺されるか、麿とよい夢を見るか。もしも麿の気を引く事ができれば、麿とて悪いようにはせぬ、そなたも優しくされる方がうれしかろう」

猫なで声で言った。その間も四郎はますます酷く打たれ、呻き声を上げる。血に興奮して、中将は本気で二人とも打ち殺すつもりと感じた正時は、気力を振り絞って叫んだ。

「ああっ、もうやめてください……貴方の言いなりになれば、麿を助けてくれるのですね……やっと、華やかな殿上人になれたのに、このようなところで死にたくはない！」

今までと打って変わった正時の言葉に四郎は驚き、責めた。

「ま、正時様、何を言われます！」

「ふふふ、そなた、まるきり嫌ではないようだな」

中将はにやにやとして言った。

「……なれど、このように縛られていては……郎党達のいるところでは……貴方と二人きりでなくては恥ずかしくて……ああ、もう立っていられないほど辛い……は、早く助けてください！」

頬を羞恥に染め、訴えるように言った。そんな正時を咎めるように四郎は叫ぶ。

「何を言うのです！　正時様！」

「ふふふ……案外だな、そなた。望み通り、麿なしでは生きられぬと言わせてやろう。麿に逆らった事を後悔しているとな。初めから、優しくしてくれと言えば痛い思いをせずにすんだものを。夜も昼もないほど抱かれたいと、その口から言わせてやろうぞ。おい、縄を解いてやれ」

　淫らに言った。郎党達もにやついている。

　左手が解かれ、正時はふらついた。右手も解かれると、ああ、と吐息を漏らしながらその場にくずおれる、と見せて、縄を解いた郎党の腰の太刀を引き抜き、ぱっと四郎の前に飛びざま、その背中の縄じりを取っている男を斬り下げ、四郎を庇って立つ。

　まさに、一瞬の隙をついた正時であった。四郎の縄を切りながら聞く。

「四郎、立てるか？」

「はい！」

　四郎はよろめきながらも、立ち上がって正時の太刀を拾い上げ、正時の許へ戻った。

「こやつ、騙したな！」

　怒り狂う中将に、

「騙したのはそちらでしょう。このような理不尽が許されるはずはない！　残念ながら、麿も高明殿も、そのような関係などありませぬ。四郎、大丈夫か？　行くぞ！」

毅然として言い放ち、四郎と共に中庭に。

「斬れ！」

中将の声に、数人が斬りかかって行くが、正時は苦もなく斬り伏せ、表へと逃れた。

指笛を鳴らすと、木に繋がれていた正時の馬が大きく嘶き、結び目を振り解いて駆け寄る。

正時はさっと馬に跨り、四郎を後ろに乗せて走り抜けた。中将は悔しがるが、正時の太刀にかなう者はいない。

全速力で駆けさせ、完全に振り切ったと見て轡を絞り、馬の速度を緩めた。

「やっと振り切ったか……四郎、大丈夫か？」

正時は僅かに振り向きながら、掠れた声で聞く。

「正時様」

正時は四郎の声を聞いて、ほっとしたように吐息を漏らし、気を失った。

「正時様、しっかりしてください！」

肩を揺するが意識はない。四郎は正時を抱き締めるようにして手綱を取り、大堂寺まで馬を駆る。たかが郎党、捨て置けばこのように酷い目に遭わずにすんだものを、遥か身分の違う姫君が我が身を的にして救ってくださった、この方を、何としても命懸けで守り抜こうと心に誓い、泣きながら馬を走らせた。

「頭！　頭！」

大声で呼びながら馬で乗りつけた四郎に、祐左は苦笑しながら庭に出る。

「四郎、もう頭と呼ぶなと言ったろうに」

「正時様が、中将に……！」

泣きながら気を失った正時を抱え降ろす四郎に、祐左も顔色を変えた。

「私のせいでこの方を……」

「訳は後だ」

四郎から正時を抱き取りながら、若者を呼んだ。

「高明様を、急いでお連れしろ」

すぐに部屋へ運び入れ、床を取って正時を横たえた。四郎は他の者に言いつけて別室へ寝かせ、急いで薬草を摺り、傷薬を作った。そこへ、

「正時様に何事！」

高明が、血相を変えて飛び込んできた。

「四郎がお連れしました。詳細はまだ」

祐左が言いかけるのを、高明は太刀を握り締めたまま叫ぶ。

「おのれ、中将め、許さぬ！」

「高明様、落ち着いてくださいい、手当てが先です。お願い致します」

祐左は冷静に言った。さすがにうろたえた事を恥じて、高明はその場に座り込む。

「麿が……？」

「医師は呼べますまい。このような事が世間に漏れれば、正時様は近衛の少将でおられぬ事に。なればこそ、失礼ながら、貴方様に男同士として手当てをお願いしております」

「わかった……」

「秘伝の傷薬です。お願い致します。私は、四郎の手当てを」

そう言い置いて、祐左は部屋を出た。

意識もなく横たわる正時の、血の滲んだ狩衣を脱がせてうつ伏せにした。女である事を隠すために巻いている白絹を小刀で切り裂いて剝がすと、白磁のような背中は蚯蚓（みみず）腫れと裂傷で血だらけ。そっと布を湯で絞り、血を拭う。薬を塗り布を巻き、用意してある小袖を着せた。皮膚が摺りむけて血が滲む両手首も拭いて薬をつけ布を巻く。

正時は時々苦しそうに呻くが、意識は戻らない。怒りに気が狂いそうな高明は、じっとしてはおれず、四郎の部屋へ。

「四郎、何があったのだ」

四郎は高明を見て、身を起こそうとした。

「よい、そのままにしておれ。そなたも酷い目にあった様子、大丈夫か？」

正時よりももっと非惨な、四郎の顔と背中を見て言った。

「数カ所、骨にひびが入っているようです。正時様の方はいかがで？」

祐左が手当てしながら言う。

「布をしっかり巻いておられたのが幸いして、骨には問題ないようだ。が、白くて美しい肌が無残に裂け……意識が戻られぬ」

膝に置く手が指貫(さしぬき)を握り締めて、怒りに震える。

四郎が身をもんで泣きながら言った。

「私のせいで、正時様をあのような目にお遭わせして……」

「辛かろうが、訳を聞かせて欲しい」

「正時様は、中宮様縁の寺へ内侍様に逢いに行かれました。お待ちしている間に、中将が嗅ぎつけ、十人ほどの郎党を連れてやって来て、太刀を突きつけられて捕らえられ……正時様は私を助ける為に中将の手に。内侍様との関係、陽炎様の正体、近衛は何を企んでいるのか言えと……御身もしたたかに割竹で打ち据えられ……隙を見て郎党の太刀を奪い取り……正時様の太刀にかなう者なく、逃れる事ができました。御身より私を心配してくださり、ほっとして気を失われて……私など放っておかれればこんな事には……死んでお詫びしたい」

号泣する四郎に、高明は言った。

「そのような事を、あの方は望まれはせぬ。そなたがいた故、気が張っておられ、却ってよかったのやもしれぬ。お優しい方故そなたを見殺しにはされぬと、中将もそう読んだのであろう。まこと正時様の正体、中将には知られなかったのだな?」

「はい……」

内侍の扇が懐にあった訳はおぼろげながらわかったが、もう一つ気がかりがある。

「いつものお笛はどうした?」

「虫の知らせか、出がけにふと、今日は吹く事もあるまい、置いて行こうと仰って」

あの笛を見られていたら正体を知られぬはずはなく、生きて帰れなかったと思うと、皆ぞっとする。

「主上からお叱りを受けて間がないので、まさか直接このような手段に出るとは思いもしなかった。麿達の油断が正時様をこのような目に。悔んでも悔みきれぬ……それにしても強いお方よ。四郎、そなたもしっかり体を治せよ」

　高明は言い置いて、手当ての終わった祐左と共に、正時の許に戻った。高明が言う。

「麿についていさせて欲しい」

「なれど、それではご迷惑が」

「昼間は時に近衛に顔を出さねばなるまいが、心配でならぬ。麿の手で看病したい」

「わかりました。お願い致します。お文を頂けましたら、お邸に使いに参りましょう」

　祐左は、高明に頭を下げる。

「願あってこの寺へ籠る、とだけ書いておいた」

　高明の文を受け取り、祐左は部屋を出た。高明邸へ文を届け、行家と正時病気の届けを出す相談をしなければならない。

　高明が薬湯を口移しで飲ませると、正時は苦しそうに身じろぎをする。

「ああ……そのような事……」

「何をする……中将……やめて……」

　気がついたのかと思うと、うわ言。あまりの事に不安になり、高明は再び四郎の許へ。

「四郎、今一度聞く。中将はあの方に、何をした？」

　人がいないのを幸いに単刀直入に聞く。四郎は高明から目をそらし、無言で唇を噛む。

「そなたを責めるのではない。ひどくうなされておいで故、知っておきたいのだ。そなたと麿だけの秘密にしよう。何かあってからでは取り返しがつかぬ故、隠さずに教えて欲しい。正体を知られなかったにしては、取り乱されようが酷い」

　真摯に問う高明に、四郎は隠しきれぬと覚悟を決めて、泣きながら話し始める。正時の名誉を思えば言いたくないが、自分一人で抱えておくにはあまりに重すぎて、口火を切ると止めどなく言葉があふれた。

「……中将が……女嫌いとは男の方がいいのか、高明様とも奇しいと……細い体を組み敷いて女のように声を上げさせてやると……麿に逆らった事を後悔していると言わせてやる、麿なしでは生きられぬと、高明様よりも麿に抱かれたいと言わせてやると……拒めば二人共打ち殺すと脅かされ、やむなく中将に従う素振りを……縛られていてはいやだと、縄を解かせて……あの白くて美しいお顔……怒りに頬を染め、唇から赤い血がしたたって……息を飲むほどの美しさで……た、高明様！」

「ああっ、何と言う事を！」

怒りと共に情景が目に浮かび、壮絶な美しさに高明の心が奇しく騒いだ。なおも四郎は泣く。

「私が……私のせいで……」

「身を責めるな。そなたのせいではない。憎むべきは中将！」

「あの細いお体のどこにあれほどの強さが……これ以上身も心も傷だらけになられるのを見ていられなくて……」

「その通り、いつも苦しんでおられる。我が身を責めておられる。男以上の事をしておられながら、まだ己の努力が足りぬと……代わって差し上げられるものならどんなに楽か……命に代えても、あの方を守りきろうぞ。そなたも気に病まず、早く体を治せよ」

優しくねぎらうように言った。

「はい……高明様、あの方を、お願い申します」

四郎に頷き、正時の許へ戻った高明は、正時が苦しそうに呻き声を漏らす度に、中将のいたぶりように胸が引き裂かれる思い。時々、薬をつけ替えては白い肌から目をそらす。

二日が経って、痛みに身じろぎをして呻き、やっと薄く目を開けた。

「正時様？　お気がつかれましたか。ああ、よかった……」

高明が正時の顔を覗き込むようにして言った。

「うう っ……！」

高明を認めて身を起こそうとして、痛みが体中を突き抜ける。高明は正時の肩を押さえて、落ち着かせるように穏やかに言った。

「動かれてはなりませぬ。ここは大堂寺、四郎がお連れしました」

「そなたに、このような姿を……」

唇を噛む正時に、高明は安心させるように微笑む。

「気になさる事はありませぬ。男同士としておつきしているつもりです」

「すまぬ……また迷惑を、かけた」

「何の」

「ち、中将に……」

と言いかけるのを優しく遮る。

「何も言われますな。四郎からざっとの事情は聞きました故……もうお忘れを」

「内侍殿は無事であろうか。扇は……？」

あの場を思い出し、取り乱して言う。高明は穏やかに答える。

「大丈夫、ここにあります。内侍がわがままを言ったのですね？」

「いや、内侍殿は、中宮様からの賜り物を届けてくれたのだ……」

「中宮様の？　しかし、この扇しかお持ちではありませんでしたが」

「ああ。受け取らずに、お返しした……」

正時は高明の不審そうな顔に気づいて、言い添えた。

「中宮様への、亡き兄上の墨蹟よ。懐かしかったが、中宮様のお手許に置いて頂く方がと。そうしてよかった……内侍殿には、また辛い思いをさせてしまい……し、四郎は、怪我は」

「骨にひびが。別室で寝ております」

「麿の不注意だ……四郎を酷い目に遭わせて……あの男にもう少しで正体を、ああっ……」

己が血を舐められたのがおぞましく、兄の文も受け取っていたら正体を知られずにはすまなかったと思うと、体の震えが止まらない。

「ううっ……」

「正時様、落ち着いてください、もう大丈夫です。麿がお側におりますから」

高明は、正時を落ち着かせようと、袖ごと手を握り締め、もう一方の手で肩をやさしくさすり、安心させるように重ねて言う。

「もうお忘れくださいさい、辛い事は総て。何か召し上がられますか？」

「いや……」

まだ混乱している正時に、軽くたしなめるように、

「二日も眠っておられたのです、多少なりともお口へ。早く元気になって頂かねばなりませぬ故」

と言って、手許の鈴を振る。御簾の外に祐左が来て控えた。

「ご用ですか？」

「正時様が、お気がつかれた。入るがよい」

高明の努めて出した明るい声に、祐左は御簾の内に入る。

「おお、若……」

「すまぬ……また、心配をかけた」

「よろしゅうございました。四郎に伝えてやりましょう。すぐに薬湯と重湯を」

すぐに持ってきて下がった。

高明は、正時をそっと抱き起こす。

「大丈夫ですか？」

「すまぬ」

小袖の前を辛うじてかき合わせ、高明の胸に縋る。薬湯も重湯も一口だけ口にした。

「もう、よい……」

「今一口だけでもお召し上がりを」

高明は心配そうに言う。

「いや、もうよい……」

辛そうな様子に、またそっと寝かせる。

四郎が祐左に支えられて部屋の前へ。高明は御簾を上げ、几帳をずらして正時の顔が見えるようにしてやる。四郎は手をついて絶句する。

「正時様！」

「四郎、辛い目にあわせて……すまぬ」

細いが慈しむような声で言った。四郎はそんな正時に、泣きながら言った。

「いいえ、私のせいで正時様をこのような目に……死んでお詫びしたい……」

「ならぬ。死ぬ事は、許さぬ……早く治して、また共に遠駆けしようぞ」

「正時様……」

「そなたがいたから、逃れられた……一人であったら、今頃は……」

と言いかける正時を、高明が遮る。

「正時様、お疲れになります、もうお休みを」

目配せして四郎を下がらせ、御簾を下ろした。

「元気になられればいくらでも話せます故、少しお休みを」

落ち着かせるように言った。

「そなたこそ、邸へ戻って、休まれよ。ずっと、ついていてくれたのであろうに」

「いえ。起きられるようになられるまでは、ずっとお側に」

高明はきっぱりと言う。

「なれど……」

「それとも、麿の看病ではお嫌ですか?」

「そのような事は……」

高明の体が心配だが、素直にそう言えない。

「お嫌でなければ、今はただお心安く、お体を治す事だけをお考えください。お気を遣われず、何なりとお申しつけくだされば」

「……すまぬ……」

全力を使い果たしたように、正時はぐったりと目を閉じる。寝入ってから高明は薬をつけ替える。夜、几帳を隔てて一つ部屋で眠るのにも何も言わず、寝たり起きたりの数日が過ぎた。

ある日、高明が言った。

「これから一時ほど、近衛に行って参りますが、よろしいですか？」

「ああ、皆にも心配かけていよう」

「ご病気と伝えてあります故」

「すまぬ……」

「その言葉、もうお使いにならないで頂きましょう」

「ああ……」

「では。用終わらば、直ちに戻ります故」

そう言って立ちかけた高明の袖を、正時の手が引き止める。

「待って……」

弥生の声に、高明ははっとした。

「姫……？」

「もう少しだけ……いてください。私が眠るまで……弱虫な私を許してください」

恥ずかしさに袖で顔を隠し、今にも消え入りそうな小声で言う。

「姫……」

高明は、座り直して優しく呼びかけ、顔を隠す袖をそっと下ろさせて袖ごと手を握りしめる。弥生に戻ってしまった正時の閉じた目から涙がこぼれる。恥じらうあまり、気を失うように眠りに落ちる。高明はその涙を指でそっと拭い取って、枕元にこぼれる黒髪を一房持ち上げ、自分の唇を押し当てながら呟く。

「強く見せてもやはり、このように気弱になられる時もあるのか……ああ、愛しい人よ。麿には、この姫を苦しませる事しかできぬのか……」

そっと弥生の髪を戻し、部屋を出て、溜息を漏らす。それを祐左に見咎められた。

「若のお加減がすぐれませぬか?」

「あ、いや……今日は少し、気弱になっておられる様子。いつもは随分と気丈にしておられるのに……」

「貴方様に甘えておられるのでしょう。我らには少しの弱さも、見せてはならぬと思っておいで故」

祐左は微笑んで言った。愛しさ故に苦悩する高明。

「麿の愛は、あの方を苦しめる事しかできぬのか、安らぎを与えて差し上げる事は、できぬのだろうか……」

「これは、高明様とも思えぬお言葉ですな。我らにはお体の傷は治せても、お心の傷を治す事はできませぬ。あの中将の事、正体を知られなかったにしても、お体の傷だけですんだとは思えず……お心の傷の方がよほど、あの方には痛みましょう。なればこそ、貴方様に。強く戒めている己を解いて、弱さを見せられるようなれば、貴方様にだけ、裸の心を預けておられるのですよ。高明様の愛、と言う妙薬が、少しずつ効き始めたのではありませぬかな？」

「そなた……」

祐左の鋭い指摘に、高明は呻く。

「我らの立場では、あの方が仰る以上に問い糾す事もできず、察する事はできても、どうせよとは申せませぬ。男手のみで無骨に育ったせいでしょう、人を恋うる気持ちに戸惑っておいでで、お心の内を素直に表すすべを知らず、己が未熟な為の罪とさえ思っておいでです。もっとお心を大切に、素直に振る舞われるようにと、皆で度々お諫めしているのですが、ご存じの通り、なかなかに手強い。直ぐにも駈けつけようと半狂乱の爺や殿を邸に押し止どめ、ご迷惑でも貴方様にお縋りするしか、お心の傷を治す方法がありませぬ」

「それ故すぐに麿を……そなた、策士だな。近衛に行ってくる。その間、あの方を頼むぞ」

高明の言葉に、頭を下げて見送る祐左。

近衛での用を終えて高明が戻ると、正時は目覚めていた。

「やっ、お目覚めでしたか。遅くなって申し訳ございませぬ」

高明は、努めて明るく言う。

「いや……今まで眠っていた。少しは邸へ戻って、休んで来られればよかったのに」

朝の事があるので少々ぎこちない。高明は鈴を鳴らした。

「薬湯と重湯をお持ちしました」

祐左が、起きていると察して、持ってきた。

「お起こししましょう」

高明が言うと、正時は首を振る。

「よい、一人で起きる」

「無理はいけませぬ、まだ体に力が入りますまい」

高明はそっと正時を抱き起こして、自分の胸に寄りかからせる。正時は高明の胸に顔を埋めるようにして言った。

「先刻はすまぬ。そなたにこうして何もかも頼っていると、元に戻れぬほど、心が弱くなっていくようで……」

「気になさるには及びませぬ、泣きたい時もおありでしょう。この胸でよければ、いつでもお貸ししますぞ。琵琶の糸も、張りすぎれば切れてしまいます、弛めておく時もいりましょう。されば、今はお体を病んでおられる故、お心も沈んでおられるのです。お心安くあられる事が、早くお体を治される近道なれば、お気遣いは無用に願います」

「もしもあの時……中将に正体を知られていたら、今頃は……生きてはいなかった……」

「もうお忘れを」

と強く遮るのへ、正時は淡々と続ける。

「いや……死を、恐れるのではない、死者をも辱めずにはおかぬあの男が……」

「それが恐いのです、麿には！　あの男よりも死を、恐れてください。貴女が死のうとされるなら、麿も生きてはおりませぬ。あの男に、この後指一本触れさせるものではありませぬが、もし、もしも何かあっても、時をかけて必ずや治してみせます。麿は、命を懸けて貴女を愛すると、申し上げたはず。貴女も、あのようなつまらぬ男にではなく、この高明にこそ命を懸けると約してください！」

高明は心にわだかまっていた不安を、激して言い募る。

「……すまぬ……そなたに、そこまで言わせて……」

「お疲れになりませぬか？　傷は痛みますか？」

高明は薬湯を口に含み、正時のおとがいを引き上げて、恥じらう間も与えずに唇を重ねて移し込む。二人は互いに心穏やかでおれない。

「お嫌、でしたか？」

しばらくして沈黙に耐えきれずに聞くのへ、正時は高明の胸へ顔を埋めたまま、僅かにかぶりを振る。

「いつも一口しか召し上がられませぬ故、早くよくなって頂く為には、少々の乱暴はお許し願いますぞ」

正時の胸の鼓動を痛いほど感じて、わざと威圧的に言った。正時が眠り始めたのを、愛しさに抱き締めると、痛みに身じろぎをする。そっと横たえ、衣を脱がせて薬をつける。

早くよくなって欲しいと願う反面、共に過ごせる日々に、心ときめく高明であった。

更に数日が過ぎた頃、内裏にて、正時が賊に襲われて重傷との噂が流れた。近衛の少将としての正時の立場が危うい。

内侍から高明に文が届いた。その噂に帝も中宮も心配しておられる事、人々の動揺を抑える為正時を参内させ、真偽を確かめるべきだと左大臣が強硬に主張している事。邸より届いたその文を、高明は祐左に見せた。

「これは！　噂の出所は、白々しくも中将ですな。若に逃げられた悔しさと、己の所行を暴かれぬ為に、どうでも、若を逐い落としたい魂胆……」

いつもは冷静な祐左だが、さすがに怒りに声がふるえる。高明も悔しさに唇を噛む。

「近々、お召しがあろうが、今はまだどうにも……麿が代わりですむ事でもなく……」

「それにしても、憎むべきは中将。執拗な責め方を……」

「中宮様へ、内侍に事実無根と奏上させてはみるが、左大臣の横槍が、かわせるかどうか……こちらの動揺を隠す為、内侍に知らせずにおいたが、あちらがこれほど早くにしかけてくるとは。用心が、裏目に出たか……」

高明は内侍に文をしたため、急ぎ届けさせた。

翌日、出仕前の高明の所へ、安道が慌ただしく、駆け込んできた。

「正時様へ参内の宣旨が下りましたが、どうしたらよいのでしょうか？」

「なんと！　これほど早くに……」

「まだお悪いのでしょうか？」

安道にだけは真実を告げてある。心配そうに聞く。

「ああ、今動かれると、いや、動こうにも、動けぬお体……」

さすがに絶体絶命！

部屋へ戻ると、正時は目覚めていた。何となく気配を察していて、聞く。

「高明殿、安道の声がしたようだが、何か急用でも？」

「いえ、何も……」

目を合わせずに答える。いつもの高明らしくなく、正時は却って不審に思い、重ねて問う。

「隠さずに、教えて欲しい。また中将が、何か企んだのであろう、知っておきたい」

「……内裏より、正時様に参内せよと……賊に襲われて重傷との噂が……」

「ふふ、どうでも麿を失脚させねば、気がすまぬとみえる。麿がまだ身動き取れぬと見越しての事。今はまだ、あちらの思い通りになる訳にはいくまい」

「正時様？」

「邸より直衣を。参る」

きっぱりと言う正時に、高明は驚く。

「あまりに無茶な事を……」

「そうしか、道はあるまい。また心配かけるが、行かせて欲しい。すまぬが高明殿、供を頼む」

固い決意に、やむなく、正時邸に直衣を取りに行かせた。

正時は痛みに耐えて身を起こし、きつく白絹を巻いて高明の手を借りて、直衣を着、髪を結い、身なりを整えた。

「すまぬ。都一の武勇の誉れ高き近衛の将監殿を、郎党のように使い、このような事までさせて……詫びのしようもない」

「かまいませぬ。何でも頼って頂ける方が、麿には喜び。なれどお体が心配で……」

眉を曇らせて言った。

牛車には高明が抱いて乗せる。

「高明殿、そなたの胸を貸して欲しい」

「喜んで」

正時は高明の胸に縋って車の揺れに耐える。高明もそっと正時の体を支える。心配かけまいと、苦しいのを耐えているのが高明には痛々しい。内裏の車寄せについて、なお、高明は心配のあまり言った。

「正時様、やはりご無理は」

胸に縋っていた正時は顔を上げ、弱々しく微笑んでから、高明の手を握って言った。

「高明殿の勇気を、しばし、麿に貸して欲しい」

高明は、じっと目を見つめながら手を握り返す。

「勇気だけでなく、この命も、貴方と共に」

軽く額に口づけをする。頰を赤らめた正時は、しばし目を閉じて呼吸を整え、決意を込めて言った。

「高明殿、参ろう。立たせてくれぬか」

高明は車から降り、正時を支えて立たせた。ゆっくりと痛みに耐えて簀子を進む。

高明も、愛しさに正時を抱き締めたい衝動をこらえて従う。

御前会議の場、名だたる人々の居並ぶ末席に控えた。

「おう、正時来たか。そなた、近衛を休みしは、何故ぞ?」

帝の声が凛と響く。正時はその問いかけに、細いがしっかりした声で答えた。

「病に臥せっており、まことに申し訳ございませぬ」

「そなたが賊に襲われ重傷との噂を聞き、案じていたのだ」

「そのような事はございませぬ、噂は噂にて。偽りの届け出をするものではありませぬ」

と、正時が否定するのへ、頭中将が口を挟む。

「それもそうよ、まさか近衛の長が賊に襲われ不覚を取ったとなれば、長が勤まりますまい。都の人々も動揺しましょう」

その言葉に、正時はきっと中将を睨み、毅然として言う。

「失脚も、死をも恐れるものではありませぬが、そのような事が事実なれば、必ずや死す前に、草の根分けてもその賊を捕らえて処断致しましょうぞ」

「おお、その元気なれば噂は嘘だな。病弱なのは仕方があるまい。正時が武に優れているのは紛れもない事実。近衛の長に相応しいと判断したは麿。あたら賊に傷を負わされる正時ではあるまい」

帝の言葉に、皆一様に頷く。

「今まで近衛一の勇を誇っていたのは将監、なれば、いずれが勝るのでしょうな。少将と将監、二人の腕比べ、是非見てみたいものですな」

左大臣が素知らぬ顔で言う。

そこへ正時の参内を聞き、異例の事ながら中宮が御簾の内へ。人々が気づいて頭を下げる。

中宮は、左大臣をたしなめるように言った。

「今の今少将の病を聞きながら、武勇比べはかないますまい。賊の噂も、もし事実なれば、卑劣な者が卑劣な策略を以てしたもの。都一の近衛に、正面切ってかなう者がおりましょうや」

「中宮の言葉は尤もだ。つまらぬ噂は捨て置いて、いずれ全快してから、太刀の腕比べを見てみたい。もう下がってよい、しっかり養生せよ」

正時を庇う気持ちと好奇心が入り交じった帝の言葉に頭を下げ、正時と高明は御前を退いた。

牛車に辿り着いた途端、がっくり膝をつく正時を、さっと高明が抱き止める。

「正時様！」

「ああ、そなたに、勇気と命を借りて、よかった……」

ほっとしたように微笑み、気を失った。その体を大切そうに抱き締め、牛車の揺れから守る。

「このような細い体でぼろぼろになって。恨みの一念は、動けぬ体さえ動かすのか。

男でもこれほどの事はできぬのに、何という強さよ。なれど命懸けなれば、大事なければよいが……中将め、八つ裂きにしてやりたいほどだ」

大堂寺に戻り、部屋まで抱いて入る。正時は意識を失ったまま。

「いかがでした?」

祐左たちも心配そう。

「命懸けで、見事切り抜けられた。なれど……」

「お気を失われたままですか?」

「ああ。痛々しくても、何もして差し上げられぬとは!」

悔しそうな高明を、いたわるように日全が言った。

「御身を責められませぬよう。誰にも代わる事のできぬ、このお方の試練です故」

着替えさせて薬をつけ替える。熱はあるが体は冷たく、呼吸が浅い。

「正時様、しっかりなさいませ」

唇を重ねて息を吹き込む。何度も繰り返すと、正時は、ああ、と少し声を漏らす。

「よかった、少しは為になった様子。熱を取り体を温めるには、これしかあるまい。気がつかれたら、また動揺されるであろうが」

高明は自分の小袖の前をはだけ、正時を抱き締めて一晩中そのまま……

夜が明け、正時の呻く声にはっとして身を起こした高明は、身繕いをしてから名を呼ぶ。

「正時様、正時様……」

名を呼ばれるうちにだんだんと意識が戻ってくる。

「た、高明殿……?」

「正時様、麿がおわかりですか? ああ、よかった」

高明は心底ほっとして微笑む。

「内裏から、無事に戻れたのか……?」

「よくやられました。ご立派でしたぞ。なれどもう二度と、あのようなご無理はなさいませぬように」

「ああ。今度は、そなたと御前試合か……」

「全く、次から次へとよく考えつくものですな。なれど正時様の太刀の腕前は心配ない事。今はただお体を治す事だけお考えください」

「……高明殿……」

「何でしょう?」

「いや、よい……」

見つめ返すと、逃れるように目をそらす。

「何か、夢でもご覧になりましたか？」

「夢か……そうであろうな。誰か、とても懐かしい人に抱かれていたような気がした……とても温かくて安心感があって……どちらの父上だったのだろうか、幼い頃の夢を見たのか」

天井を見つめたまま涙する正時に、とても己だとは言えない。

「正時様……」

「すまぬ、またこのようなところを見せて。昨日そなたの胸を借りてから、気弱になったようだ。やはり男にはなりきれぬ……」

「何を言われます。男とて、あれほど立派な振る舞いはできぬものを。さすがの中将も、正時様に睨まれて青くなっていたではありませぬか」

「中宮様に、お助け頂いた。そなたが、内侍殿を通じて奏上してくれたのであろう。内侍殿にも中将に気をつけるよう、伝えて欲しい。あの日、逢って扇を取り替えた……正時でいる間は内侍殿だけを想うと誓った。兄のそなたには、また叱られようが……」

「いいえ、それほどに妹を想うて頂き、感謝しております。お疲れでしょう。ゆっくりお休みください。近衛の者達も心配しておりましょう、しばし顔を出して参らねばなりませぬ」

高明の言葉に、素直に目を閉じる。

高明は近衛に行き、昨日の内裏での事を皆に話して聞かせた。

「皆、正時様のお為を思うなら決して逸ってはならぬぞ。何人の挑発にも乗るな。正時様のお立場、危うくしてはならぬ」

「いつになったら元気なお顔を拝見できるのですか？」

「今しばらくは……」

「一度お見舞いに伺う事、叶いませんか？」

「今は……」

高明の心中を察して、安道がきっぱりと言う。

「私は、よくなっておいでになるのを待つぞ。今はしっかり養生して頂きたいと思う」

「私もだ」「そうだ」

皆、口々に同意する。

「すまぬ、皆。一日も早く、よくなっておいで願う故」

また、寺に戻った。正時はよく眠っている。その間に薬をつけ替える。肌を見られているのを知っていようが、口にしない。夕刻になり、やっと目覚める。

「やっ……そなた、戻っておられたのか」

「よくお休みでした」

穏やかに微笑む。寝顔をじっと見られていたと思うと、さすがに恥ずかしい。

「起こしてくれれば、よかったのに」

「お休みになられる方がよろしいのです」

「今朝はすまなかった……恥ずかしいところばかり、そなたに見せて……」

「かまいませぬ。そのように心の内を晒してくださる方が麿には喜び。出会った頃の貴方は、触れようとする者を刺さんばかりの刺（とげ）を隠し持っておられるようでした。誰よりも美しい、穢れのないお心をお持ち故、お苦しみが深いのです。総てをお一人で背負われず、麿にも半分分けて頂ければ、どんなに嬉しい事でしょう」

数日もすると、正時は奇跡的な回復を遂げた。

「何とも、正時様のご気力ですな」

高明さえ驚くほど。

「高明殿の手厚い看病のお陰よ。これまでに何度、そなたに救われた事か」

「そろそろ、お邸にお戻りになった方がよろしいでしょう」

「ああ、いつまでも近衛を休めぬし」

「なれど、出仕は今しばらく……」

「いや、ほんの一時でも毎日顔を出そう。皆にも心配かけている」

重ねて否と言えずに、高明はやんわりと釘を刺す。

「くれぐれもご無理はなさいませぬように」

「そなたにも長く邸を留守にさせ、不自由をかけてすまぬ」

「もう、すまぬと言われぬ約束。お苦しみの正時様には申し訳ないのですが、麿には
ご一緒できて、夢のような毎日でした」

「長く共にいると、甘えるばかりで……」

正時の声に苦悩の陰りを見て、高明はわざと意地悪く聞く。

「おや、正時様には、麿と一緒ではお嫌だったのでしょうか?」

「いや、そのような事は……」

「近衛への道中、くれぐれもご用心を」

優しく微笑んで、高明は言った。

「わかった。そなたも、気をつけられよ」

高明は、正時を抱えて牛車に乗せ、正時邸へ連れて行った。

寝所まで抱いて入り、寝かせて言った。

「今一度、お薬をつけ替えさせて頂けませぬか？」

正時は素直に応じた。高明が衣をめくると、細い肩がびくっと震える。薬をつけ替え衣を直すと、目を閉じたままで正時は言った。

「そなたが気遣って、麿が微睡んでいる間に薬を替えてくれていたのを知っていた」

「麿は男同士としてお手当てしたつもりでも、貴方の方はそう割り切れまいと思い……」

「傷は……残るであろうか……」

何と言っても乙女の身には辛いのであろうと察して、わざと高明は強く言う。

「時はいりますが、大丈夫ですよ。なれど正時様には、本当の美しさは外見ではなく心と、わかっておられると思っておりましたが、これしきの傷をお気に病まれるとは」

「すまぬ……」

「もしも、麿が顔体に傷をおいましたら、麿の事を疎ましく思われますか？」

「そのような事はない、断じて」

思わず強く言うのへ、高明は微笑んで言った。

「正時様、大望を持つ身が、些細な事をお気に病まれるのはいけませぬぞ。もしも残るような事があっても、たかが傷など、どれほどのもの」

「愚かな事を言った。すまぬ」

翌日から朝の一時だけでもと、正時は、牛車で近衛に出仕した。

「正時様、大丈夫ですか?」

高明は、車寄せで中を覗き込むようにして聞く。

「少しだけでも、皆の声を聞かせて欲しい」

その言葉に頷き、高明は正時を抱き抱えるようにして、部屋へ入れる。皆それと知って中庭に集まってきた。

脇息(きょうそく)に寄りかかって座した正時は、高明に御簾を引き上げてもらった。

「長く休み、皆に心配をかけた、すまぬ。皆よくやってくれていて助かる」

「もう、よろしいのですか?」

「ああ。大分よくなった故、また毎日出仕する。皆、頼むぞ」

少しやつれてはいるが穏やかに微笑む正時に、皆ほっとした表情で散っていった。

御簾を下ろした高明は、気遣いながら正時に言った。

「ここではお辛いでしょうが、少しでも横になられた方がよろしいでしょう」

「すまぬ」

「お忘れですか？　正時様、すまぬと言われぬ約束」

高明は真顔で咎める。正時も苦笑して言った。

「そうであった……」

「ここでは人目もあります故、夕刻、お邸へお寄りしましょう」

「ああ、頼む。四郎が、そなたに太刀を学びたいそうだ」

「では、稽古をつけて参りましょう。安道を寄越します故、何なりとご用を」

そう言い置いて御簾の外へ。すぐに安道がやって来て、御簾越しに声をかける。

「正時様、ご無理をなさいませぬように」

「そなたにも、随分と心配をかけた」

毎日昼まで出仕し、夕刻、高明が正時の邸に手当てをしに立ち寄った。

ある日、高明の帰り道に頭中将が。

「近衛の将監殿よ、少将殿の加減はいかが？　すでに近衛には顔を出していると聞いたが。早く治して、二人の手合わせが見たいものよ」

「お言葉ですが、我らは遊びで太刀の鍛錬をしているのではありませぬ」

「主上も楽しみにしておられよう。しかし、木石に見せかけながらあやつ、そなたとも、そなたの妹とも通じているとはな。男に媚びるすべはそなたの手解きか、あ、いや、女一筋のそなたを落としたは、あやつの方か。潔癖に見せてよほどの手練よ。鄙者が都へ出てきた途端に身のほど知らぬ大出世、あやつの手管に籠絡されたは、そなただけではないやもしれぬぞ？　あの美しい肌に、跡が残らねばよいがな」

　卑下た笑い。

「何を仰せなのかわかりませぬ。急ぎますので失礼致します」

腸が煮えくり返るようだが手出しもならず、怒りを抑えて正時邸へ寄った。

高明のいつになく険しい表情に、正時は不審を抱いて問う。

「高明殿、どうなされた？」

「いえ、何も」

「疲れが出られたのではないか？　いつもそなたにばかり負担をかける故」

顔を覗き込んで、いたわるように正時は言った。

「いえ、そのような事はありませぬ。麿の事より、早く、お体を治される事です」

いつものように微笑みもせず、硬い態度に不安を覚える。薬をつけ替えるのに晒した正時の背中の傷を、高明はそっと指でなぞる。正時は、極度の緊張の中、細い声で言った。

「高明殿……?」

「あっ、すみませぬ」

さすがにはっとして詫び、手当てを終えると、そそくさと帰って行った。

翌日近衛で会っても、努めて淡泊に振る舞う高明に、正時の不安は増した。

近衛では聞けず、邸へ帰りつくなり正時は、四郎を奥の間に呼んだ。

「お呼びでしょうか?」

と、問う四郎に、正時は思いあまった様子で訊ねた。

「昨日から高明殿の様子がおかしいように思うが、そなた何か聞いておらぬか?」

「……それは……」

四郎は答えをためらう。

「四郎、知っていれば教えて欲しい。もしも、麿か弥生の事で高明殿に苦難が降りかかっているなら知っておきたい。高明殿自身の悩み事であれば、立ち入る事はできぬが」

「高明様の家人が、悔しそうに話してくれました。中将が待ち伏せてなぶったそうです」

正時が高明の様子に不安を持っている事に気づいていたので、隠してもおけないと思い話し始める。

「あの男、何と言うた？」

「お二人の立ち会いが早く見たいと……」

「それを気にされる高明殿でもあるまい。さぞ酷いことを言ったのであろう。かまわぬ故、教えて欲しい」

「……木石に見せて高明様とも内侍様とも通じているとはと……女一筋の高明様を落とした手管がどうとか、鄙者が大出世したのは他にも籠絡された者がいるとか……」

「何という事を……それを気にしておられるのだな」

中将の淫らな想像に、唇を噛む。

夕刻、いつものように高明が立ち寄る。奥へ通すなり正時は言った。

「高明殿、何を気にしておられる。中将が何を言おうと、気に病まれる事はない」

高明は目を見開いてしばし絶句。

「正時様……お耳に入りましたか……」

「そなたの家人達も心配している様子」

「すみませぬ」

　高明は依然明るい顔に戻らない。正時は重ねて言った。

「いつもの高明殿にも似合わぬ」

「中将の言う通り、正時様がまこと正時様であっても、麿は愛しく思うていた事でしょう。女性にしか興味のなかった麿が、正時様に初めてお会いした時から心騒いだは事実。初め、奇しの恋に囚われたのかと狼狽し……それをあの男に見透かされたような気がして……」

　知られた以上隠してもおけず、淡々と話し始める。

「男同士が親愛の情を持つ、女同士が想い合う。人と人との触れ合いは性別を超えた魂の触れ合いと、内侍殿に教えられた。麿もその通りだと思う。麿も、まこと正時であっても高明殿を頼もしく思うはおかしい事であろうか。そなたとて、体の触れ合いだけが愛ではなく、心が欲しいと言うたはず。弥生も内侍殿を心から愛しく思っている」

　高明の心を和らげようと、諭すように言った。

「頭では、わかっているのです。なれど麿も生身の男、心以外のものを欲しくなる時もあり苦しくて……我が命よりも愛しくてたまらず……これほどまでに人を恋うるは初めての事なれば、どうすればよいのか己を持てあますばかりで……」

珍しく、激情にかられて言い募る。

いつもは冷静な高明の、男としての激しさにたじろぎ、鎮めるすべもない。恋に幼い正時には、それほどまでに愛されている事を喜ぶゆとりなどまるでなく、戸惑うばかり。

「……高明殿……」

思わず高明は正時の手を取り、己の唇を押しつける。すぐにはっとして離し、許しを乞う言葉を残して立ち去った。

高明の唇の感触の残る右手を抱いて、呆然とその場に座したままの正時であった。

翌日から近衛へも出仕せず、高明の見舞いも断り、数日間邸で休養した。

高明の熱した心を冷まし、己の心をたて直す為でもあった。

やがて出仕した正時に、高明は言った。

「もう、よろしいのですか？」

「ああ。もう大丈夫。長く心配をかけたが、高明殿のお陰でこの通り」

言いながら袖をまくって傷跡の薄くなった手首を晒して見せた。

「よろしゅうございました」

高明もほっとしたように言った。

「遠回りで悪いが、帰りに送ってはくれぬか」

「はい……」

夕刻、共に近衛を出て正時邸へ。いつもの奥の間に導く。

「この上はいつ立ち合いを求められても何とかなろう。その時は加減はいらぬ。高明殿、よろしいな。思いきり打ち合えばすっきりしよう。長く太刀を持たなかった故、体が鈍っていようが」

「正時様ほどの腕前なれば、ご心配には及びませぬ」

「そなたが手加減せずに太刀を合わせれば、やはりそなたにはかなうまい」

わだかまりをなくそうと、できるだけ話しかけるが、それには答えず、高明は言った。

「お背中の傷、今一度見せては頂けませぬか？」

「……ああ」

一瞬戸惑った正時だが、目を閉じて背を向け、衣の衿をくつろげた。掠れた声で言う。

「まだ、残っていよう……」

「はい……なれど時をかければ必ず消えましょう。思いの外回復が早く、安心しました」

思ったより明るい声に正時はほっとする。と、高明がふいに肩に手をかけて、背中の傷に唇を押し当てた。

「た、高明殿……！」

正時は小さく叫んで身をよじる。高明は放さずに言う。

「何もしませぬ、しばしこのまま……麿はこんな傷など、少しも気にしませぬぞ」

ほんの僅かな時だったが、正時には長く感じられ、胸の鼓動が痛いほどであった。高明が手を離すと、正時は衿を直して背を向けたまま。しばし無言の後、高明が口を開いた。

「無礼な振る舞い、お許しください」

震えながらも、辛うじて首を横に振った正時であった。

正時の近衛復帰はすぐに内裏に知れ、早速に働きかける者がいて、帝も自身の好奇心も手伝い、三日の後に二人の立ち合いを、との宣旨。

清涼殿の前庭で帝をはじめ左・右大臣、大・中納言など大勢の居並ぶ中、立ち合う二人は真剣そのもの。正時は、今までになく攻めの姿勢。受けて立つ高明も力強く、高明の方が体力、力で勝るが、身軽さと華麗さは正時。それとわからぬようにさりげなく高明は正時を立てて、互角に持ち込む。

「やめよ！」

帝より声がかかり、二人は太刀を後ろ手に、片膝ついて控える。

「どちらも強いな、優劣つけがたい。二人共ご苦労であった」

一同、ほうっ、と感嘆の声。

「凄い汗ゆえ、一の井戸にて体を拭かれてはいかが？」

頭中将が口を挟み、あくまでも正時の傷を晒させようとする。御簾の中から、扇をぱちっとたたむ音。皆が中宮の座す方を見る。あでやかで凛とした声で中宮は言った。

「勇者達には着替えを整えてある。主上、ねぎらいの御言葉を賜りましたら私共で饗するお許しを。女房達も皆楽しみに、待ち焦がれておりますれば」

「よい、許そう。まさしく近衛の勇者達よ。正時、高明、ご苦労であった。滅多に顔を見せぬそなた達だ、女房達に責められてくるがよかろう」

帝は上機嫌で言った。

「さあ、湯も衣も整えてある、内侍に案内させましょう」

中宮が早々に二人を引き取って奥へ。

湯殿に着くなり内侍は正時の前に手をつき、取り乱して言った。

「正時様には私のせいで、大変な目にお遭わせしてしまい、申し訳ございませぬ。兄の知らせで驚いてしまって……なれど人目故、お見舞いにも参れず……」

正時は内侍の前に片膝ついてその手を取り、微笑んで答えた。

「いや、そなたのせいではない。気にされる事はない。己の迂闊さが招いた事。それに、高明殿に手厚く看病して頂いたお陰ですっかりよくなった」

なおも内侍は口を開きかけたが別の女房に呼ばれ、正時の手を握り返して湯殿を出た。

今の内に、と、高明が促した。

「正時様、お先に入られませ。お傷に障りませんでしたか？」

「ああ。やはりそなたに加減させてしまった。一度でよい、勝ってみたいものよ」

溜息をつく。

「さっぱりしましたな。このところ色々と中将に翻弄されてしまい……あれだけの気迫を見せておけば、しばらくは大人しくしておりましょう」

久々にいつもの高明に戻って言う。

着替えの入った箱を抱えて戻ってきた内侍が湯に入った正時の手伝いをしようと内戸に手をかけるのを、高明は止める。

「あの方は何でもお一人でおやりになる。そなたにはあくまでも男として振る舞うおつもりだ、そっとしておいて差し上げた方がよかろう」

「兄上は、愛しい方のお姿を人には見せたくないのでしょう?」

内侍は悪戯っぽく言った。

「そんなのではない、麿は男同士としてお手当てしただけだ。からかうな」

少年のように頬を染めてむきになる。

上品な紺青(こんじょう)と瑠璃(るり)色の直衣に着替えた二人を、内侍は中宮の御前へ導いた。

「正時殿、病み上がりながらも見事な腕前でした。血の滲むような修練をされたのでしょうね。高明殿の強さはこれまでにも見知っていましたが、二人とも見事でしたよ。体に障りませんでしたか?　主上には今しばらくの時をと奏上したのですが、とても楽しみにしていらして……悪く思わないでね」

「中宮様には、色々とお助け頂き、ありがとうございました」

二人共頭を下げた。

「正時殿には、内侍に呼び出させた為に辛い目に遭わせてしまい……詫びてすむ事ではないけれど……」

中宮の憂う声に、正時は淡々と答えた。

「いいえ、あの時でなくとも避けられぬ試練でした。中宮様のお心遣い、まことにありがたく、内侍殿と語らえました事も嬉しく、感謝しております。何もお気になさいませぬように」

「高明殿の知らせに、内侍はもう半狂乱で大変だったのですよ」

内侍は取り乱した事を話されて、恥ずかしい。

正時は微笑みながらさりげなく懐の扇を出し、少し開いてあおぐ仕草をしながら言った。

「内侍殿にそれほど想うて頂き、木石の私には勿体ない事です」

内侍はそれが交換した自分の扇である事を認めて赤くなる。正時が自分を大事に想ってくれている事がうれしい。

「内侍、笛と箏の用意を。皆もお呼びなさい、私とそなただけが今業平(いまなりひら)の二人を独占してと後で恨まれる故。正時殿、内侍はそなたに貰った琴爪を片時も離さないのですよ」

「中宮様！」

内侍は、中宮が面白がってからかうので閉口する。

女房達が準備をし、耳を傾ける中、正時、高明の笛と、内侍の箏を合わせ、趣のある一時を過ごした。

左大臣達から守るべく女房達と饗すると言った手前、彼女達を遠ざけておく訳にもいかず、かといって大勢の中に正時を置きたくない気持ちは中宮も内侍も高明も同じで、高明はできるだけ女房達を引きつける。

さすがに高明は話術もうまく、人気があるのは当然と正時は微笑む。

正時があまり女房に囲まれて困惑せぬよう気遣ってくれる中宮や内侍の手前、正時も誰に対しても、穏やかに卒なく応じる。

やがて、二人は退出した。

「正時様、お邸までお送りしましょう」

「ああ、すまぬ」

「内侍を気遣ってやって頂き、ありがとうございます」

「いや、何もしてやれず、いつもすまぬと思っている」

正時邸に着くとすぐに、高明は暇を乞う。

「では、麿はこれにて」

「しばし、休んでいかれよ」

正時は引き止めた。

「大勢の者と話されました故、正時様にはお疲れでしょう、今日はご遠慮しましょう」

「かまわぬ。そなたに逢いたがっている者もいよう」

そう言い置いて奥の間へ足早に進む。高明への、看病の礼のつもりもあった。

しばし高明はためらい、先ほどの一言の為に帰りもならず、通り慣れたいつもの部屋へ。

童が酒と膳を運んできてすぐに去った。いつもより長く待たされ、やがて忍びやかな衣擦れの音。もしや、と思うと高明も平静ではいられない。思わず胸が高鳴った。

入ってきたのは、扇で顔を隠した小袿姿の弥生であった。几帳の内に座して言った。

「色々と正時がお世話をかけました。高明殿には心よりお礼申します」

「正時様の先ほどのお言葉、まことでしょうか?」

「何か申しましたか?」

「麿に逢いたがってくださっていたと……」

「存じませぬ……」

恥じらって答えない。

「お逢い頂けるだけで麿には無上の喜び。なれど邸内でのこのお姿、大事ありませぬか？」

心配で問わずにはおれない。

「人払いしました故……正時が」

そう言いながら、弥生は几帳ごしに杯を手渡した。

「姫……せめてお顔を見せては頂けませぬか？」

杯を受け取り、つと弥生の袖を捉えた。恥じらって答えないが、高明はさらに踏み込んで言った。

「せめてもう少しだけ、打ち解けて頂きたいのです」

答えないのを是と取って、几帳を少しずつずらす。顔を伏せたままの弥生が逃げずにいるのへ、高明はにじり寄る。

「ああ、夢のようです。夢なれば、いつまでも覚めずにこのままであって欲しい！」

高明の、子供のような心から嬉しそうな声に、恥じらいながらもつい、つられて微笑む。

「姫！」

弥生の笑顔をみた途端、思わず高明の理性が飛び、弥生を抱き締める。

やがて、弥生が頼りなげで遠慮がちに高明の背中に腕を回した時、高明は我に返った。今はまだ愛し合う事が許されない現実に唇を噛み、己を叱った。高明には、弥生がまだ時が来ていないと知りながらも高明の愛を受け止めなければと無理をしているのが感じられ、痛ましい思いで、抱き締めた手をそっと解く。弥生もはっとして身を離し、背を向けて言った。

「私……」

不安に身を硬くしているのがわかる。

「一つ苦難を越えて、ほっとされたのです。麿には嬉しい限りですが、今はまだ心から麿を求めておられるのではないご様子」

「高明殿……」

向き直って言いかけるのを押し止めた。

「何も言われますな、総て麿が悪いのです。このところ姫には不安な思いばかりさせてしまいました。姫を我が手に……なれど今姫に無理を言えば、必ず麿は後悔します。

まだ時も至らず、姫には拒まれましょう。今宵はこの高明、夢の中の姫のお父上にならせて頂く事を、お許し頂けましょうや？」

返事も待たず、高明はつと弥生を抱き上げて、そのまま寝所へ。

「あっ……た、高明殿……！」

うろたえる弥生にかまわず几帳の中に入り、小袿を抱いたまま脱がせて、手枕で横たえる。弥生は恥じらいから、ずっと目を開ける事もできず震えている。あまりの無垢さに愛しさが増し、添い寝したまま額に軽く口づけして、髪を撫でる。

「怖がらずともよろしいのですよ、愛しい人」

弥生は、高明の手慣れた様子に、どうしていいかわからない。昼間の女房相手の、今まで知らなかった高明の一面を思い出して、さらに不安が募る。

「お眠りなさい、姫。お心安らかに休まれる事です。ずっと気を張り、いつも苦しんでおられる故、お心安んじられる夜はなかったのではありませぬか？　せめて今宵は、麿の胸を、亡くなられたお父上と思って甘えられますように。誓って何もしませぬ故」

囁くように言いながら、髪を撫で続ける。

やがて弥生は気を失うように眠りに落ちた。なおも見守り、己が胸に顔を埋めている弥生の顔をそっと上向かせると、涙が一筋頬を伝った。思わず唇で吸い取り、高明は耐えきれず呟く。

「ああ、愛しい姫！　このままずっと抱き締めていたい。なれど二度と正時様に戻れなくなろう。この苦しさを耐えるしかない……今宵姫が逢瀬を望まれたは、昼間の女房達に触発されて、あるべき姿が恋しくおなりか、少しは麿を想うてくださり、他の女と言葉を交わした事に嫉妬してか。あまりの愛しさに、危うく己を見失うところであった。想いを遂げてこの無垢な姫を傷つけるのが怖い……これまで抱くのをためらった女などおらぬのに。この姫の純真さは、麿さえも恋を知らぬ少年の頃に戻してしまう。何という心許なさであろうか」

衝動を抑え、姫を傷つけまいとしてわざと手慣れた態度を取ったが、目覚めた時、弥生はどう思うだろうか。

　　夢なれば抱ける妹に触れもせで　覚めて朝は友にかはらじ

枕元に一首書き置いて、几帳を出た。

添い寝で乱れた直衣を直して廊下に出ると、行家が控えていた。高明は、どれほど心配しても中に踏み入ってはこれぬ行家に対し、いたわるように声をかける。

「お休みになられた。さぞ心配であったろうが、そなたが心配するような事は何もない。今宵姫が求められたはこの高明ではなく、幼き頃のお心でお父上の温もりを慕われただけだ。毎日を心千切れる思いで生きるお人なれば、責めてくれるな。泣きたい夜もあろう、今まで気丈に耐えてこられた故、一夜くらい、お父上に甘える夢を見せて差し上げようと思ったのだ。明日になればまた、いつもの正時様に戻られよう」

「高明様のお心、ありがたく……」

行家は頭を下げる。

「そなたもお側についていて辛かろう」

「私などは……高明様こそよく……」

「ふふ、嫌われたくない故。無垢なお心に気圧されて、少年の頃に戻っていくようだ」

高明は苦く微笑む。

「……修羅の道へ導きました事、間違いではなかったかと……」

復讐の為、男として育てた事に苦しんでいる行家に、高明は強く否定した。

「それは違う！　そうしなければ、生き延びる事叶わなかったであろう。まして幼くとも、己が意志のしっかりした方であったはず。よほど強靱な意志と覚悟がなくては、あれほどの太刀は使えぬぞ？　まこと男であっても。これはあの方の避けては通れぬ定めよ。よくここまで守り通してこられた。そなたの苦労、並々ならぬもの。むしろこれから先を、いかに生かして差し上げるかが大事なのではないか？」

その言葉に、行家は顔を上げて高明を見つめる。

「まこと仰せの通りでございます。姫の事、若の事、くれぐれもお願い申し上げます」

「これまでの噂は知っていいように、まこと麿でよいのか？　大事な姫君を託す相手が」

高明も、じっと行家を見つめ返して言った。

「以前は知らず、今の高明様を信じております故。心を望まれ、それを貫いてくださっているのが、何よりも、真実姫を想うてくださる証」

「何としても守り抜こうぞ、我らの姫を」

高明は帰って行った。

翌朝、目覚めた弥生は、昨夜の事を思い出して狼狽した。高明の残した歌を見てほっとする反面、つまらぬ女と嫌われたのではと哀しくなる。だんだんと高明の愛に甘えて弱くなっていく己に不安を感じる。中将につけ狙われていて外で逢えぬせいもあるが、邸内で弥生に戻って高明と語らい、そのままの姿で眠ったりと、己の浅はかさに自責の念を感じ、我知らず不機嫌になる。行家までも遠ざけて、家人達もどう思ったであろうか。これまで誰に対しても隙を見せぬよう努めていたはずが、根底から己が手で崩し去った事に、後悔を隠せない。

　急ぎ狩衣を着て髪を結い、正時の姿に戻ると寝所を出た。

「爺！」

　呼ぶと行家が飛んできて控えた。

「お目覚めでございましたか」

「今日は早く出かける。出仕の支度をせよ」

「はい、ただ今」

　すぐに朝餉を調えるが、ほとんど手をつけない。

「若、しっかり食して頂きませぬと、お体に障りますぞ」

　正時が昨夜の事を気にしているのがよくわかる。

「よい、欲しくない。直衣を」

　着替えに立ち、いつもより早く邸を出た。

　近衛に着くと、高明はすでに来ていた。

「やっ、正時様には今日はお早いですね」

　さりげなく、いつもと変わらぬ態度で接しようとする高明に、正時の表情は硬い。

「いつもそなたの方が早い」

「安道達が、昨日の御前試合の様子を聞きたがり、困っていたところです」

わざと明るく言う高明。

「何も、困る事はあるまい、実力はそなたが上。ありのままを話せば」

正時は言いかけて、ふと思い立ったように座を立って言った。

「よい、麿が皆に話してやろう」

「正時様……？」

いつにない正時の態度に、高明は困惑する。かまわず御簾の外に出て、正時は安道を呼ぶ。

「安道。皆に話がある、呼んで来よ」

「はい」

安道は、喜んで呼びに行った。中庭は、すぐに近衛の者達で埋まる。正時は簀子に出て皆に向かって話し始めた。

「皆には、心配ばかりかけてすまなかった。皆も気にかけてくれていた、昨日の御前試合の報告をしよう。高明殿は、長である麿を立て、さり気なく手加減してくれた故、見た目には引き分けて、少将としての面目を保つ事ができた。なれどまこと強いのは高明殿よ。麿も長く伏していた故、体が動かぬ。これから麿の相手をしてくれる者はいないか」

　思いがけない正時の言葉に、皆、我も我もと口々に申し出た。

　高明は一人苦い顔をしていたが、階を降りて皆を制する。

「待て待て、皆でかかればいかに正時様とて、お疲れになろう。三、四人お相手をせよ。後の者は久しぶりに麿がまとめてしごいてやろう」

「高明殿、麿はもう治っている」

「はい、なれどあまり一度に動かれましては……」

　いつになく、意地を張る正時をやんわりと制する高明の様子に、安道が割って入った。

「では、こうしたらいかがでしょう？　正時様の組と高明様の組に分かれて勝ち抜き戦をしては。大勢と当たらずにすみますし、決戦で確実にお二人の手合わせが見られるという訳で」

　安道の提案に、おう！　と言う声が上がった。

「なれど……」

　高明はなおも心配そうに正時を見やるが、正時は即座に賛成をする。

早速二組に分かれての力比べが始まった。四郎もこのところ腕を上げているので、特別に加えてもらっている。試合が進んで、安道、四郎、高明、正時が勝ち進み、四郎と安道の対戦。

「やはりお前とか」

「負けはせぬぞ！」

二人は闘志を燃やして闘うが、安道の方が力があり、首筋に太刀をつきつけられた四郎が負けを認めた。

「見事だ、安道。四郎も力をつけたな」

高明が二人を讃えた。と、正時が素早く太刀を抜き、中ほどに出て言った。

「安道、麿が相手をしよう」

安道は躍り上がらんばかりにして喜ぶ。初めて正時と出会った時からの、念願の手合わせであった。積極的に攻めていくが、正時が払う。善戦したが正時の力量が勝っていて、安道の手から太刀が離れた。

「参りました」

片膝ついて潔く頭を下げる。正時はその場を動かず、太刀もそのままに呼びかけた。

「高明殿、来られよ」

「正時様にはお疲れでしょう、この勝負はまたの機会に」

二日も続けて真剣勝負は疲れようと、高明は気遣って避けようとする。

「かまわぬ。皆の前だ、ここで逃げるは卑怯ぞ！」

手加減無用！　と強い態度で挑発する。

「……わかりました。ならば」

昨夜の事があるだけに、正時の心を測りかねて戸惑いを隠せない高明だが、ここまで来ては逃げる訳にもいかず、仕方なく正時と対峙する。

正時は昨日以上に攻撃的。高明は真剣に受け止める。張りつめた空気に皆、息を飲んで見守る。やはり互角に見える。安道が引き分けを叫び、ふっと皆、緊張を解いた。

正時がぽつりと呟くように言った。

「いつも加減をしてもらっているな、高明殿に」

「そのような事はありませぬ。麿は、いつも全力を尽くしております。正時様のお力の前では加減する余裕などありませぬ」

「勝負がつくまでやれば、やはりそなたが勝とう」

「もしもそうであれば、正時様より僅かばかり体力があるだけの事」

「そこよ。まこと勝っていれば体力がなくとも勝負がつこう。麿の力不足よ」

「気迫と太刀筋の鋭さでは正時様には及びませぬ。なれば力不足は麿の方」

人前でいつになく論ずる二人を、皆声も立てず見守っている。安道はそっと四郎のそばに忍び寄り、袖を引いて後ろに連れ出して、小声で問うた。

「いつになく正時様の言が激しいが、何があったのだ？　お二人の間で」

「昨夜遅くまで高明様をお引き止めになっていた様子。我らどころか爺や殿まで遠ざけられて、お二人だけで話されていたようだ。ご機嫌がよいなら話がわかるのだが……」

「正時様は高明様の、一歩引いた控えめさに焦れておられるのではないか？」

「なれど一歩も引かねば大事ぞ。高明様は大人だ。何の事はない、甘えておられるのやもしれぬな。このところ色々あった故」

二人とも、清い関係である事だけははっきりとわかっている。

「これほど人中にて言葉をかわされるは初めてぞ。何とかせねばお疲れになろう」

やるか、と、二人は顔を見合わせて、にやりとした。

いきなり大声で喚きながら、取っ組み合いを始める。

「そら見ろ、やはりお強いのは正時様の方だ！」

「何だと、高明様の方だぞ！」

正時と高明の論争に耳を傾けていた皆が、驚いて振り返った。高明は部下の手前、論ずる正時をたしなめる訳にもいかず困惑していたので、二人の作戦にほっとしたように微笑む。

正時は不機嫌に言った。

「二人ともやめよ。麿達の事で争うのは許さぬ」

「長が一番副長が二番。当然の事でもめずともよい。さあ皆、持ち場に戻れ」

高明の言葉に皆納得して散って行く。正時を促して、部屋へ入れ、安道と四郎に目で詫びて自らも中へ。さすがに正時も気づいていた。

「あの二人……」

「そうです。気遣ってくれてのひと芝居。よい部下達です」

高明は微笑む。

「そなたの大人振りには、かなわぬという事よ」

正時がまだこだわった言い方をするのを、高明は軽く受け流そうと、おどけて言った。

「されば麿の方が五つも年上ですぞ」

「年の問題ではない、心と経験の問題だ」

「正時様……?」

　どうにも正時の気持ちが推しはかれない。

「わかっている、そなたを責めているのではない。そなたに何もかも助けられ、頼り切って甘えてしまう己自身が」

　言いかけるのを遮って、高明はたしなめた。

「そのように思われます故に。何故もっと素直でおられませぬ」

「そなたの言う通りよ。そなたは自然に振る舞っていてそのように男らしい。いくら努めても、麿はそなたの足元にも及ばぬ」

　我が身を責め続ける正時に、高明は憂いを隠せず、やがて、心を決めたように淡々と話し始めた。

「正時様はお疲れなのです。色々な事が重なって、お心が揺らいでおられるのです。麿などよりもよほど強い意志とお心を、貴方はお持ちです。初めてお逢いした時、毅然とした凛々しさに圧倒されました。年若く、華奢な体つきをしておられるのに、安道の無礼を見事に裁かれ、近衛の者皆を一瞬にして従えてしまわれたあの日、麿は貴方に心服致しました。麿とても男、自惚れて言うなら、それまで近衛、いや都一の雄を誇っていたこの高明、誰にでも簡単に従うものではありませぬ。まして、何処からとも知れず突然現れた鄙者の、異例の大抜擢に、失礼ながら、何を以て近衛の長にと、憮然とした思いを抱いたものです。正時様に対して初めてお話しした、これが真実です。これからも貴方は今まで通りに。それで十分です」

そう言って、背を向けたままの正時を、後ろから包み込むように緩やかに抱く。

「あっ……」

予期せぬ高明の行動に、思わず声を上げた。

「お静かに。麿の元気を差し上げましょうほどに、しばしそのまま」

小声ながら有無を言わさぬ態度であった。触れ合う衣を通して、互いの鼓動が感じられる。しばらくして正時は、掠れた声で言った。

「もうよい、落ち着いた故……すまなかった」

「いつでも、こういう時には」

寄り添ったまま腕だけ下ろして、穏やかに言う。

「……まこと、心だけでよいのか？」

蔀戸の外に目を向けたままで、呟くように言った。昨日弥生を避けた事を気にしているのだろうと察し、高明は言葉を探す。正時はためらいがちに更に呟く。

「……欲しくは、ならぬのか……」

「欲しくないのではありませぬ。苦しい事ですが、事成らぬ内は望めぬと、わかっています故……」

「他の女性でも、求められれば……」

「怒りますぞ。貴方なら身代わりで心が晴れますのか。心ある故に待てるのですぞ。体の繋がりだけが愛と言えましょうや」

憮然として答える高明に、正時は無言。避けて通れぬ事であった。

これ以上正時の不安をそのままにしておけず、はっきり言葉に出さねば互いに苦しむばかり。まして勇気を振り絞って口にした言葉に、高明は答えねばならぬと、意を決して話し始めた。

「もう、そのような事で言い争うのはやめにしましょう。よい機会故、麿の心の内を、総て晒しましょう。却って人目を憚るここの方が、冷静に話せるやもしれませぬ。姫に初めてお逢いした日から、逢えぬ辛さに日々恋しさが募り……お逢いしたい気持ちと裏腹に、逢えば己をいつまで抑え切れるか自信がなく、愛しさに気も狂わんばかりの毎日です。たとえ姫が拒まれようと、力ずくでも総てを奪ってしまいたい、髪の先までも我が物となし、片時も離したくない……反対に、姫を深く想えば想うほど、気高く無垢なお心を傷つけたくない……日々麿の中で、二つの心が葛藤しております。

そのお姿故、あからさまな事を言うお許しを。通う女がいた事もご存じ故……文のやり取りをして興味を持つと、忍び逢って、抱く事に男としてためらいはなく、抱いたからとて溺れるほどの事もありませんでした。恋の駆け引きで忘れられぬとても、心は醒めていました。過去の女達にはすまないが……姫には不潔で不実な男と軽蔑されましょう。姫に何と思われようと己が招いた罪、取り返しがつくものではありませぬ。なれど麿は姫を知ってより、姫だけを想い、まるで穢れを知らぬ少年の頃に戻ったような、心許ない想いをしております」

淡々と心の内を語る高明に、却って心動かされる。

「……そなたを苦しめている。許して欲しい」

「いいえ」

「……麿がまことと男であれば、弥生のような女は、小賢しいばかりで少しも心惹かれるところはないであろうに」

「あまりのお言葉ですぞ。我が命より大事な姫の事を悪しざまに言われては、正時様とても許せませせぬ」

真剣に抗議する高明に、正時はやっと心を和らげた。

「あまりにそなたの買いかぶり……」

「いいえ。美しくて優しく、儚いながらもお心強く、無垢で気高く……言葉ではとても尽くせぬほどのお方故、我が身捨ててもと恋焦がれているものを。されば麿など多情で自惚れの強い、つまらぬ男。さぞご不快でしょう」

「そのような事はない」

思わず向き直ると、思いの外間近にいる高明に、どきりとして目をそらした。

「なれば、麿をどうご覧になっておられるのか、お教えを」

瞳を覗き込まれて、答えに窮す。

「それは……」

「思い上がり激しく、女の扱いに手慣れた奴と？」

「いや……強くて優しく思いやりがあり、まこと男らしいと思うている」

「麿は姫のお心を、問うております」

「許して欲しい……」

「ここまで裸の心を晒したのですぞ？　一言なりともお聞かせください。少しは好いてくださっているのでしょうか」

高明も、ここまで来て後には引けない。

「わからぬ……己の気持ちが……このような事初めて故……初めは噂の多いそなたを

からかうつもりもあった。なれど噂とは異なる、誠実な人柄とわかった時から……我が身を的に中将から庇ってもらった日の毅然とした態度に、いささか心惹かれたは事実。幼い日から、人を頼ってはならぬ甘えてはならぬと、心に言い聞かせてきたはずが、何度もそなたに助けられ、庇ってもらう内に……だんだんとそなたを拒めぬようになった……そなたにいつも側にいて欲しい……なれど正時でいれば長く共におれる代わりにまことの姿でない事が辛くなり、弥生としてそなたに逢うと、もっと甘えて弱くなっていく己が怖くて……」

目をそらし、小声で震えながら言った。

「初めて、応えてくださった？」

高明は信じられない思いで、目を見開く。

「この姿で、このような事……なれど弥生には口にできぬ故……昨日、女房達と屈託なく話をして微笑んでいるそなたを見て、今まで知らなかった一面を知り、麿も弥生もそなたの事を僅かしか知らず……いや、まことは知るのを恐れていたのだと……嫉妬の心ではなく。これまで、皆が麿に対し、気を遣ってくれるのをありがたいと思う反面、もっと自然に、ありのままの麿に接して欲しいと願い、そのくせ己自身、人と相対する時には、心を固く閉ざしてきた。己に対してさえ、麿は心閉ざして……苦しかった……人とは全く違う世界に生きてきた。偽りの姿で、我が身だけが生き残った事を悔やんで……そなただけでも生きよと私を庇った母さえも、何故共に死なせてくださらなかったのかと恨んだ事もあった……壁で閉ざした荒れ野のような心の中に、初めて踏み入ってきたそなた……全霊を傾けて慈しんでくださる養父にさえ、礼を持って接してはきたが、己から縋りついて甘えた事はなかった。いくら実子のように愛情を持って抱き締めてくださっても……とてもありがたいと思うし、麿にとって養父がかけがえのない父上である事は、これからも変わらぬ。なれど、麿の正体を知られぬ為もあろうが、十数年経った今でも亡姉への愛を貫き、女性を近づけられもせぬ高潔な父上に、子供心に姉の代わりにはなれぬ心苦しさと、高貴なご身分を我が為に捨てさせた負い目を感じて、至らぬながら、お教えくださる事柄を必死でこなす事でしか応えられなかった……」

「ああ……何とお辛い日々を過ごされた事か……」

正時の心の奥の淋しさ辛さを思いやり、高明は暗澹たる心持ちになった。

「己が殻に閉じ籠った哀れな女……わがままで嫉妬深く、甘えん坊で世間知らずで心幼く……きっとそなたに疎まれよう。面白味もなく気も利かず、洒落た恋の駆け引きなどとてもできぬ……すぐに飽きられよう。その逞しい胸に縋りたい気持ちと、恐ろしくてその手から逃れたい気持ちと……昨夜も恐かった……そなたをもっと知りたくて引き止めておきながら恥ずかしい事を言うが……何もなくてほっとした反面、つまらぬ女よと蔑まれたのではないかと不安で……」

途切れ途切れにやっと吐き出した、正時の胸の内であった。

「貴女ほどの方が何故、そのように悪しく考えられますのか。あまりに御身をいたぶっておられる……昨夜の事はお詫び致します。初めて貴女の笑顔を見た途端に自制心が飛んでしまい、あれ以上己を抑えきる自信がなかったのでわざと手慣れた態度を取ってしまい、姫には心細い思いをさせてしまいました。姫の、麿を男として恐れておられる気持ちがわかったのであのように振る舞い……姫を苦しめたは麿の罪」

そこで高明は言葉を切り、改まった口調で続けた。

「行家殿が心配して、ずっと寝所の外に控えておりました。姫に修羅の道を歩ませた事、間違いではなかったかと、ひどく己を責めておりました」

「それは違う！　幼くとも自ら進んでこの身を投じた事、誰のせいでもない……ああ、愚かであった。麿は我が事しか考えず、己の苦しみしか見えず……どれほど周りの者をはらはらさせ、苦しめてきたのであろうか」

はっとしたように言った。高明は微笑みを浮かべてうなずいた。

「よくお気づきになられました。我が身一人に非ず。初めにそう言われました。よい時も悪い時も、楽しい時も苦しい時も、決して忘れてはならぬ事であったはず。きつい事を言うようですが、もう一人でお苦しみになりませぬように。お味方が増えた今、何でもお一人で背負われず、皆に肩の重荷を分ける事は、決して人に甘える事ではなく、むしろ、より強く結びつく事。罪悪感を持たれる必要などないのですぞ。皆は待っているのです、貴方がお苦しみを分けてくださる日を。そうして皆が強く一体になった時こそ、目的が遂げられるはず。貴方を想い、心配するあまり、却って貴方を縛っていた事を気づかなかったは、麿はじめ、皆に責めがあります。元はと言えば、総て、貴方の正体を暴いた麿の罪、姫や正時様を苦しめました事、深くお詫び致します」

「そなたのせいではない。そなたを苦しめた麿こそ詫びねばならぬ。そなたがあまりに大人なので、甘えて駄々をこねた……初めて、素直な気持ちになれた……心の内を晒すのは恐かった。養父と爺を心配させまいと仮面をつけ、生涯誰にも心動かす事はないと……いや、そういう事とは無縁に生きてきた。そなたといると己が男ではない事を思い知らされ、かといって、内侍殿のような女性らしさも持たず、私は何者かと絶えず自問自答して……なれど答えは出ぬ。そなたはこんな私に心を開かせてくれた……まこと、このような男とも女ともつかぬ私でも、想うてくれると言うのか？」

恥じらいに頬を染め、しかし、初めて顔を上げて高明の目をじっと見つめながら問う。

「そんな貴方だから好きなのです。愛しいのです。どれほど言葉を尽くしても足りぬほどに。貴方に想いを懸けた事、少しも後悔しておりませぬ。こればかりは詫びもしませぬ。麿の方こそ身分の低い、女遊びの激しいつまらぬ男ですが、貴方のお側にいさせて頂いてもよろしいのですか？」

高明は、慈しむように正時を見つめ返して言った。

「側にいて欲しい。弥生を、麿を守って欲しい……生まれて初めて、心惹かれた……」

流れる涙を拭おうともせず、小さいがしっかりした声で言った。高明はその涙を唇で吸い取り、正時をそっと抱き寄せた。

「ああ、愛しい人……」

その頃、四郎と安道は、正時と高明が話している部屋の外に潜んでいた。二人のいつになく激しく言い争う様子が心配だったのと、余人を近づけぬ為に番をする事にしたのだった。盗み聞くつもりはなかったのだがおよその様子が察せられた。二人は声も立てず、膝を抱えてうずくまったまま涙を流していたが、もう安心と見てそっとそこを離れ、裏の木立の中へ移動した。

「我らから見たら、あのような身分、人柄、容姿共に非の打ちどころのないお二人が、あれほどに悩み苦しんでおられるとはな」

「ああ。姫様は今まで肩を張って生きてこられ、人に弱みを見せるを潔しとされなかった分、どれほどお辛かったたか。皆にお気を遣われるばかりで……」

「高明様には今まで自信に満ちた方であったに、あの方に対してはまるで女を知らぬ少年に戻られたようだぞ」

「まことの愛には不器用なお二人よ。何とかお幸せになって頂けないものか」

「全くだ」

「陰ながら我らも応援しようぞ」

「力はないが、あのお二人の為なら命も惜しまぬ」

「少しは互いの心を告げ合って、ほっとされたのではなかろうか」

「おう。なれど大望を遂げるまで、真実結ばれる事はなさそうだぞ」

「今日の事、爺や殿の耳に入れておく方がよかろうか？」

「いや我らだけの秘密にしておこうぞ。万が一にも盗み聞いたと知れれば、傷つかれよう」

「そうだな。お心を確かめ合われた故きっとお強くなられたはず。殊更言わずとも心配していた者は気がつこう」

「きっと元に、いや今までより苦難を乗り越えられた分、よい方に変わられよう」

「それはさておき、お前、すっかり仕事をさぼって。よいのか？　後で高明様に叱られても知らぬぞ」

泣き笑いの顔で意地悪く言う四郎に、安道は同様の顔のまま平気でうそぶく。

「叱られはせぬよ。今日は高明様には人生最良の日だ。ご機嫌がよいはずだからな」

二人はほっとして、持ち場に戻って行った。

部屋の中でも、二人はやっと落ち着きを取り戻していた。

「万が一、部下にでも見咎められると、奇しの恋と噂が立ちましょうな」

「二度と女性から恋文が来なくなっては気の毒」

やんわりとからかう正時に、高明は微笑んだまま答えた。

「かまいませぬ、正時様の笑顔さえ見ておられれば」

「それ、その言葉に弥生が嫉妬するやも知れぬ」

「やはり麿は多情なのでしょうか、一度にお二人を恋してしまい……誓って貴方だけを愛していますと言えば、嘘になる」

　真顔で答える高明。

「問題あるまい。当分そなたは弥生には逢えぬであろう。これ以上、悪戯に中将の興味を引かぬ為にも、今日を境に用心し、自重させよう」

「麿には残念な事ですが、それがよろしいでしょう。今日の事は深く胸に秘め、当分は奇しの恋に身を委ねましょう」

「麿も……まこと正時であってもそなたに心惹かれたであろうな」

　胸の奥でわだかまる思いを吐き出してほっとしたのか、素直に物を言い、心を預けてくる正時が高明にはうれしく、益々愛しさを感じずにはいられない。しっかりと心結ばれ、晴れ晴れとした二人であった。


　しばらく、平穏な日々が続き、左大臣家以外の殿上人は、華奢ながら武に秀でた正時を目の当たりにして、帝の声がかりで異例の昇進を遂げた事に、納得の目を向け始めた。

　宮中の行事も続き、正時はそれらを卒なくこなしていた。

そんな中、正時と高明は、青海波の舞人にとの内示を受け、正時は帝に断りを言う為に参内した。

「恐れながら、舞人という晴れがましいお役、私にはとても勤まりませぬ事。何卒、他の方をお選びくださいますよう……」

「そなたの、目立ちたくない気持ちもわかる故、まことは毎日でも麿の側に置きたいのをこらえている。もっと高位に昇って父君を都へ呼び戻したくはないのか？　その思いもあって都へ出てきたのではないのか。いかに帝とはいえ、全権を握っている訳ではない。皆を納得させねば官位を上げてやれぬのだ」

言葉を切り、立ち上がる。お叱り覚悟で御前にいる正時は、気配を察して平伏した。

帝は正時の側に来て片膝つき、正時の袖を捉えて耳元で囁くように言った。

「そなたが義理の甥と公表できぬ今、少しずつ表舞台に立たせるしか、引き立てるすべがない。やっとこの頃、こうして人払いしても不審を抱く者が少なくなったところ。それに、兄宮は太刀も笛もさる事ながら、都一の舞の名手であられた。兄宮直伝のそなたの舞を、是非見たいのだ。麿は幼い頃より、何でも素晴らしくおできになる兄宮に憧れていたが、左大臣縁続きの母を持つ身であまり顔を合わせる機会もなく……一度母の目を盗んでこっそり兄宮にお会いして、舞をお教えくださいとお願いしたら、もう少し大きくなったら教えてあげましょうと微笑まれた時には、もう、天にも昇る気持ちであったぞ。麿の胸の内、察してはくれぬか?」

　帝にそこまで言われれば、正時も拒みかねた。万事控えめにして敵を増やしたくないが、帝の、少しずつ権力を誇る左大臣を抑えて若く才のある者達の官位を上げ、善政をと思う気持ちもわかる。

　外戚の栄華を極めていた左大臣家の頼りとする幼帝が病没した後に、左大臣家と遠縁に当たる今上が、左大臣のごり押しで兄宮達を退け即位したいきさつから、これまで遠慮があったが、二年前に左大臣の縁に繋がる母が亡くなってからは、帝位にありながら全権を左大臣に握られている事にがまんできず、理想の政治を行いたいとの思いで、近頃は右大臣、内大臣（ないだいじん）の息子達や、家柄が高くなくても才のある者達を側近くに置いている。公の場で皆に才を認められれば、除目（じもく）（大臣以外の諸官を任命すること）の時に通しやすい。入内した左大臣の姫に先帝が生まれさえしなければ、今帝の座にいるのは、人望もあり総ての才能に恵まれていた先の東宮だった、今の周防守であったはず。

　帝には、己が望んだ訳でもないのに兄宮を差し置いて即位した負い目と、それ以上に、文武に秀でた正時を引き上げてやりたい気持ちがある。

正式に発表があり、何度も正時の舞を目にしている者達は、適任と得心した。

その発表を快く思わぬ左大臣家では、左大臣と頭中将が、不機嫌に酒を酌み交わしていた。

「あの鄙者が今年の舞人とは。不快ですな、父上」

「主上と中宮が少将に肩入れするのを、何とかせねばなるまい。四の姫を女御に、五の姫を東宮妃との以前からの申し入れ、うまく躱されてきたが、再度申し入れねばな。そなたも、次の除目でそろそろ昇進してもよかろう」

先の右大臣を抹殺して後、大納言であった長男、中納言であった次男を原因不明の病で続けて亡くし、敢えて高位につけずに抑えていた三男であった。

翌日、左大臣は参内し、帝に拝謁して言った。

「僭越ながら、主上には未だ皇子がおありになられず、万民も不安を持っております。以前より再三申し上げておりますように、女御を置かれましては」

「中宮がおればよい。まだ子ができぬ年でもないし、東宮も定めてある」

「女御を置かれぬ帝は、未だ例がありませぬ。早くに皇子をと、女御、更衣（こうい）を置かれるしきたり。少しでも血の濃い跡継ぎをと願うお気持ちはおありになりませぬか？」

「好いてもない女に子はなせまい。生憎と、食指の動く女に巡り会えぬ」

「そういえば先日の、陽炎とか申す者はどうなされました？　そのまま、更衣に留め置かれるものとばかり思うておりましたが」

左大臣は、さりげなさを装って聞く。

「おお、それよ。麿もそのつもりであったのだが、窮屈な暮らしはいやだとて、さっさと出て行ってしもうたわ。たまに逢うのはよいがとな。珍しく心惹かれる女に出逢えたというに、つれない事だ。全く、気ままな女よ」

帝は左大臣の皮肉に、わざと大げさに嘆いて見せる。

「なれどもう、尊い御身での外歩きはなりませぬぞ」

「そなたが麿を心配してくれるのはありがたい。まあ、考えておこう」

さりげなく躱す帝に、左大臣は清涼殿を退出して、舌打ちをする。

「先帝さえ生きておわせば、今頃は摂政として、麿の天下であったに。東宮や兄宮達を追い落としてまで帝位につけてやったが、言いなりにならぬとは。もっと早くに姫を押しつけるべきであった」

邸に帰ると、中将を呼んで言った。

「忌々しい事に、主上が日々御しがたくなっていく。方策を変えよう。先に東宮妃に五の姫を入れてしまうか。四の姫の入内を果たしてからと思っておったが、東宮の方が攻めやすそうだ。おう、そなた、東宮大夫になるか？」

「なれど、あちらに何か失態がなければ」

「ふふふ、作ればよいではないか」

「それは尤もですな、ははは」


大堂寺に立ち寄った正時に、祐左が言う。

「左大臣家の者が、近江で、若の素性を探っているようです。五郎太殿があちらへ住みついてそれに備えており、心配ありませぬが、若もご身辺、これまで以上にご用心下さい」

「今までは、主上に気をかねてできなかったのであろうが、何やら動き始めたようだな。青海波以来、あちらこちらで、色々な思惑が入り乱れている」

苦笑する正時に、祐左が尋ねた。

「今度は、何がありましたので？」

「右大臣、内大臣家までが姫の婿にと……皆、左大臣派反左大臣派、どちらの手綱も握っておきたいというところ」

「して、正時様にはいかようなご返事を？」

「主上お声がかりの左大臣家の姫を断った者、他の姫に通う訳にはいくまいと」

「うまく躱されましたな。なれど、若と高明様の息がぴたりと合って、それは見事な青海波であったと聞き及んでおります。身分高き方々の思惑も無理からぬ事」

「父上のお陰よ」

高明との信頼関係で、多少の事に動じなくなった余裕がうかがえて微笑ましい。

「しきりに、東宮方へ中将が出入りし始めた様子」

「東宮様は、主上の従弟に当たられる方ですが、大人しくておられます故、心配ですな」

「より一層、中将の動きに気をつけよ」

正時はそう言い置いて、邸に帰って行った。


時に参内する正時を、帝は側に侍らせて人払いする。

「近頃変わった事はないか？」

「は？」

「縁組がどうとか」

「私に、ですか？」

「ああ」

「身分高き方々の婿にとの話に、いささか困っております。主上におかれましては、あちらの姫君の女御入内のお話が」

「どうでもそなたと、相婿(あいむこ)にしたいらしい」

「私は、あちらはすでに」

気のない返事の正時に、帝はにやりとして言った。

「まだ当の姫は、諦めた訳ではないようだぞ？」

「それは困ります。なれど私はともかく、中宮様にはさぞご心痛であられましょう」

「好きでもない姫を押しつけられる麿の心の内は、察してくれぬのか」

「美しい姫とか。あの六の姫の姉君なれば、さぞや情熱的な姫でありましょう」

「そなたは賛成なのか？　食指の動く女がいないと言うたら、何故陽炎を、更衣に留め置かなかったかと問われたぞ」

「そ、それは……」

困惑を隠せない正時に、帝は声を上げて笑う。

「ははは、麿をからかった罰だ。窮屈な暮らしを厭い、出て行ったと答えておいたが、まさか帝の身で振られるとはな」

「申し訳ございませぬ」

伏して詫びる正時に、帝は表情を引き締めて言った。

「近頃、東宮の辺りが賑やかなようだが」

「私にそれを探れと、お命じになるのですか？」

中将が東宮に近づくのを憂いていると察した正時は顔を上げ、帝を見つめて聞く。

「いや。麿のぐちだ。捨て置け。なれど権力を欲する者が多いのも事実、手に入れてみればそれほど居心地のよいものではないが、待ち遠しい者もいるやもしれぬ。むやみに踊らねばよいが……」

東宮を探れとは現段階で言える事ではなく、暗に気にかけておくようほのめかす帝に、正時は頭を下げた。

左大臣家の陰謀が水面下で活発になってきた頃、左大臣の三条の邸では、六の姫が書庫に。書庫内には先客がいたが、人の気配に奥へと隠れた。

六の姫はそれに気づかず、探し物を始める。もう幾日も探し求めている物であった。幼い時に初めて書庫に入れてもらった日、目についた美しい錦の表紙の書をさわり、父にきつく叱られた思い出があった。訳のわからない記号が書かれていて、何故見てはいけないのかと思った記憶がよみがえり、その書の正体を確かめる為であった。あちこち探して隠し戸棚からやっと見つけ出し、中を開いてその書の重大性を知った。震える手で袖の中に隠し、戸を開けたところで、折悪しく、婚家の右大臣邸から帰ってきた中将に見咎められる。

「顕子、何をしている」

「あ、兄上様……」

「近頃、女房も連れずによくここに出入りしているようだか」

「それは……」

不審を抱かれまいとするが却って答えられない。そこへ奥から郎党の声。

「姫様、ほんとにこんな沢山の絵巻物をお部屋に運びますので？」

中将の注意はそちらへ向く。つかつかと奥に入り、問う。

「お前は？　いつもの書庫番はどうした」

「はい、婆さんの加減が悪くてわしが代わりに。厩（うまや）係の兵太（ひょうた）と申します」

「いつから奉公している」

「十年ほどになります」

おどおどして言った。

「何故、役目違いのお前が？」

「長屋が隣なもんで婆さんの事を知らせに来て、一時だけの約束で交代したです。お怒りにならないでくださいませ、わしらはお邸を出されたら行くあてがないです」

男はぺこぺこと頭を下げる。

「兄上様、この者をお咎めにならないで。私が許したのです。内大臣家の徳子(とくこ)様にお頼まれした絵巻を見つけてお貸ししなくてはなりませんの。さあ兵太、早く運んでくださいな」

中将の目がそれた間に気丈にも立ち直った六の姫が、今度は郎党を庇った。中将も急ぎの用があったので厳しい顔のまま、去って行った。

六の姫はほっとして、その場に座り込む。

「姫様、大丈夫ですか?」

「兵太と言いましたね。助けてくれてありがとう。そなたが一体何をしようとしていたのかは知りませぬが、悪い人でない事を信じて、咎めぬ代わりに手伝って欲しい事があります」

「何をすればよろしいので?」

「私はこれから内大臣家へ絵巻を届けに行くと言ってここを出るから、そなたには、あるお邸へ使いをして欲しいのです」

「どちらへ」

「近衛の少将、正時様へ」

「はあ」

「きっとお断りになるけど、必ず宝珠寺（ほうじゅじ）へお連れして。大切な方にお渡ししたい物があるので必ずと。私の最後のお願いですと、直接正時様にお伝えして」

「姫様？」

姫の思い詰めた様子に、自分の探していた物が姫の手にある事を知って兵太は驚く。

「お願いよ。皆父上と兄上に言いつけてしまうから、私には味方がいないの」

「わかりました、お引き受け致します」

怪しまれないよう部屋まで一抱えの巻物を持って行き、姫はその中の一本を蒔絵の箱に入れて、乳兄弟（ちきょうだい）である女房一人を連れて牛車で内大臣家へ行った。牛車はすぐに帰し、方違えと称してそこもすぐに辞し、乳母の家まで送ってもらった。女房と共に壺装束に着替え、宝珠寺へ。

その頃、正時の邸に兵太が。

「六の姫の使いとて、老人が参っておりますが」

取り次いだ四郎は言った。

「まだ諦めておらぬとは聞いていたが、懲りずに使いを寄越すとは。会わぬと言ってくれ」

　正時は笛の手入れをしながら、苦笑する。

　門に引き返した四郎が、

「会わぬと仰せだ。帰れ」

　と、戸を閉めようとするのへ、待って下されと兵太は取り縋る。

「どうしても会って頂かねばならぬ用が！　会って頂けねば私はここで死ぬ覚悟、もう左大臣家にも戻れぬ身なれば、どうしても少将様に聞いて頂きたいお話が。お願いでございます。決して仇なす者ではありませせぬ」

　兵太のただならぬ様子に、四郎が折れた。

「正時様に仇せぬとは、まことだな」

「はい、神かけて」

「門口で老いぼれに死なれちゃ目覚めが悪い。仕方がない、もう一度言ってみてやる」

　舌打ちしながら四郎は、兵太を庭に入れて、もう一度正時の許へ。

「使いが、正時様に会えねば死ぬと申すもので……」

と頭をかく四郎に、正時は微笑む。

「ふふ、そなたも年寄りには弱いな。よい、連れて来よ」

「はい」

四郎は、そうした正時の優しさがうれしい。

「左大臣家の使いとは、そなたか」

正時は笛を懐にしまい、庭に手をつく老人に問いかけた。

「左大臣家の使いではございませぬ」

男のはっきりとした物言いに正時は不審を持つ。

「なれど六の姫の」

「六の姫様は本日、お邸をお出になられました」

「何と……！」

あまりの事に、正時は驚きで言葉が続かない。

「何不自由ない姫様にはよほどのお覚悟。是非とも、私めとご一緒頂きたく」

「姫の失踪に関わる訳にはいかぬ」

「どうしても会って頂かねばなりませぬ。先の右大臣様に関わる事なれば」

「そなた一体……？」

きっとして立ち上がる正時。四郎は太刀を抜いて兵太の首筋に突きつけるが、兵太はじっと正時を見返したまま。

「私は昔、先の右大臣様に恩を受けました者」

「ならば何故、左大臣家に仕えている」

「十四年前の事件の証拠を摑む為でございます」

「人の出入りに厳しく、やすやすと入り込める邸ではない」

「はい、入り込むのに四年もかかりました」

悪びれずに淡々と答える兵太に、四郎は正時に代わって問う。

「何の罠だ、正時様をどうしようと言うのか！」

「信じぬと仰せられるはご尤も。なれど時がありませぬ。この命を差し上げます代わりにどうしても姫様に会って、受け取って頂きたい物がございます」

「何を受け取れと？」

「右大臣様縁の品を姫様が持ち出されました。左大臣家が気づくと大変な事になります」

「何故、麿を右大臣縁と思う！」

正時が厳しく問う。

「左大臣家と敵対なさっているご様子と、姫様の思い詰めたご様子から必ず縁の方と。陽炎様と仰せられる方、もしや右大臣家の姫君では？」

「左大臣家の見解か」

「いいえ。姫様はこちらへ忍んでこられて以来、監視つきで心許せる女房も少なく、私が長らく探ってやっと掴んだ証拠の存在を、どうやって深窓の姫君が知られたのか。振られた男の為にお家を裏切るはよほどの決断なれば、左大臣家には露ほども知らぬ事。私も姫様にお味方したからにはあの邸には戻れぬ身。まして証拠の品の紛失に気づかれれば二度と旧悪を暴く事叶いますまい。必ず受け取って頂けますなら、いち早く右大臣様にご報告に参りたいところ」

「信じられませぬ、こんな男！」

激する四郎を押し止め、男に向かって正時が言った。

「まあ待て。まこと罠ではないと、やましい心はないと言い切れるのか」

「神かけて」

「何を以て」

「心眼を以てご判断頂くしかございませぬ」

男は正時の目から視線を外さない。

「正時様！」

四郎がじれるのを正時は制した。

「信じよう、この者」

「ありがとうございます、ご案内いたします」

兵太はほっとした顔で微笑み、深々と頭を下げた。

正時は、行家に高明の邸に行くと言い置いて、兵太の案内で、四郎だけ連れて宝珠寺へ。

「姫様、お連れ致しました」

兵太が荒れ果てた庫裡（くり）の前で声をかけると、中から六の姫の声。

「ありがとう兵太、よく正時様をここまで」

「姫、何故このような事を！」

二人を外に残して、一人で中へ入りながら厳しく言った。

「勝手な事ばかりしてお許しくださいね。私、どうしても正時様を諦めきれない……お慕いする気持ちのまま尼になります」

「そのような事。麿などより、素晴らしい殿方に巡り合う時を待たれて」

穏やかに言うのを遮る。

「正時様は本心からそう思われますの？　あの父が娘の幸せなど考えると」

「それは……」

「女は道具なのです。女御や東宮妃になる事が幸せでしょうか。正時様は陽炎様を幸せにして差し上げてくださいませね。よほど素晴らしい方でなのしょうね」

「姫……」

「この書をあの方に」

しっかりと胸に抱き締めていた錦の書を、包みから取り出して渡す。

「こ、これは！」

微かに見覚えのある、九条家に伝わる笛の秘曲の譜に驚きを隠せない。野党が押し入り火を放ったあの夜に焼失したはずの、書であった。

「これを父が所持するは、父が九条様を襲わせたとの噂、まことだったのですね。まことは陽炎様にお会いして直接お詫びを、なれど私、勇気がなくて……もう二度とお会いくださらないと思っていたのに……正時様、うれしい……」

「姫……」

顔も隠さず、涙しながら笑顔を向ける六の姫に、正時は返す言葉がない。

「人の命を踏み台にして保っていた今の暮らしの空しさを、正時様にお逢いして気づけてよかった。陽炎様のお怒りが強くて血を絶やすまでのお気持ちなら、今ここで正時様のこの手で死なせてください」

　姫は正時の手を取り己が首へ。正時は瞠目したまま。やがて苦渋に満ちた声で言った。

「姫……そこまで私を……」

「目を閉じないのは、最後まで愛しい方のお顔を見ていたいからです。決して恨みに思いませぬ」

「姫……これ以上は偽れぬ……詫びねばならぬのは私の方……私が陽炎、九条弥生です。今日まで仇討の為、偽りの姿で生きてきました」

「ま、正時様？」

「姫に通う振りをして左大臣家を探ろうかとも……なれど同じ女として、恋心をもて遊ぶような事はしたくなかった。なればこそ冷たくするしか……姫を傷つけた事心苦しく……なのに貴女はこれほどまでに正時を」

「仇の娘に、そのような大事な秘密をお明かしになるなんて。ああ、私は貴女が好きです、これからもずっと」

　抱きつく姫を正時は抱き止め、落ち着かせるようにしばし黒髪を撫でる。

「これからどうなさるおつもりです」

「弥生様が生きてよいと言ってくださるなら、尼になります」

「行くあては？」

「ありませぬ。なれど死んでも戻りませぬ」

「ならば引き会わせたいお方が。きっとよいように導いてくださるでしょう」

「正時様におまかせします」

長くいては左大臣の追手がかかるので、四郎に兵太を大堂寺に連れて行くよう命じておいて、正時は六の姫を馬に乗せ、嵯峨野の天寿院を頼った。

「まあ！　その可愛い方はどちらの姫君ですか？　粋な道行きと言いたいところなれど、深い子細がありそうですね」

「またご迷惑をおかけしますが、尼君様にお縋りするしか……」

「かまいませぬよ」

「この方は左大臣家の六の姫、顕子様です」

「何と！」

もしやと予想はしていても驚きは残った。

「家を捨て尼にと……私の為に九条の事件の証拠まで持ち出してくださって」

「そなた、素性を明かしたのですね？」

「はい。真実を語る方に、これ以上偽る事は……私の手で殺して欲しいと……そこまで想われて正時は幸せ者です」

「そなたはそれでよいのですか」

「はい」

正時は、天寿院の念押しに、晴れ晴れとした返事を返す。

「顕子殿、まこと親兄弟を捨てられますか？」

「はい。正時様が死なせてくださらないので、命だけは捨てない事にしましたけど。もしや尼君様は、先の皇后様ですか？　父や姉が言葉に尽くせないほどの酷い事を致しました、お許しくださいませ」

手をつく六の姫を遮って、天寿院は初めて笑顔を見せる。

「よいのですよ、そなたが謝らなくても。私もそなたと同じ、持っているのは命だけ。なれどそれなりに楽しんでいますよ。こうして若い人達の姿も見られて賑やかになったし」

優しく言った。

「あの……尼になるには正時様への恋心も捨てなくてはなりませぬか？」

「姫！　まだそのような事を」

　正時は六の姫の、自分に正直な姿に圧倒される。

「真実を知ってなお諦めきれぬなら、一生胸に抱えておいでなさい。人を恋うる気持ちは慈愛に繋がる事、神仏は決してお咎めにはなりませぬよ」

　天寿院は微笑みながらじっと正時を見つめる。正時は天寿院の言わんとする事を察して目を伏せる。だれが耳に入れたのか、高明への想いを知られているらしい。

「さあ正時、急いでお帰りなさい。顕子殿の失踪が知れれば、そなた、一番に咎められよう」

「あっ、正時様……」

　天寿院の言葉に、顕子は正時を巻き込んで辛い立場に置いてしまった事に気づき、心配そうに正時を見た。

「心配無用です。これほど姫に想われるは男冥利というもの、多少の試練は覚悟の上」

　安心させるよう、微笑んでみせる。

　正時は人目を避けて高明邸へ。

　すでに中将が怒鳴り込んでくる事を念頭に置いて、顕子失踪を左大臣家が気づかぬ内に、正時は行家に高明の邸に行くと言い置いて、邸を出たのであった。

供も連れずにやって来た正時から事情を聞き、高明も驚きを隠せない。

すぐに家人に、中将が来たら、正時は昼前から来ていると言うように指示しておいてから、正時に向き直って言った。

「何とも気丈な姫ですな」

「己に素直に生きようとする姿は眩くて、偽りの世を生きる我が身が恥ずかしかった」

「正時様、それぞれ異なった生き方があってよろしいのですよ、御身を責められませぬよう。なれどあのような家の姫君は、お人形のようなものと思っておりました」

「ふふ、もっと早く興味を持つべきであったな」

「ははは、麿はもっと興味深い、もっと激しい姫を存じておりますぞ」

高明にじっと見つめられて目をそらす。

「さあ、そろそろところかまわず飛び込んでくる者がおりましょうから、ずっとくつろいでいた事に。琵琶はお弾きになれますか？」

「ああ。得意とは言いがたいが」

「では笛は麿が。正時様には琵琶をお願い致します」

正時に笛を吹かせない。琵琶を持たせて和す。家人も聴き惚れるほど見事な合奏。

「これで得意でないと言われれば、正時様の前で弾ける者はおらぬ事になりましょう」

感嘆しながら楽しんでいると、突然部屋の外が騒がしくなり、家人の制止を振り切って無遠慮に踏み込んでくる足音。

「やめろ！」

突然の怒鳴り声に、高明は驚いたように言った。

「やっ、中将様には何用でしょうか？　ご用なればこちらから伺いましたものを」

「正時が来ていると？」

中将は、立ちはだかったまま言う。

「麿にご用とは」

琵琶を抱いたままの正時が不審げに問うた。

「顕子から使いが来たろう」

「さて、いつ頃ですかな」

「昼過ぎだ」

「昼前からずっとこちらへ参っていたので、麿は存じませぬが」

「我が家の者にお聞きになった故、こちらへおいでになったはず。六の姫に何か？」

「内大臣家へ出かけてから行方がわからぬ。郎党も一人、行方が知れぬ」

「それは大変！　その者に攫われたのでしょうか」

「我らも近衛に命じてお探ししましょう」

「早速参内して、主上にお許しを頂いて参らねば」

そう言って正時達が立ち上がると、中将もさすがに、引き止めて言った。

「そこまでは。まことと知らぬと言うのだな。こちらで探す故、他言無用。何か心当たればすぐに知らせよ。よいな！」

言い捨てて慌ただしく帰って行った。高明達はほうっと息をつく。

「さすがに近衛を使うのは主上に遠慮があったようですな」

「失踪したのが姫ともなれば、事を大きくはできまい。後々の縁組にひびく故、野心の道具に使えぬであろう」

「当分ごたごたして、女御入内どころではありますまい」

「主上に、何故陽炎を更衣に留め置かなかったかと、左大臣が問うたそうだ」

「主上にとて、決して渡しはしませせぬ」

正時は、高明にじっと見つめられて苦しい。

「富や権力さえあれば幸せとは限らぬもの。貧しく非力でも幸せな者もいよう。思えば哀れな姫よ。無垢な心を傷つけた麿を、なおも慕ってくれ……今度はこちらが仇となるものを」

「御身を責められませぬよう。できる限りの事をされたではありませぬか、仇の姫に。非はあちらにあるのです。お気になさらぬ事です。なれど、兵太とか申す者、何者でしょうか？」

「ああ。時がなくて問い糾せなかった。祐左に預けたが、左大臣家に見つかれば命があるまい」

「その書も、正時様が手元にお持ちでない方がよろしいのでは？」

「大堂寺へ預けに寄り、もう一度あの者に会って帰ろう」

兵太と言う男の事、正時も気になっている。

「お送り致します」

高明は牛車を出し、正時を乗せて大堂寺へ立ち寄った。

「祐左、あの者はどうしている」

「はい、奥で大人しくしております。何やら見覚えがあるのですが、何も申しませぬ」

祐左は、高明と正時を奥へ案内した。

部屋へ一歩入って男を見た途端、高明は、驚きの声を上げた。

「やっ、そなたは！」

「これは高明様、ご立派になられましたな。お久しゅうございます」

男は穏やかに微笑んで頭を下げた。着替えて髭などもそり、こざっぱりした姿形にしている今は、初めの見た目よりは若くてしっかりした者に見える。

「高明殿、一体？」

男が高明と旧知の間であった事に、正時は戸惑っている。

「この者は雅楽寮(ががくりょう)にいた者です。特に笛に優れ、右大臣様にお目をかけて頂いており、才ありすぎて同僚達の妬みをかい、危うく命を落とすところを、右大臣様がお助けになられたとか」

「まことの名は是則(これのり)と申します。笛の道は絶たれてしまいましたが、奥山に籠り、右大臣様のお笛の修理等をさせて頂いておりました。お頼まれしていたあの秘曲の譜の装幀の修理が終わり、事件前夜にお届けに上がりました。何とも無念で、ずっとあの事件の証拠を探しておりました。左大臣もさすがに九条家に伝わる秘曲の大切さを知っていたのでしょう、この世から失うを哀れんで、却って己が罪の証を残す事になろうとは」

「何と、そなたも己を捨ててまで、十数年九条の為に……」

「一体、このお方は？」

是則には、はっきりとは正時の正体が摑めていない。

高明は正時に素性を明かすかどうか目で尋ねる。正時は頷いて高明に答えた。

高明が是則の耳元で正時の素性を告げると、是則は驚きを隠しきれない。

「あぁっ、あのお小さかった方が！」

「間違いなく九条家の笛のお血筋を、継いでおられる」

是則の表情に微笑みながら、高明は言った。正時も懐から笛を出して見せながら言う。

「そなたが来た時、ちょうどこの笛の手入れをしていたところ。そういう縁なれば久方振りに手直しを頼みたい」

「何と、このお笛も無事で……」

是則は涙を流しながら、押し戴くようにして受け取った。

「祐左、中将が血眼になって兵太を探している。用心せよ。それと、この証拠の品を頼む」

「承知致しました。証拠にお味方に。若、また一歩、近づきましたな」

祐左の言葉に頷いて、是則を振り返って言った。

「姫はさるお方にお預けした。安心せよ」

「ありがとうございます」

「さあ正時様、あまり遅くならぬ内に、お邸へお戻りを」

高明が促して、正時を牛車に乗せた。帰る道すがら、高明は正時に言う。

「正時様、ここからが正念場です。くれぐれもご油断なきよう。あちらも益々正時様の動きに目を光らせておりましょう。必ず供を連れ、決してお一人で動かれませぬように。まことは、麿が片時も離れずご一緒したいところなれど……」

「心配かける。ここまで来て焦りはせぬ」

信頼に満ちた目を向ける正時を、高明は心から愛しく思う。

中将自ら家人を連れて心当たりを当たったが、六の姫の行方は杳として知れぬままに半月が過ぎた。左大臣家では、中将は婚家にも帰らず、毎日左大臣と今後の対策に追われている。

「父上、所領の方からも、顕子が立ち寄った形跡なしとの知らせが」

「世間知らずの姫が遠くへ行けはすまい。どうしても少将が隠しているとしか……」

「我が一族を嫌う様子なれば匿うとも思えず、邸奥まで踏み込みましたが、女の気配がまるでありませぬ。何と、女房の一人も置いてないようですぞ。ずっと見張らせておりますが変わった動きもなく……女嫌いはまことの様子」

「そなたも長く婚家を空けてはまずかろう。顕子の事より、透子の入内をいかにして主上に認めさせるか。やはり先に薫子を東宮妃にするしかないな。東宮太夫の方はどうなっておる」

　と言いかける父を手で制して、中将は几帳を払って誰何した。

「誰だ、そこにいるのは！」

　見ると怯えたようにうずくまる女の姿が。

「透子、何故そこに」

「顕子の事が心配で……所領への使いが戻ったと聞きましたので……」

　消え入りそうな声で言う。

「女房を寄越せばよかろう。女御になる姫がはしたない。この兄がきっと探す故、部屋に戻るがよい」

「申し訳ございませぬ」

そこへ、女房たちが四の姫を探して迎えに来た。

「大事な時故、姫を一人にしてはならぬぞ」

左大臣の言葉に、女房達はおろおろしながら、姫を囲むようにして連れ去った。

「顕子の影響か、邸内とはいえ大人しい姫が一人で歩き回るとは、困ったものよ。除目まで待たずとも、東宮大夫に非を作り退かせれば、そなたを後任にと言上できよう」

「では急ぎましょう。今宵は右大臣家へ参ります」

立ち上がった中将に、左大臣は更に言う。

「右大臣も内大臣も、いつ主上に取り込まれるやもしれぬ。用心せよ」

「ははは、あの者達には、父上に牙を剝く度胸などありますまい。では」

頭を下げて中将は出て行った。

数日後、左大臣は四の姫に部屋に呼ばれた。

「姫、何事かな?」

「女房に届いた文に、顕子を石山寺で見かけたとありますが…」

「何？　すぐに誰か探しに遣わそう」

左大臣が立ちかけるのを、四の姫は止めた。

「お待ち下さい、父上様。私に行かせてくださいませ」

「そなたが？」

日頃大人しい姫が行動的な事を言うのを訝しむのへ、四の姫は父親の袖に取り縋るようにして言う。

「兄上様方が行かれては、顕子も叱られるのを恐れて出てこられなくなりましょう、お参りと言う名目で行かせてくださいませ」

「なれど、そなたは入内を控えた大切な身」

「なればこそ、早く主上にお認め頂けるよう祈願して参りとうございます。あまり男ばかりで押しかけると、顕子も出てこられませぬ」

「そうだな。ならば薫子も連れて行くがよい。直に東宮妃となれば、そなた共々、外出もできぬようになろうからな」

左大臣家姫達が揃っての石山寺詣でともなれば、帝や殿上人達の興味を引くだろうとの打算があっての許可であった。

その日から慌ただしく支度が始まり、飾り立てた行列が出立したのは、七日も後の事であった。巷でもそのきらびやかさは噂に上った。

近衛でも、高明と正時がその噂をしていた。

「六の姫失踪の噂を打ち消す為と、主上への興味を引く為か、三姉妹の寺詣でとは。あくまでも力を誇示したいところ」

「あちらの家人も忙しい事ですな、東宮大夫を探ったり、姫達のお供をしたり」

「東宮太夫は、目立たぬがしっかりした方のようだが」

「なれど、罠をしかけるのが得意な一族故、落度がなくとも安心できますまい」

「主上もすでに、気にかけておられる。あちらが動いたとしても、よほどの証拠を摑まねばなるまいが」

「その時こそ好機、という訳ですな」

「九条のみを憎んでというより、都を支配せんとしての一連の陰謀。できれば個の問題ではなく、野望を粉々に打ち砕き、反逆者の烙印を刻みたい。その方が父も養父も喜ばれよう」

余裕の気持ちが出た正時に、高明が微笑む。

「大人になられましたな」

「都へ来たすぐは、恨みのみではやっていた。僅かでも目が開けたのは嵯峨野の尼君、主上や中宮様、そして……そなたや内侍殿と出会えたからであろうな」

少しだけ頬を染めながら言った。

「おや、麿や内侍は、正時様のお邪魔をするばかり、と思っておりましたが？」

「断じてそのような事はない」

　心結ばれてこそ、こうした本音が口にできる二人であった。

　石山寺では、お籠りの最後の夜、姫二人が巡らした几帳の中で女房達を遠ざけて、密談をしていた。

「なれど姉上様、父上様に逆らうなど……」

　石山寺で顕子を見かけたという文が偽物であった事、自分も東宮との愛を貫く為に邸を出たいと打ち明けた透子の言葉に、薫子は驚きを隠せない。

「私もそう思っていました。なれど顕子の勇気を見て、家の道具になるより、たとえ一日でも愛する方と共に生きたいと思ったのです。お願いよ、わかって！」

　伏して言う透子に、薫子はおろおろするばかり。

「なれど……」

「貴女も東宮様をお好きなの？」

「私は、ただ父上様の仰せで」

「ならばお願い、あの方は、主上や父上様のお怒りを買うなら、東宮を退くと仰せくださるの」

「そこまで想い合っておられるのですか、なれど私、父上様や兄上様に責められたら、隠し通す事なんてとても……」

　血が繋がっていても、権力に執着する父達を恐れていた。

「話してもいいわ、抜け出せさえすれば」

「父上様に、東宮妃にとお願いなされば、私は」

妹が言いかけるのへ、姉はきっぱりと言った。

「姉を東宮妃にして妹を女御になんて、お許しにならないわ。まして主上はとても中宮様を大切にしておいでで、女御は置かぬと」

「ああ、顕子が恐ろしい事をしてしまった為に、姉上様まで……」

　溜息をつく。

「なれど顕子は可哀想。どうしているのかしら。いくら近衛の少将様が凛々しくても、木石の君でいらしてはね。顕子の失踪にも、関わりないと言い切られたそうよ」

　なまじ権力を誇る故に、姉妹であっても、自由に会う事さえままならない邸を離れた開放感から、二人は夜が更けるまで語り明かした。

　翌朝、姫君一行は石山寺を発って都に向かった。何度も休憩を取りながら逢坂の関を越えて山科まで来た時、そっと行列を離れた二人の女がいた。

市女笠を被った二人は、ある山荘へ入って行った。

左大臣家姫君達の行列が都大路を左大臣邸へ辿り着いたのは、夜に入ってからだった。

上機嫌で出迎えた左大臣と中将は、すぐに牛車の中の姫が透子でない事に気づき、激怒して身代わりの女房を責めたが、何も知らぬ、命じられるままに身代わりを務めたのみと言い張るばかり。薫子にも訊ねるが、知らぬと言って首を横に振る。

中将は、各々の局で自分が手懐けている女房を呼び出し、話を聞いた。

「姫達に、変わった様子はなかったか」

「昨夜、皆を遠ざけて遅くまで話しておられましたわ。何の話か聞けませんでしたが、そういえば今朝は、普段のご様子とは少しちがっておられたように思いました」

「ご苦労だった。ならば、薫子は何か知っていて隠しているな」

中将は、薫子の部屋に行った。

兄であっても、普段は声もかけず踏み入ってくる事はないので、薫子は動揺した。

「そなた、何か知っていよう。隠し通せると思うのか。左大臣家の姫皆が、家に逆らうとは！」

と言いながら、薫子に抱かれている猫をつまみ上げた。猫は怯えて鳴きながらもがく。

「あ、兄上様、お許しくださいませ」

震えながら言った。

「素直に言えばよし、言わねば」

「ああ……だから私はお断りしたのに。姉上様は……東宮様と恋仲でいらして」

可愛がっている猫を摑み殺しかねない中将に、薫子は震えながら告げた。

「なんだと！　東宮の許に行ったと言うのか」

「ただ、お邸を抜け出したいと言われただけで、私、それ以上は何も……」

それだけ言うと突っ伏してしまった妹の裳裾に、猫を手荒く投げ捨て、左大臣に報告に。

「な、なんと！　いつの間に東宮と。何という事だ、これが世間に漏れれば、入内は……」

さすがに、驚愕と苦渋の色を浮かべる。

「父上、この上は主上に早くご退位頂き、東宮を帝に」

「そうしたいが、簡単に退位などせぬぞ」

「東宮を脅して謀殺」

中将がさすがに声を落とすのへ、左大臣はにやりとしながら、しかし口ではたしなめた。

「これ、めったな事を言うでない」

「早速、東宮へご機嫌伺いに」

立ち上がる中将に、さすがの左大臣も戸惑って言う。

「もう夜も遅い、明日にしたらどうか」

「善は急げと申しますぞ」

不敵に笑って、足早に出て行った。

四、五人の供を連れ、夜更けに馬を飛ばし、東宮御所へ。中将は、火急の用と取り次がせるが会えぬと告げられ、左大臣家の一大事故どうしても今夜中に目通りをと強引に押し通る。東宮不在を見極めて、中将は東宮大夫に詰め寄る。

「父左大臣の使者として罷り越しました。東宮は何処に？」

「夕刻お忍びで、何処かへお出かけになられ……」

「はて、東宮大夫ともあろう方が、行き先も聞かずとは。御身の責任はいかに」

「……急に思い立たれて、山科の山荘へ」

隠してもおけず言った。中将は、すぐに山科を目指して馬を飛ばした。


その頃、正時邸を祐左の手の者が訪ねた。

「正時様」

四郎が、眠っている正時に几帳の外から声をかけた。正時はすぐに目を開き、答えた。

「四郎か、何事？」

「お休みのところ申し訳ありませぬ。密偵が参っております」

「何か動きがあったとみえるな、会おう」

すぐに起き上がって髪を直し、さっと狩衣を着て寝所を出た。薄明かりを灯した別間に行くと、若者が平伏していた。

「顔を上げよ。左大臣家が、動いたか」

問いかけながら円座(わろうだ)に座る。その声に、若者は顔を上げて答えた。

「はい、姫君達が石山寺詣でから戻ってすぐに、邸内が騒がしくなりまして、その後、中将が東宮御所へ」

「この夜更けに東宮御所に？」

「それも、会えぬと言うを強引に、火急の用とて押し入りましたが、間もなく馬を飛ばし、山科の方面へ向かいました。別の者につけさせておりますが、ただ事と思えぬ様子なれば、お休み中に失礼致しました次第」

「かまわぬ。そこまで東宮に無遠慮とは、よほどの弱味を握ったとみえる」

「はい。左大臣家では女共がざわついていましたようで。なれど警戒が厳しくて忍び込む事かなわず、詳しい事情はわかりませぬ」

若者は悔しそうに言った。

「深追いはするな、気づかれてはまずい。それにもまして己が命を厭えよ」

正時はねぎらいを込めて言うのへ、若者は平伏して言った。

「ありがたきお言葉」

「姫達が無事帰ったにもかかわらず騒ぎになったとは。さては、また姫が消えたか……四の姫を女御に、五の姫を東宮妃にと言う左大臣の目論み、もしや四の姫が東宮と？　……事実なれば大変な事、左大臣家の怒りがどういう形で出るか……四郎、明朝一番で参内する。目立たぬ方がよいな、内侍殿に使いを頼む」

四郎に呼びかけておいて、改めて密偵に言った。

「祐左に伝えよ。いつでも動けるよう、皆を目立たぬように集めよと。左大臣家と東宮の動きも引き続き見張って欲しい。ご苦労であった」

密偵を帰した正時は、急ぎ内侍に文をしたため、それを四郎に渡して言った。

「内侍殿にこれを。帰りに高明殿の邸に寄って中将の動きを伝えよ。明朝、こちらへ麿を迎えに来て、共に出仕する事にして欲しいと」

「正時様お一人にて参内なさるおつもりですか?」

四郎は心配そうに言う。そんな四郎に、正時は微笑んで言った。

「大事ない。あちらは当分忙しくて、今は麿にまで手が回らぬわ」

四郎は、近頃自分の仕事になっている正時の朝の支度を行家に頼み、急いで文使いに走り回った。

未だ夜が明けきらぬ内に、正時は裏口からそっと出た。

女の許からの朝帰りを装って馬に乗り、静かに歩ませる。向こうの方から人陰が。やはり馬に乗ったその人物は、小さな音で笛を吹く。正時は警戒を解いて待った。

「高明殿」

小声で名を呼ぶ。高明は笛を収め、正時の馬に寄り添った。疾走してきた様子の高明は小声で言った。

「ああ、間に合ってよかった」

「大事ないと言っておいたのに」

「四郎の心配は磨の心配。ご迷惑とは存じましたがじっとしておれず、駆けつけた次第。我もと言うのを止めて、四郎に出仕の方を任せましたのでご安心を」

「ふふ、女の許からの朝帰りを装うつもりが、これでは、目立ってしまうな」

正時の、苦笑はするが怒ってはいない様子に、高明はほっとして言った。

「それ故、従者の身なりで参りましたのに」

「従者の方が男振りがよくては、何とも分が悪い」

なおも苦笑まじりの正時。

何事もなく内裏に着き、内侍に取り次いでもらう。しばらくして内侍が出てきて、二人の地味な姿を見て目を丸くする。高明が言った。

「夜明けに女の許に通う、不粋な殿と従者よ」

「まあ、正時様に失礼ですよ。でも、兄上にはよくお似合いですわ」

「高明殿は、心配してわざわざ駆けつけてくれたのだ」

「兄上、よかったですね。ではこちらへ」

庇う正時の言葉に、高明の方を向き、仲のよい事と目で笑って、内侍は先に立って帝と中宮の許へ案内する。

「お見えになられました」

御簾に向かって小声で言う。正時、高明は御簾の前で平伏した。

「御簾を上げよ」

と内侍に命じ、帝は正時達に言った。

「清涼殿で話せぬ用とな」

「主上、中宮様には御寝中申し訳ございませぬ。まして、このような身なりにて、無礼の数々お許し下さい。一つ教えて頂きたい事がございまして」

「言うてみよ」

「山科方面で、宮様方縁の山荘のお心当たりはございましょうか」

正時は慎重に聞く。

「山科？　さて……誰のがあったか……」

帝が考えるのを、中宮が言う。

「主上、東宮が三宮（さんのみや）の叔母上から贈られた山荘がありますわ」

「おお、そうであった。あまり知られておらぬので忘れていた。どうしてそれを聞く？」

「今は何も申し上げられませぬ。ただ、御身の回りに、よりご注意を」

「そなた、それを言う為に来たのだな。なれど何も言えぬとは」

「今は何も……証拠がございませぬので」

「手を組んだのか！」

正時をひたと見据えて、ぴしゃりと言う。正時は帝の気持ちを察すれば、苦しい。

「いえ……むしろ被害者におなりかと」

「夜更けに、東宮の許に押し入った者があるようだが」

「今は何も気づかぬ事にして頂きたく」

帝の情報網に驚いたが、ひたすら頭を下げるのみの正時。帝はそんな正時に焦れて、高明を見て問う。

「なれば高明、知っている事を言うてみよ」

「恐れながら本日は私、正時様の従者にて、何も申し上げる立場にはございませぬ」

高明はひたすら頭を下げた。正時が言わぬのに、答える訳にはいかない。

「左大臣や頭中将の言葉通り、近頃の近衛は、何を企んでおるのかわからぬな」

憮然とした表情の帝に、中宮が取りなすように言った。

「主上、苛めては可哀想ですわ。主上の御為なら命も惜しまぬと、二人の顔に書いてあるではありませぬか」

「わかっている。が、どれほど親しんでも木石のまま故、つい言いたくなるのだ。せめて何か手がかりを漏らしてもよかろう」

「今は何一つ、はっきりしておりませぬ。私一人の推測です。逃げた魚を主上が惜しと思し召すかどうか……」

詳しい事を言えぬ代わりに、ささやかな謎を進呈して、御前を辞した。

「正時様があのような事を。驚きましたな」

正時の方を見て、高明が微笑みながら言うのへ、苦笑して正時は答える。

「木石と仰せ故。それに、中宮様がおいでの場では口にできまい。主上とて、先日のそなたと同じ感想を持たれよう」

左大臣の姫の、激しい恋心に驚いた事を指しているのがわかり、高明も頭を掻く。

出仕の時刻になり、内侍に牛車を借りて、そっと近衛の裏口から入った。丁度高明の牛車が着いたところで、うまく見咎められず牛車内で着替え、執務の間に入った。

正時は、祐左に宛て、山科の山荘の件を文にしたためて四郎に持たせた。入れ違うようにして、帝から正時に文が届く。開いて見ると、淡縹（うすはなだ）の和紙に見事な男文字で、

　逃がしたる魚を惜しと思ひなば　我よりもなほ君勝るらむ

とあり、魚の絵まで添えてある。さすがの正時も、思わず声に出して笑ってしまう。

高明が怪訝な顔を向けるのへ、その文を差し出して見せた。

「謎をお解きになられたようですな」

　高明もまた、笑顔で言った。


　その頃山科では、やっと探し当てた東宮の山荘で、中将が身分もわきまえず、東宮と透子、二人が手を取り合っている場に踏み込んでいた。

「いくら東宮とはいえ、事もあろうに左大臣家の姫を略奪なさるとは。まして女御として入内するはずの姫ですぞ。どういう事かおわかりですかな？」

「兄上様！　私が勝手に押しかけたのです、東宮様がお悪いのではありませぬ」

　透子は東宮を袖で庇って、咎めるように言う。東宮はその袖をそっと押しやって言った。

「いや、女の身で家を捨て、我が胸に飛び込んでくれたそなたに、男として麿が責任を負うのは当然の事。主上と左大臣に詫びて、二人の仲を認めて頂きたいと思う」

「父は、烈火の如く怒っております。后候補として大切に育てた姫を傷物にされたのですぞ。簡単に許せるとお思いか」

「東宮を退いても、姫と暮らしたい」

「益々以て不承知。身分高しといえども、地位が伴わねば姫の不幸は目に見えている」

「ならばどうせよと言うのか」

「帝になって頂こう」

「今上がおわす。いつの事になるかわからぬ」

「世の中、何が起こるかわからぬもの。若くして病に倒れる者あり、事故で落命する者あり」

不敵に笑いながら、にじり寄る。

「な、何と。そなたまさか、主上を……！」

東宮は恐ろしさに絶句する。

「姫と幸せになりたくはないのですか?」

「なりたい。が、そのような恐ろしい企みに、加担する訳にはいかぬ」

「主上に差し上げるはずの姫を横取りされた今となっては、すでに反逆も同然。まして話を聞いた以上、加担せぬですむとお思いかな。ここで命を落とすはおいやでしょう」

睨みを利かせて太刀の柄に手をかける。透子は東宮に取り組って叫んだ。

「共に死にましょう！」

「透子、そなたは死なせはせぬ。まして手引きした薫子や女房達がどうなるかわからぬそなたではあるまい。そなた達次第だ」

透子は身内だけに、兄の残忍さを知っている。恐ろしさに震え、失神せんばかりであった。

「一体、どうせよと？」

東宮も、怒りと恐怖で震えながら問う。

「主上を狩りに誘い、供と引き離して頂きたい。狩りでは何が起こるかわからぬ故、気をつけねばなりませぬぞ。以前はよく、お忍びで外歩きされたものだが、近頃とんとなさらなくなった。山中で蝮に嚙まれかけたり、土砂降りで供とはぐれて、運よく荒れ寺に辿り着かれた事もあった。運の強い方よ。もともと兄宮方を差し置いて帝になれたは、左大臣家の力。その恩を忘れて、我が家に仇なす近衛に目をかけたり、何やら不穏な動きをなさる。この透子の入内で、左大臣家との強い絆を思い出して頂くはずが、年下の東宮といつの間にか、このような仲に。妹の方であれば何も問題なかったものを。その代わり、帝になられた暁には、透子を中宮に、妹を女御に、両手に花というところ。よろしいな」

精一杯東宮を脅して、透子の袖を摑んだ。大人しい東宮もさすがに気色ばむ。

「何をする！」

「これほどの大事を打ち明けたからには、二人で手に手を取って逃げ出されては困る故、事成る迄、逢わせる訳にはいかぬ。裏切ると、二度と愛しい姫には逢えぬ事になりますぞ！」

「東宮様……！」

透子は弱々しく泣きながら、中将に引きずられるようにして連れて行かれる。

「姫！」

阻もうとするが、中将の郎党達に阻まれ、どうする事もできない。長い間呆然として、無力さを悔やむしかなかった。


その夜、正時の邸には、高明が、中将のその後の様子を聞こうと、近衛の帰りに立ち寄っていた。酒を飲みながら、高明は聞く。

「正時様のお笛、是則に調整をおさせになっていかがでした?」

「手入れはしていても、少し気になるところがあったのだが、ちゃんと直っていた。やはり秀でた者は、腕が鈍っておらぬようだ」

　と言いながら、懐から笛を出して見せた正時に、高明は前々からの、今まで口にできずにいた願いを口にしてみる。

「笛を志す者には憧れの名笛、もしも、お許し頂けるのなれば、一度、吹かせては頂けぬものでしょうか？」

「兄上達も争って父上に借り受けていた。笛上手であれば、吹いてみたかろう」

　ずっと気兼ねして言えずにいたのだろうと思うと、笑みが込み上げる。笛を手渡すと高明がうれしそうな表情。しばし眺めてから、真顔に戻って吹き始めた。正時とはまた異なった音色が朗々と響き渡る。正時は目を閉じて聴き入っていた。

　やがて一曲吹き終わって、高明は感慨深く言った。

「昇龍のお笛は、人を選ぶと聞いておりました」

「吹く者によって音色が変わり、心悪しき者が吹こうとすると、いくら巧者であっても鳴らぬと言う。麿が持ってより誰にも吹かせた事はなかったが、深みのある異なった音色。そなたの方が麿よりも、この笛に好まれているようだ」

　と、正時は真顔で言った。

「世辞など、うれしくありませぬよ。正時様が吹かれると、右大臣様と同じ音色に聴こえるのです。初めてお聴きした時には、我が耳を疑いました」

吹口を袖で拭って、押し頂いて返した。そこへ、四郎が声をかける。

「失礼致します。山科からの密偵が戻りました」

「通せ」

さすがに二人は居住まいを正した。若者は入るなり平伏した。

「面を上げよ。どうであった？」

「中将は、山科の東宮様の山荘に無礼にも押し入り、半時ほどおりました。見張りがいて残念ながら話は聞けず、申し訳ございませぬ。姫らしき女性を抱き抱えるようにして出てくると、馬で都へ。残された東宮様の様子を、天井へ忍び込んで窺いましたが、茫然自失というありさまで、よほどの思いをされたようでした」

「味方につかねば、愛しい姫とは逢わせぬというところ」

「左大臣家も、無鉄砲な姫達に引きずられて、動きを早めざるを得ぬようですな」

「左大臣家の驕りが、何をしても許されると思わせるのであろう。愚かな。問題は東宮よ、愛と正義、どちらを取られるか。主上には、辛い思いをなさるやもしれぬ」

「なれど、魚の謎を解かれたからには、ご用心なさるはず」

急に魚の話が出てきたので、帝の文を知らぬ四郎と密偵が怪訝な顔をするのに、正時達は思わず笑ってしまったが、すぐに真顔に戻り、呟いた。

「主上のご気性では、じっと待たれるより御自ら仕かけられるやもしれぬ。見張る訳にもいかぬし」

「主上が動かれましたら、内侍が直ちに知らせて参りましょう」

「さすが高明殿よ」

いつの間に、と言う顔。

「正時様の為なら、妹は何でも心得ておりますよ」

「すまぬ、何もしてやれぬのに」

「かまいませぬ」

「東宮と左大臣家から目を離さぬように。なれど命を無駄にするなと皆に伝えよ」

ねぎらうように、密偵に言った。

「はっ」

平伏して去った。

「なれば麿も、これにてお暇致しましょう。正時様にはよくお休みを。では」

高明はさっと立ち上がると、正時の顔をじっと見つめて言い添えた。

「今宵は、よい夢が見られそうです。正時様のお笛が吹けたので」

微笑んで去って行く高明に、思わず頬を染めた。

それぞれの、陰謀や思いを心に秘めた日々が、過ぎる。

取り立てて変わった事といえば、帝がこのところご機嫌麗しく、何かにつけては承香殿(しょうきょうでん)で宴を催し、あまり宮中の宴の席に顔を出さなかった正時と高明が、度々顔を出すようになった事。

左大臣も、帝の取り巻きが増えるのは不愉快だが、帝と東宮が会う機会が増えるのは望むところ。後は東宮が狩の話を持ち出すのを待っている。時々中将が東宮を威圧的に見るので、東宮は宴が少しも楽しくないが、帝の誘いを断る訳にもいかず、宴席に連なっている。

ある夜の宴の席で、遂に業を煮やした中将が、蔵人達と狩の話を始めた。

「そういえば近頃、とんと狩の催しがありませぬが」

「そういえばそうじゃ、もう随分無沙汰しておりますな」

華やかな行事が好きな者達は、話に乗ってきた。

「弓の名手はやはり、近衛の高明殿。正時殿は太刀は見事であったが、弓はどうであろうか」

好奇心に話が弾む。離れた席にいたが、正時はその話を苦々しく聞いていた。狩の話を初めに持ち出したのが誰かもさり気なく窺っていた。東宮を見ると顔が青ざめている。話に乗らぬよう注意を促す為に、帝の方を見た。帝は素知らぬ顔で、わざわざ遠くから声をかける。

「蔵人、楽しそうだが何の話をしているのか」

「はい、長らく狩の催しがなく、残念に思っておりました。近衛のお二人の、太刀の強さは拝見しましたが、弓ではいかがかと」

「おお、そうだな。今宵、正時は来ておるか」

知っていてわざと探すので、正時はしかたなく「こちらに」と答えて、頭を下げた。

「おう、そこにいたか。そなた弓はどうだ？」

「弓の方は不調法にて」

「そなた不調法と言いながら、舞も笛も太刀も見事にこなすではないか。不調法な振りをしおって。まだまだ秀でたものがあるのではないか？　琵琶はどうか。さあ、誰か正時に琵琶を持て。高明は笛を。内侍、筝を弾け。麿が舞おう」

矢継ぎ早の指示に、高明と正時はどうして急に琵琶を？　と不審がるが、狩から話がそれた事にほっとして、言いつけに従った。弾きながらちらと中将を見ると、せっかく振った話がそれたので忌々しそうな表情。合奏が終わった時には、誰もが溜息も出ない見事さ。

「思った通り、見事であった。不調法とてこれなら、弓の腕前も知りたいな。よし、近々大がかりな狩を催す事にしよう。東宮と共に狩とは、初めての事。よい機会だ」

言い置いて酒をぐっとあおり、帝は更に言った。

「今宵この場にいる者は、何事があろうと欠席してはならぬ。よいな、これは命令ぞ」

「まあ、主上にはこんなにお酔いになって。今宵はこれでお開きにしましょう」

中宮が見かねて、帝を御簾の中に引き取って言い、皆、会釈して席を立った。

帰りの道で正時は高明を誘い、いつもの部屋で対峙した。

「琵琶の件、内侍にさえ口外しておりませぬ」

すぐにでも言いたいのをここまでこらえていた高明が、座すなり言った。

「主上には近頃、独自の情報網をお持ちの様子。ふふ、魚のお返しと言うところ」

さすがに、正時も苦笑して言った。

「しかし、主上は一体……」

「用心を促したつもりが、却って火をつけたようだ。磨とした事が……」

「東宮の苦悩を見かねての事でしょう」

「なれど、何かあってからでは遅い。狩の前夜には東宮も決断されよう。正義を取るなら何らかの動きをなさる。左大臣方に与するなら、狩の場で何かが起こる事になろう」

「なれば、前夜に？」

高明は正時を見つめ、正時は高明に頷き返した。

「明日、大堂寺へ行く。左大臣謀反の証が手に入らずとも、六の姫が持ち出してくれた書で、私的な成敗はできる」

「お供致します。どこまでも」

「いや、そなたはこの先、近衛を束ねていかねばならぬかけがえのない人。これまで力になってくれた事に感謝する。もう、ここまででよい」

「お約束が違います。何と言われようと、ここで引き返す事などできませぬぞ」

真摯に見つめられ、目をそらす。

翌日、近衛の帰りに空の牛車を帰して、密かに正時、高明、四郎は大堂寺へ。行家も邸から直接やって来た。祐左や日全達も、奥の間に集まっていた。五郎太も、近江から出てきていた。

「近々主上には、大がかりな狩を催される。言い出したは中将。東宮を脅しての主上への謀反の企み。主上には、東宮の真意を見極めるおつもりで、わざと乗ってみせられた。なれど、もし事が起きれば、山野の事とて防ぐのは難しい。また、我らの悲願も叶わぬ事になろう。悲願達成の機は、狩前夜のみ！」

決意を込めて言い放った正時の言葉に、皆、熱気を帯びた表情。

「いよいよ、時至れり、ですな。皆様に、神仏のご加護を！」

日全が合掌する。それに頭を下げて応え、正時は更に続ける。

「当夜、高明殿に、証拠の品を持って主上の許に参内して頂く。皆は三々五々左大臣邸へ。麿は近衛の者達に別れを告げた後に駆けつけ、先陣を切って打ち込む。目指すは、左大臣と中将。皆、命を粗末にしてくれるな」

その言葉に皆、感動する。自身はずっと幼い頃より命懸けでここまで来たはずが、郎党達の命の心配をする正時。皆は、正時の為なら死を厭わぬというのに。

「当日は、狩の警護の準備と称してずっと近衛に詰めている。ぎりぎりまで左大臣家と東宮を見張り、変事あらば直ちに知らせよ」

「周防の殿には？」

決行日を知らせるかと、行家が尋ねるのへ、正時は首を横に振った。

「父上には事成ってから知らせよう、万が一の用心に。敵の動きも活発になっている」

「若や高明様への出入りに不審を持たれぬよう、各々、更に用心せよ」

祐左の言葉に、皆気を引き締めた。


内裏では、陰陽寮でよい日を調べさせ、狩は二十日後と発表。

皆、日頃の仕事に狩の準備にと、慌ただしくなった。

それでも帝は変わらず宴を開き、あれから宴の度に琵琶を所望される正時。東宮だけは益々顔色悪く、遂に、見かねた帝が言った。

「東宮、近頃顔色が悪いようだが、加減でもよくないのか？」

「いえ、そういう訳では……」

「そなたと共にと思って催す狩だ。病で行けぬでは困るぞ。さては恋の病かな、そろそろしかるべき姫を考えねばならぬ年頃よな」

深くは追及せずに別の話へと移ったので、東宮と中将はほっとする。中止すると言い出されたら都合の悪い中将であった。

近衛では、正時と高明は変わらぬ様子を保っていたが、正時は無意識のうちに高明を見つめている事が増えた。後幾日共にいれるだろうかと思うと胸が苦しい。

高明も正時の視線に気づいてはいたが、近衛での少将と将監という関係が後数日、との思いがそうさせるのだろうと、敢えて気づかぬ素振りで接していた。

決行の前日は、さすがに正時の表情も硬く、高明もついに見かねて声をかけた。

「正時様、大丈夫ですか？」

「ああ、心配させてすまぬ。近衛の皆との時が後僅かと思うと、さすがに……まことはそっと消えたい」

「正時様、お気持ちはわかりますが、それでは皆が」

「わかっている。詫びておかねば気がすまぬし、礼も言っておきたい……やはり逃げる訳にはいかぬな」

「長い間のご苦難、皆わかってくれますよ」

高明は、励ますように微笑んだ。

遂に、狩前日。

昨日までは、高明との別れが刻一刻と近づく事に苦しんでいた正時だが、遂に長かった修羅の道に終止符を打って復讐を遂げた後、亡き父母の許へ赴く覚悟を決めた。

正時は、昨日とは打って変わって晴れやかな顔をして、出仕してきた。

夕刻になって、全員に夜まで残るよう告げ、非番の者も駆り出した。日が落ち、篝火を焚く頃、正時は手を差し出して、高明に言った。

「高明殿、初めて近衛で会った時から、鄙者よ軟弱者よと侮られまいと、随分と高飛車な態度でそなたに接してきた。こんな麿をずっと支えてくれて、言葉に尽くせぬほど、感謝している」

「いいえ、こちらこそ、人生最大の好敵手に巡り逢え、これほどの喜びはありませぬ」

微笑んで正時の手を握り返す。

「できれば今一度、お手合わせ願いたかったですな」

そう言う高明に、正時は悪戯っぽく笑って、中庭に促した。

何事かと集まった皆はざわめいていたが、二人の姿を見るなり、静まった。

「正時様から皆にお話がある。これから聞く事は、かまえて他言無用」

「その前に……今一度、高明殿に手合わせを願いたい」

高明は、先ほどの正時の笑みの意味を理解した。

「皆の前で逃げるは卑怯、さあ、勝負！　今度こそ手加減は無用ぞ！」

正時は、有無を言わさず太刀を抜く。高明も苦笑しながら、太刀を抜いた。

正時としての最後の手合わせとわかっている二人は、真剣に打ち合う。それこそが愛の証であるかのように。やはり互角、雌雄は決しがたい。どちらともなく太刀を引く。皆はいつも以上の迫力に、言葉もない。

「一度くらい高明殿に勝ってみたかったが、やはりかなわなかったか」

正時は、今までで一番晴れ晴れした笑顔で言う。高明も微笑み返して答える。

「それは、こちらの台詞」

「皆、しばし待って欲しい」

正時は奥に入った。しばらくして出てきた時には、淡い茜染めの狩衣姿で冠を被らず、髪を結わずに後ろに束ねている。人前で冠を被らぬ異例の事に、皆はざわつく。

「静かにせよ！」

高明の声に皆、静まって正時の言葉を待った。

正時は一人一人の顔を見るように、ゆっくりと皆を見渡して、おもむろに言葉を発する。

「皆に、詫びねばならぬ事がある。これまで近衛の長としてそなた達を欺いていたが、私は……左大臣の陰謀によって非業の死を遂げた、九条家の生き残り」

低いが凛とした声に、皆は驚きながらも続きを待つ。

「まことの名は、弥生。仇を討たんが為、世をたばかって男姿で生きてきた」

武勇を誇る近衛の少将が、姫君とわかって、さすがに驚きざわめく。

「遺恨を晴らす前に、一言私の口から、そなた達に詫びておきたかった。許して欲しい」

「姫はそなた達を信じればこそ、大事の前に打ち明けてくださったのだ。皆、そのお心を忘れまいぞ」

高明は言い、皆は口々に、加勢を申し出る。

「姫様、我らもお供させてください」

ざわめく皆を、弥生は厳しく制した。

「ならぬ！　これは私怨故。これから高明殿に、内裏へ少将解任願を持参して頂く。近衛は当分、高明殿の指揮に従うように。これが近衛の少将正時としての、最後の命令ぞ」

「皆、麿が内裏より戻るまで、ここで待機しているように」

言い置いて、弥生と高明は近衛を出た。

その後も近衛では、何としても姫に加勢したい、すぐにも追いかけようと言う声が、あちこちから上がる。安道が皆を押し止めて言った。

「高明様は必ず、お上より近衛を率いるお許しを頂いてきてくださる。高明様が戻られたらすぐに動けるよう、今の内に皆で準備を整えておこうぞ」


その頃、東宮にはどうしても左大臣家の謀反に加担する事ができず、かといって恐ろしくて帝に打ち明けるのも憚られて悩み苦しんでいたが、遂に嵯峨野の尼君に取りなしを頼むべく、東宮大夫に打ち明けた。

東宮大夫は左大臣家の見張りの目を掠めて、嵯峨野に使いを走らせた。

嵯峨野では驚いた尼君が、急ぎ、帝に左大臣謀反を奏上する使いを立てた。

高明は内侍を通じて、弘徽殿で帝の前に伺候(しこう)していた。

「夜分に火急の用とは、何事。正時もそなたも、よほど火急の用が好きなのだな」

帝はうすうす勘づいていながら、わざとからかうように言う。

「近衛の少将、正時様よりの最後の文使いで参りました」

高明の声に緊張感を読み取り、受け取ってすぐに開く。

九条家の秘伝の譜も添え、まことの素性と、左大臣の陰謀によって非業の死を遂げた一族の恨みを晴らす許しと、その為に正時として世間をたばかってきた許しを乞うものであった。

さすがに、正時が陽炎とは気づかなかった帝は、唸る。

「なんと！　迂闊であった事よ。どちらにも会いながら、同一人と気づかぬとは！」

中宮と内侍は、顔を見合わせて、袖で口元を隠しながらくすりと笑う。

帝は、中宮達の反応に驚いて言った。

「やっ、そなた達は知っていたのか？　麿だけが気づかず、間抜けな役を演じていたのだな」

中宮は、微笑みながら言った。

「まだ主上がご存知ない事がございますのよ。陽炎の君の想い人は、そこにいる高明殿ですよ」

「さても憎き恋敵は、そなたであったのか」

帝は、高明をじっと見据える。高明はうろたえもせず、帝を見つめ返して言った。

「恐れながら、主上にとてもお渡ししませぬ。姫も私を好いてくださっております」

「おのれ、ぬけぬけと惚気おって」

そこへ、嵯峨野よりの使いが。

尼君の文を披見した帝は表情を引き締め、今までとは異なる威厳に満ちた声で、高明に命じた。

「左大臣が企みし帝暗殺の謀議、東宮より密訴があった。高明、九条の姫弥生の仇討を許す。これより近衛の束ねをそなたに命ずる。近衛を率いて、謀反の左大臣と頭中将を討伐せよ」

「はっ、直ちに討伐に向かいます」

高明は平伏して答え、御前を辞して馬を飛ばし、近衛に戻った。

「皆、よく聞け！　左大臣家による主上暗殺の企みが明らかとなった。主上より、左大臣及び頭中将討伐の勅令を賜った。直ちに左大臣三条邸に赴き、九条の姫と合流する」

皆は、おうおう！　と、鬨の声を上げ、三条に向かった。

三条邸を取り囲む弥生と合流した高明は、近衛を率いてきた事に驚いている弥生に告げた。

「東宮が主上に陰謀を暴露しました。近衛を率いて討伐せよとの主上の勅令により参上致しました故、ご懸念なく。さあ討ち入るご合図を」

それを聞いて、弥生もさすがにほっとした顔をした。

弥生の合図で戸を打ち壊し、九条縁の者と近衛の者が、一斉に三条邸に雪崩れ込んだ。

邸内では、後一日で再び天下が我が物と思う油断があった。内輪で酒宴を開いてくつろいでいたところ。邸内はたちまち騒然となった。

「な、何事だ！」

左大臣と中将は、逃げまどう女房達を押し退けて、中庭に出た。

いち早く中将を見つけた弥生は、太刀を抜いて叫んだ。

「中将、勝負！」

「正時か、近衛ごときが左大臣家に押し入るとは、不届きな」

「正時ではない。私は九条の末娘、弥生。一族の仇、思い知れ！」

「何を、仇だと？　笑わせるな、返り討ちにしてやる」

「明日の狩での陰謀、顕われたぞ！」

「ちっ、根性なしの東宮め、しゃべりおったか」

中将は太刀を抜いて斬りかかってきた。高明が追いついてきて叫ぶ。

「姫、この者は麿が！」

太刀を抜いて間に割って入ろうとする高明に、中将の太刀を受け止めながら弥生は言った。

「私が仕留める。すまぬが手出し無用！」

「ふふ、正体を知れば、強いと言ってもたかが女、片腹痛いわ。いつぞや郎党と共に吊した時に、否応無しに引き剝いで抱いておくべきだったな。麿に逆らう事ができぬように」

中将はせせら笑って言った。

弥生はあの日を思い出し、屈辱感に頬を染めながらも、太刀を振るって言う。

「これまでも、どれほどそなたを斬り捨てたいのをこらえていたか。今こそ思い知るがよい！」

高明は、いつでも割って入れるように太刀を握りしめたまま、はらはらしながら見守る。

祐左達や近衛の者達も、手向かう者を斬り捨てたり捕縛したりしながら、集まってくる。

「見物人が増えたところで、そろそろかたをつけてやる。ふふふ、あっさり殺すには惜しい女だがな」

女と知って余裕が出た中将は、大柄な男だけに、力で強引な打ち込みをしてくる。

「それは、こちらの台詞！」

言い返しながら太刀を払い、さっと飛び下がって避けたつもりが、僅かに中将の太刀が左腕を掠めた。狩衣の袖が切れ、血が弥生の左腕を伝って滴る。見かねて高明が叫ぶ。

「姫！」

「大事ない、手を出すな！」

「そら、返り討ちにしてくれるわ」

薄ら笑う中将が太刀を振りかぶる懐に、弥生は一瞬の隙をついて屈んで飛び入り、まっすぐ腹を刺し貫いた。中将の下がる太刀は、高明が手にしていた太刀で受け止め、弾き飛ばした。

「ううっ、男とも女ともわからぬようなそなたに、やられるとは……」

引きつった笑いを浮かべながら呟く中将の腹から、弥生が渾身の力を込めて太刀を引き抜くと、中将はばったりと後ろに倒れた。

皆は、息詰まる闘いを、凍りついたように見入っていた。

「姫、大丈夫ですか？　全く無茶なことを！　一つ間違えば、相討ちですぞ」

咎めながら、高明は自分の小袖の袖口を裂いて、弥生の腕を縛った。

「ふふ、このようなつまらぬ男に命は懸けぬ。必ずそなたが助けてくれると、信じていた故。そなたにはいつも手当てしてもらうばかりで、すまぬ」

さすがに肩で息をしながらも、弥生は微笑んで言った。

「何とも、困った方だ」

高明も苦笑いする。祐左が言った。

「姫、左大臣はここに」

逃げぬように太刀を突きつけて取り囲み、肩を捕まえている。

左大臣の正面に立った弥生は、左大臣を真っ向から見据えて言った。

「左大臣！　九条の者は皆、父母、兄姉、郎党、女童まで、そなたの雇った者達に殺されたあの日を、一日たりとも忘れた事はない。邸内に火を放ち、女子供を盾にして、大勢で父や兄、腕の立つ者達を滅多斬りにし、果ては女子供まで、容赦のない皆殺しよ。私一人母に庇われ、衣で幾重にも包み込まれて塗籠の唐櫃の中に……野党達は生き残りを捜して唐櫃の蓋まで開け、私を包む衣にまで幾度も太刀を貫き通した。この頬や手足を掠めた冷たい刃。着ていた衣の衿や袖に幾度太刀が貫き通っても、掠り傷一つ負わずに助かったは奇跡か、よほど幼子を想う母の心を神仏が汲み給うたのか……殺戮の後に残ったは、重傷なれどかろうじて息があった年寄りと四歳になったばかりの私のみ。皆の無念を一身に背負って今日まで、そなたに恨みを晴らす為だけに生きてきた。罪のない者達の血で塗り固めた権力は、今、崩れ去ったぞ。主上には、明日の狩でのそなた達の企み、ご承知の上で、敢えて乗ってみせられたのだ。さあ、神妙に私と立ち合うか！」

弥生は鋭く言い放つ。

取り囲む皆は、初めて語られる十五年前の惨劇に、言葉もなく、左大臣を睨みつける。皆、弥生の歩んできた苦難の道を思いやって、胸塞がれる思い。

「九条を葬った後、孫である先帝、長男、次男を相次いで失い、今また中将を失い……主上に事露見した上は、さすがに生きてはおれまい。禍根の芽を残すな、皆殺しにせよときつく命じておいたに、生き残りがおったとは。まして、たかが四つの小娘ごときに、今になって我が世の春を覆されようとはな。何という不運か……二つ聞きたい」

さすがの左大臣も、腑抜けたようになってその場に座り込み、言った。

「幼子であったそなたを匿い、養ったは誰ぞ？」

「そなたが二の姫を妃に据えようとした先の東宮、今は周防守よ」

弥生は淡々と答える。

「そうか、あの時さっさと都を逃げ出したは、そなた故か。身の危険を恐れて逃げ出した小心者よと思うておったが。そなたが鄙者のわりに舞や音曲、太刀に優れているのはそれ故か」

　思い当たったように、一人頷く。

　弥生は感情を交えずに問う。

「今一つ、何が聞きたい」

「六の姫は……顕子の行方、まこと知らぬのか」

「そなたにも、僅かに親の心はあったのか。娘を道具としか見ていぬと思っていた。必ずや姫に伝えよう。嵯峨野の天寿院様の許で元気にしておられる。そなたの罪を引き受けて、尼になるそうだ」

「おお、生かしてくれるか……姫を、娘達を頼む」

左大臣はそう言うと、弥生の提げていた太刀の先を摑んで、己が首を突いて息絶えた。

　弥生は血の滴る太刀を握り締めたまま、じっと左大臣の骸を見下ろしていた。しばらくそのまま見守っていた高明だったが、そっと、弥生の太刀を取り上げて血を拭い、鞘に戻した。

　弥生は、はっと我に返り、皆を振り返って言った。

「近衛の者も九条の者も、皆よくやってくれました。我が一族の仇であり、帝への謀反人を成敗できた事、心から礼を言います」

弥生の言葉に続けて、高明は言った。

「主上の命により、姫と九条の者は、これより近衛の監視下に置かれる。申し訳ないが、武器などは近衛に渡して頂こう」

「姫様には、これからどうなさるのですか？」

近衛の者が心配して問うのへ、高明が答えた。

「皆で護衛して、嵯峨野の高徳寺（こうとくじ）へ移って頂く。主上が、姫達の今後の事は考えて下さる。さあ皆ご苦労だが、夜が明けきらぬ内に皆で高徳寺へ向かおうぞ」

高明は安道を内裏に報告にやり、手配しておいた牛車に弥生を乗せて共に乗り、高徳寺へ。長い苦難の末の復讐を成し遂げ、万感の思いの弥生を、そっと見守る高明であった。


夜が明ける頃、高徳寺に着き、高明は言った。

「姫、日が高くなってしまいましたが、祝宴の用意をさせております故、皆に改めてねぎらいのお言葉を」

「私は主上や近衛をたばかり、徒党を組んでの仇討と、都を騒がせた者。祝宴など開いてよい訳がない」

弥生は固辞する。高明は微笑んで、なおも言った。

「主上の、九条家に対するお心遣いなれば、これは素直にお受けなされればよろしい事。咎めは咎めとして、主上からの裁可が出てから受けましょう。それまではこの高明にすべてお任せを。姫が沈んでおられると、皆が心配しますぞ」

高明の言葉に、やむなく従った。

「近衛の皆には、こんな私をなじりもせず、よくついて来てくれました。九条の者にも十数年もの長きにわたって苦難の道を歩ませてしまい……主上、中宮様、そして先の東宮様、嵯峨野の天寿院様、大堂寺の日全殿、高明殿、篠内侍殿、近衛の皆……沢山の方々にお力添え頂いて、無事本懐を遂げられた事、皆に心から感謝申します。十五年目の命日に間に合ってよかった……これで、亡き父上達も安心して眠られよう」

清楚な薄紫の小袿に着替え、素顔を晒したままの弥生に、皆、跪いて頭を下げる。

場を明るくするように、高明が言った。

「日の高い内の宴なれば、多少の気恥ずかしさもあろうが、今日は無礼講だ、さあ、大いに謡って飲もうぞ。それが、亡き方々への供養なれば」

その言葉に皆、入り交じっての酒盛りとなった。

正時の仮面を脱いだ弥生は、さらに線が細くなったようで、高明や祐左達は心配。ましてー人だけで責めを負う覚悟を決めている様子が感じられ、決して弥生を一人にしないように、さり気なく気を遣う。

夜になると高明は、警護の人数だけ残して、近衛に引き上げを命じ、弥生と離れに。几帳を巡らせた中に、弥生を招じ入れた。

「ご窮屈でしょうが、主上の命でもありますれば、同室をお許し頂きますぞ」

正時としてでなく、弥生として高明と同室するのは恥ずかしいが、高明の心配が痛いほど伝わってくる。高明は少しでも緊張を解そうと、さらに話しかける。

「吉野を、思い出しますな。初めて昇龍のお笛を聴かせて頂いた日を。もう誰にも警戒なさる事はなくなりました故、またお聴かせ願えますか？」

そう言って自分の笛を取り出すと、今度は先に吹き始めた。弥生への愛しさを込めて吹く高明の笛も、それは見事な音色。

高明の気持ちに何も応えられない苦しさを、せめてこんな形でしか返せないと思い、弥生も素直に笛で応える。美しい音色が愛しさと切なさを含んで、息がぴたりと合い、互いを包み込むように夜のしじまに響き渡る。

皆は、二人の想いに気づいていて、その音色の深さに、これからの不安を隠せない。

特に祐左、行家、五郎太、四郎は、二人の葛藤を間近に見てきただけに、身が千切れる思い。四郎が堪りかねて、叫ぶように言った。

「爺や殿！　頭！　爺様！　我らだけで罪を引き受けて、何とか姫様には、生きて幸せになって頂く事はできぬのか！」

「皆、同じ気持ちじゃ。嵯峨野の天寿院様、日全様、周防の殿様が今、主上に嘆願を願い出てくださっておる。中宮様も内侍様も。高明様も事前に嘆願してくださっておる。なれど主上の裁可よりも姫自身の、固いご決心が問題なのじゃ。これまでも、事あるごとに皆でお心を解こうとしてきたが、頑なに拒まれる。主上に、生きよと命じて頂くしか、姫を救う方法はない。我らはあの日に右大臣様方と共に死したつもり故、早くご報告に参りたいくらいじゃがのう」

行家の言葉に、皆うなずく。

「姫だけ生きよと言われて、素直に応ずる方ではない事は我らがよく知っている。亡き右大臣様奥方様も、姫の幸せを願われぬはずはない……だが、姫には御身だけが助かった事で皆の命まで背負われてしまい、さぞ重たかったであろう……修羅の道を進んだ者に幸せなど望めぬと思い詰めて生きてこられた姫の呪縛を、いかにして解いて差し上げるか……」

祐左も頭を抱えた。

大事を果たした後の抜け殻のような弥生に、皆、事成った喜びよりも不安が募る。

四、五日して、近衛から先触れが来、明日の高徳寺への帝の御幸を伝えた。いよいよ帝の裁可が下ると思うと、皆、緊張する。

翌朝、皆は身を浄め衣を着替えて、中庭に平伏して待つ。

御幸前に一人で密かに命を絶つつもりであった弥生は、何度も懐に忍ばせた母の形見の短刀を握り締めて抜きかけるが、片時も離れぬ高明達の気遣いと、近衛が職務の責任を問われる事が気がかりで、遂に決行できぬままであった。

仇討とて世を騒がせはするが今上帝に他意はない事を示す為、周防守は、この日が来る事を待ち望んで、染めぬ白絹で弥生の衣装を作らせ、行家に持たせていた。

その装束を纏った弥生は、几帳から出ると、改まった顔で高明の前に座して言った。

「高明殿、これまでの数々の無礼、お許しください。何度もそなたに救って頂き、何一つお礼もできず、とても心苦しく……私には無縁と思っていた、人を恋する事の苦しさも喜びも、そなたに出逢って教わった。心からお礼を申します。今の私には何もない故、このお笛と、約束の、我が心をそなたに」

昇龍の笛を差し出す弥生の手を、思わず握り締める。

「姫……」

二人は声もなくじっと見つめ合い、やがて弥生が高明を促して、本堂へと向かった。

閉め切った本堂の端に、弥生は平伏した。高明は正面横へと座り、帝の入室を待つ。

しばらく後、帝は数人の供を連れて入り、設えられた御座所(ござしょ)に座した。

「近衛の将監高明、ご苦労であった」

帝の言葉に、高明が「はっ」と答えて頭を下げる。

「九条三の姫弥生、面を上げよ」

「恐れながら、主上をたばかりました事申し訳なく、お見せできる面を持ちませぬ。何卒、お許しくださいませ」

弥生は伏したまま、細い声で言う。

「それほど見られぬ顔か？　高明」

高明の方を向いて大真面目に問うのへ、

「とんでもございませぬ、お美しい姫です」

と高明は思わず力んで言い、赤面する。

「高明に見せた顔、帝である麿に見せられぬとは言わせぬぞ。今一度命ずる、面を上げよ」

帝の皮肉な言葉に、弥生は仕方なく、僅かに顔を上げた。

「恐れ入りまする」

「さて。この度、そなたは、先の右大臣九条家殺戮の首謀者、左大臣と中将を成敗した。その者達は東宮を脅して帝暗殺を企みし者。時同じくして東宮よりの密訴にて露見、近衛に討伐を命じたところ。そなた達のお陰で、謀反者を速やかに処断出来た事、礼を言う」

「礼などと……主上や世をたばかりました罪、死してお詫びを」

「ならぬ！」

思いがけず帝の厳しい声が飛ぶ。

「そなた、己の言がどう言う意味を持つのか、考えて言うているのか」

「復讐の為とはいえ男になりすまし、偽りの姿で殿上し、皆様をたばかりました事、決して許されるものではございませぬ」

「それほど死にたいか」

「総ては、私のみの罪」

「まだわからぬか。総て己が身に引き受けんとの思いもわかるが、逆に、そなたの罪を問わば、知っていて匿った嵯峨野の天寿院、周防守、大堂寺の日全、さらにそこな高明、篠内侍、はては、中宮まで裁かねばならなくなるのだぞ」

帝の悲しみに満ちた声に、弥生ははっとする。

なおも帝は続ける。

「ましてや、そなたを死なせたくないと、九条の者達だけでなく、見よ、近衛の者達まで、麿に命懸けの嘆願をしておる。そなたは、この者達まで死なせる気か！」

目で合図して本堂の扉を開けさせると、本堂前に九条と近衛の者達が皆、思い詰めた顔で控えている。

「どうだ弥生、この者達は、そなたが命を絶てば、間違いなく後を追う者達だ。いや、そなたに死をと一言命じれば、帝とて容赦なく、麿はこの者達に八つ裂きにされよう。のう、高明」

帝は苦笑して言った。

「仰せの通りにございます。私とても、どこまでも姫の供をする覚悟を致しております」

高明は柔らかく、しかし、決意を込めて言った。

「……」

弥生は、皆の気持ちに驚きを隠せない。

「周防の父君も、御身が責任を取るおつもりであったと見たぞ」

横の引き戸を開けさせた。そこには、周防守と嵯峨野の天寿院、大堂寺の日全が座していた。

「父上様……尼君様……日全様……」

さすがに弥生も涙を流す。

「弥生、よくぞやり遂げた。長い間苦難の道を歩ませて、すまなかった。今上のお召しにより、急ぎ駆けつけた。必ず事前に知らせよと言うたに、そなたは……。総てご承知故、何事も今上の命に従うのだ。父として叱りおく。親より先に逝こうなどと、そのような親不孝者に育てた覚えはないぞ。子の罪は親の罪よ」

苦渋の声に、周防守はもともと己が責任を負う覚悟を持って弥生を育ててきたのだと、皆は悟った。

「父上様……」

「誰も死するは許さぬ。帝たる麿に背く事、許さぬ。さて、全く罪を問わぬ訳にもいかぬ故、覚悟はよいか、弥生。勅令に背く事は絶対に許さぬぞ。だが何せ、そなたには二度も命を救われている、いや狩での企てを入れると三度か。この辺りでその恩は返しておきたい。さもなくば、帝たる身がそなたに頭が上がらぬからな」

帝はいったん言葉を切り、厳しい口調で続けた。

「厳罰を言い渡す！　弥生、そなたは終身監視つきにて、一邸に押し込めとする。よいな」

帝の言葉に、皆ざわついた。

「騒ぐな！」

帝は皆を一喝してから、おもむろに言葉を継ぐ。

「監視の役目、高明に命ずる。月に一度、参内せよ。他出は許す。なれど、事もあろうに帝を振って高明を選んだ上は、今後何があろうと、高明から離れる事は許さぬぞ！」

その言葉に皆は歓声を上げる。泣く者もいる。

高明は、顔を伏せて涙している弥生を見て微笑み、帝に頭を下げた。

「慎んで、この高明、弥生姫の終身監視人、お引き受け致します」

「周防守には、右大臣になって頂きたいと言うたのだが、固辞された。なれどこれよりは都へ住み、時には参内くださるそうだ。尼君に仲立ちをお願いして、半年前から正時の事都の事、文のやり取りをしていたが、正時のまことの正体は、露ほども明かしてはくださらなんだ」

　周防守の方に笑みを向ける。

「申し訳ございませぬ。今上の、正時をご覧になる目が変わられては、正時も動きにくくなろうかと。まして懸命に隠している姿はいじらしく、事成って後、自らお詫びさせた方がよかろうと存じまして」

　周防守は、穏やかに微笑みながら詫びた。

　それで近頃、正時の琵琶の腕前など、知るはずのない事を知っていたのかと、高明と弥生はちらと顔を見合わせた。

「二つ、弥生に頼みがある」

「何なりと仰せくださいませ」

「一つは左大臣家の姫達の事。嵯峨野の尼君が引き受けたいとの申し出、異存はあるか」

「異存などと……主上には私からも、姫達に咎めなきよう、お願い申し上げます」

「さて、例にない除目なれど、近衛の少将正時に代わり、高明を正四位右近衛の中将として近衛の束ねを命ずる。従四位の妻に頭が上がらずば、哀れ故。このところの手柄の数々、それくらいの褒美は当然の事。今一つ、弥生に頼むは、正時を世間には病死と発表する事だ。さすれば、麿が正時の正体に気づかなかった間抜けよと、笑われずにすむからな。中宮は早くから気づきながら、麿には一言も漏らさなんだぞ。まして真実を知らぬ者にまで知らせて、都を賑わす事もなかろう。皆の胸には、短い間だったが文武に秀でた、華奢で凛々しい近衛の少将正時の姿が、生涯焼きついて消えぬであろう。皆、麗しの少将の死を悲しむであろうが……特に女房達は泣き暮らすであろうな、中宮も内侍もだ。高明も奥方一筋で、宴が寂しくなる事よ」

「恐れ入ります。正時様の名誉にまでお心を砕いて頂き、ありがたい事でございます」

高明は、袿の袖で目頭を押さえている弥生を見やってから代わりに答え、頭を下げた。

「今一つ、皆に知らせておきたい事がある。出がけに中宮が耳打ちしてくれたのだが、どうやら秋頃、麿も、やっと我が子を抱けるらしい」

皆は口々に、おめでとうございますと頭を下げる。

嵯峨野の天寿院が、喜びの表情で言った。

「今上には、おめでとう存じます。東宮を排して宮家に戻し、透子姫と暮らさせてやってもよろしゅうございますか?」

「その方が東宮もうれしかろう。尼君も時には内裏に話しにおいでください。中宮も会いたがっております。兄上にも幼い日の約束通り、舞を教えて頂かねば」

周防守を見る時は、少年に戻ったような目をする帝を、周防守は苦笑してたしなめる。

「今上、兄とお呼びになっては困ります」

「幼い頃から兄宮に憧れながらも遠慮があり、親しく話す機会なく周防へ下られてしまったので、ずっと疎まれていると思っていました。なれど、勇気を出して文を。晴れて兄弟として語り合う事ができるようになった今、麿の方が弟なれば、兄上とお呼びするは、当然の事」

「帝の位は、血縁を超えた高い御位、今上の上に立つ者など、誰一人おりませぬ。都にいた頃より、聡明な今上のご成長を楽しみにこそすれ、疎むなどとは夢にも思わぬ事。ましてや、今上から直々にお文を頂き、恐れ多い事です」

周防守は頭を下げた。肉親の情とは別に、あくまでも帝に対して、けじめを守る周防守の気持ちを、帝は承知していた。

「高明には、昇進に伴って元九条家の所領を与える。弥生にと言えば辞退しかねぬ故そなたに。邸も九条邸跡に建て直し、九条の者達を使ってやれぬか？　奥方がいやでなければ」

「ありがとうございます」

皆は安堵の色を浮かべて、平伏した。

帝が近衛に警護させて帰り、残った周防守は、高明と二人きりで話した。

「弥生は九条の姫としてではなく、この周防守の娘として嫁がせるが、よろしいか」

「はい、身分も名も知らずに出逢って愛しく思いました。麿こそ、身分低い婿ですがよろしいのでしょうか」

「都での一年半、そなたが陰に日なたに弥生を守ってくれた事、行家からの知らせにて承知している。麿が動けば警戒される故直接表に立てぬ身で、祈る事しかできなかった……それ故弥生に総ての重荷を背負わせてしまい……随分と辛い思いをさせてきた」

「これほど見事に文武に秀で、心根お優しく真っ直ぐにお育てくださり、心からお礼を申し上げます」

「苦難が長く、男手のみで武骨に育ててしまったので、穏やかに妻として暮らせるまでには時がかかろうが、よろしく頼む。これまでは、共にあの日に死んだつもりで生きてきた。なれどそなた達の恋を知った時、初めて麿は、己の過ちに気づいた。弥生の姉と麿が貫けなかった恋を、そなた達には何があろうと生きて、貫き通して欲しいと思ったのだ。生き急ぐ弥生をこの世に繋ぎ止め、救ってくれたそなたに、礼を言う」

周防守は、弥生が男として強がって生きてきた分、女である我が身を厭う心を持っている事がずっと気がかりであったので、素直に妻として生きていけるか、素直に高明を受け入れられるか心配。高明も同じ気持ちなので、二人は会って間もないのに、これまでの長い時を共有していたように、互いの心が通じ合った。

「並の男より毅然としておられ、潔癖で、強さの中にも儚さをお持ちの、ありのままの姫に命懸けで恋したのです。必ずや、お幸せにしてみせます」

高明の誠実な言葉に、周防守は頷いた。

「権力争いを好まぬ亡き右大臣が言うていた。この姫を弥生と名づけたは、中宮、女御となって政略や争いに巻き込まれる事なく、身分や地位等に囚われず、心から愛しく想う男と出逢って、平凡な幸せを摑んで欲しいとの思いから、やわらかな春のそよ風のような、この名にしたと。それを麿は……右大臣の思いとは、ほど遠い生き方を歩ませてしまった事、いつも心の中で右大臣と弥生に詫びていた……」

「いいえ。姫は、まことの父上様と今の父上様のお心を、ちゃんと汲み取ってお育ちですよ」

そう言ってもらって心が軽くなったようだと、周防守は微笑んで、言葉を続けた。

「そなたの人柄、今上からも伺っている。よい婿を得た。笛の名手と聞く。落ち着いたら聴かせて欲しい。楽しみだ」

「お恥ずかしい事です。父上様こそ、亡き右大臣様直伝の、笛の名手であられます。是非私にも、ご伝授頂きたいのですが」

行家、五郎太、祐左達古参の者は、周防守と共に、東宮時代からの持ち物だった邸に移り、高明は弥生を、帝が命じた通り、四郎ら若者達と共に、自分の邸に連れ帰った。

邸内は、留守の間に中宮の命を受けた内侍が里帰りして、対の屋に住む事になる弥生の為に、室内の調度を整えていた。あまり華美でなく趣味の良い、奥ゆかしい品々が揃えてあり、弥生はもちろん、高明さえ目を丸くする。

「中宮様のお心遣い、ありがたい事ではありますが、我が邸でなくなってしまったようで、何とも面映いですな」

「これまで、このような女道具に囲まれた事がないので……」

弥生が居心地悪そうにしているのを、微笑ましく見守る。

「先夜、証拠の品を持って参内した時、主上には姫の文を読まれて驚かれたところへ、中宮様が、陽炎の君と麿の事を話しておしまいになり、さても憎き恋敵は、そなたであったのかと、とても悔しそうな仰せに、主上にてもお渡ししませぬときっぱり申し上げたので、麿も、お咎めを覚悟しておりました」

高明は微笑んで言った。

「そのような事を言われたのですか？　恥ずかしい……なれど、いつも皆様に庇って頂くばかりで……」

「負い目に感じられる事はありませぬ、皆、貴女が好きだから幸せになって頂きたいと思うのですよ。このお笛、姫のお気持ちを察して、一時お預かりしましたが、お返し致しましょう。時にお貸し頂き、吹かせて頂ければ」

「高明様……この度のご出世、おめでとうございます。益々、貴方に相応しい方が他においでてでしょうに。女らしい事もできず、こんな私に、貴方の妻が務まるはずは」

改まって手をつき、言いかける弥生を、高明は強く遮る。

「さすがの麿も怒りますぞ。今までに何度も申し上げたはず、ありのままの貴女が愛しいと。ましてこれは、主上の勅令でもある。すでに約束通り、貴女は麿にお心をくださった。絶対に返しはしない。先日父上様に誓った事、貴女にも誓いましょう。貴女だけを愛し、必ずや幸せにしてみせると。貴女も誓ってください。麿だけを頼り、麿と共に生きると」

「……高明様……」

「今すぐとは言いませぬ、もっと落ち着かれて、心からそう思えるようになったら。その時には麿に誓って頂けますか？　他出はお許し頂いているので、時には共に、遠駆けもしましょう。父上様のお邸へも、ご機嫌伺いに参りましょう。嵯峨野へも大堂寺へも参りましょう。安道達近衛の者も呼びましょう。女装束がお嫌なら、生涯、狩衣姿で過ごされても、麿はかまいませぬ。女房を置くのがお嫌なら、女童、男童、今まで通り四郎達を身近に使われれば」

　高明のその言葉に、さすがに弥生も袖で顔を隠して忍び笑ってしまう。

「ああ、やっと笑ってくださった。少しずつでよいのですよ、ゆっくり肩の重荷を下ろしていかれれば。これまで待ったのです。麿は貴女のお心が解れるまで、いつまでも深草の少将でおりましょう」

　包み込むような優しさに、弥生は我知らず、手を差し伸べる。

「高明様……」

高明はその手を受け止め、生まれたばかりの子猫か壊れ物に接するように、そっと抱き寄せる。

「姫……やっとこの手に……磨とて正時様にお会いできなくなるのは、とても淋しいのですよ。貴女の淋しさも、心細さもわかります。なれどこれからはもう、お一人で苦しまれず、総てこの高明に分けて頂きたいのです。都がお辛ければ、たとえ主上からお咎めを受けようと、以前お約束したように、総てを捨てて山野に住む覚悟は、今でも変わりありませぬ。地位も財もいらぬ、貴女さえ共にあれば……ああ、愛しい人よ……もっとよく、お顔を見せてください」

「……高明様……」

弥生は今、生まれて初めて得た安らぎの中にあり、恥じらいながらも高明の深い愛に、逃げるのは止めて、素直な心で接したいと思い始めている。

「姫……」

こぼれる涙を唇で優しく吸い取り、高明は弥生に口づける。いつまでも抱き合う二人の邸の庭では、春のそよ風に桜の花びらが優しく舞っていた。

あとがき

この物語は、作者の心の中の平安時代のお話にて、史実ではありません。

私の平安時代好きは、小学校の低学年の頃に形成されました。

ある月のきれいな夜に母が「月々に月見る月は多けれど月見る月はこの月の月」という和歌を教えてくれ、妙に私の心に残りました。

母は、毎年春と秋に着物と帯の虫干しをしながら、宮廷言葉はてふてふ（ちょうちょう）と重ねる言葉が使われる、広島では魚の事を幼児言葉で「たいたい」と言うのもてふてふと同じく重ねの言葉なんよ、等いろいろな話をしてくれていました。

少し前に、転勤で広島に来たどこかの記者さんが「広島では魚の事をたいたいと言っているけど、鯛ではないのにおかしい」という記事を書いておられ、普通に子供の頃から使っていた言葉が他県では受け入れられないのを、残念に思いました。

広島は歴史が浅いイメージがあるけれど、広島人自身も気が付かないまま普通に使っている、とても歴史のある雅な言葉があります。

「取り敢えず」の意味で使っている「たちまち」という言葉。

「たちまち、こうするか?」とか「たちまちビール飲むか」とか。

この言葉は「立待の月」から来ている言葉で、十五夜の二日後、十五夜より少しだけ月の出が遅いので、「立って月が出るのを待つ」から来ている広島弁です。

参考までに、その翌日は「居待の月（座って待つ月）」、またその翌日は更に月の出が遅くなるので「寝待の月（寝て待つ月）」。

広島人の殆どが、雅な出典を知らないまま普通に使っています。

こういった、何気に話してくれた母の言葉と着物や帯が子供心に染み込んで、古典への興味となったのだと思います。

「たいぎい」と言う方言も独特で、しんどいとか面倒くさいとか言う意味ですが、時代劇に出てくる「大儀である」から来ていて、でもむしろそれは労いの言葉で使われていて真逆なような?　はい、私時代劇も好きです。

母は、昭和から平成に代わっても、ずっと文語体で手紙を書いていました。

「そうしませう（しょう）」とか、「○○のやうに（ように）」とか、子供の頃から美しい言葉だなと思っていて、この小説も本当は文語体で書きたかったくらいです。

この物語は中学初め頃には朧げながら構想ができていまして、長い歳月を経て形にしたものを一度自費出版して、その時に加えきれなかった仇討の発端となる重大事件を加筆して、今回改めて文芸社様から出版させていただく事になりました。

中学高校で万葉集、源氏物語、土佐日記等読む中で、大学は日本文学科に進み、卒論は紀貫之の、普通であれば土佐日記とか古今和歌集なのでしょうが私は、「今や引くらむ望月の駒」というハレの歌を詠む貫之と「空漕ぎ渡るわれぞわびしき」と読む不遇の貫之の二面性に惹かれ、貫之の私家集をテーマに選びました。

古典好きから雅楽にもお香にも興味を持ち、万葉の色にも十二単にも興味を持ち、社会人になってから着付けを習い、ついに憧れの十二単の着付けの授業で着せて着せられて、写真を撮ったものが、この本の表紙に役立ちました。

私にとって、長年の夢が叶った十二単姿に思わず涙を流した、若き日の感動の一枚です。

大学時代に巡り会った機織り機に魅せられて、長年、機織りを本藍染・草木染・糸紡ぎと共にライフワークとして続けております。

私には、現世での仇討経験があり（犯罪ではなく、合法的なものです）、仇討本懐までの、片身を引きちぎられたような悲しみと苦難、更には、仇討を終えた後の脱け殻のような日々を、残った者がどう生きればいいのか……

むしろ、事成った後の大変さを、身をもって体験しております。以前から、技巧やどんでん返し等ない、王道の復讐譚が好きで、中学生の頃の愛読書が大デュマの『モンテクリスト伯』だったりしましたが、実際に試練が我が身にふりかかった時には、とても一人では生きてこられなかった……守るべき家族がいて、力を貸してくださった沢山の方々のお陰で生きてこられました事を、この場をお借りして、皆様に厚く厚く御礼申し上げます。

世の中、生きたくても生きられない人もいる、だからこそ生きている者は生かされている分、どんなにつらく苦しくとも自分に課せられた寿命分をしっかりと生きなければと思います。様々な事情と困難はあると思いますが、悲しむ人がいる事を忘れないで。

「生きてこその生命（いのち）」です。

小学生の頃、登校途中に年寄りが「行って帰り」と声をかけてくれるのを、行ったら帰るは当然と思っていましたが「戦争で」「事故事件で」「救急搬送でそれきり」帰れない人々もいる事に長じるにつれて気がつき、きつく思われがちな広島弁にこんな優しい言葉があった事、「当然」が絶対ではない事に思い至りました。

若き日に平凡な人生なんてと思った愚かさを認識した私ですが、結構波乱の半生に思いを馳せて残りの人生、自分らしさを大切に、できるだけ自然体で生きて行こうと思います。

この小説の主人公には、辛い思いをした分、この物語の後も幸せに暮らしてもらいたいと思います。

お手に取っていただき、読んでいただきましたご縁に、感謝申し上げます。

要　真

著者プロフィール

要 真（かなめ しん）

広島県呉市出身、広島市在住
染織家
広島女学院大学文学部日本文学科卒業
趣味 読書、音楽（大学クラブ同期のアンサンブルにて演奏活動、慰問等）

昇龍の笛 ―平安仇討秘抄―

2024年12月15日 初版第1刷発行

著 者 要 真
発行者 瓜谷 綱延
発行所 株式会社文芸社
〒160-0022 東京都新宿区新宿1－10－1
電話 03-5369-3060（代表）
03-5369-2299（販売）

印刷所 株式会社暁印刷

ISBN978-4-286-25783-9